Las secuelas de la traición

Las secuelas de la traición

Héctor Sanguino

www.librosenred.com

Dirección General: Marcelo Perazolo
Diseño de cubierta: Daniela Ferrán
Diagramación de interiores: Julieta Lara Mariatti

Primera edición en español - Impresión bajo demanda

ISBN:978-1-59754-839-7

Para encargar más copias de este libro o conocer otros libros de esta colección visite www.librosenred.com

A la memoria
de todos aquellos quienes, en vida,
fueron mis amigos y familiares.
Que Dios, allá en el cielo, les cobije
en su grandeza.

"No hay que soñar con lo imposible, sino luchar por lo posible".

Héctor J. Sanguino Jr.

*Un agradecimiento especial a Gladyz
Julio Bautista, una gran actriz.*

Prólogo

Este es un relato basado en hechos reales, donde las secuelas de la traición dejan efectos colaterales, que a mediano o largo plazo llevan a una venganza.

En su creación, se mezcla la realidad con pequeñas dosis de fantasía, en la cual, a través de sus propios personajes, el autor recrea las aventuras de Jorge Sotomayor y de todas las personas involucradas en esta historia.

Su vida de hombre ejecutivo, con un brillante porvenir, de la noche a la mañana se derrumbaría como un castillo de naipes, circunstancia que lo obliga a perderlo todo, incluso hasta su moral.

Su malicia indígena, en complemento con la suerte de aquel instante, llevaría a Sotomayor a ser testigo presencial de una masacre; y aunque el accionar sorpresivo de estos sicarios no le daría tiempo de intervenir en defensa de sus amigos, sí lograría captar en su celular las imágenes de sus asesinatos, los cuales fueron ejecutados por hombres de Tancredo Moreira, un desconocido narcotraficante y personaje que en ese momento daba sus primeros pasos en la política y que, años más tarde, se convertiría en un poderoso político.

Sotomayor, en su anhelo de salvaguardar su vida, se ve obligado a incursionar de lleno en el oscuro mundo del narcotráfico. Allá crea pequeños carteles, que después de unos meses deja en manos de sus socios. Luego de su desvinculación, se ubica en otra ciudad e inicia uno nuevo. Sus buenas acciones en pro de los más humildes hacen que quienes le conocían le llamasen con nombres bondadosos. Unos le apodaron "el Ángel", otros "Padrino", "Santos" o "el Santos", y "el Monje". Dichos apelativos indirectamente lo protegerían del acoso de Baena y Guerrero, fiscales estos obsesionados con su captura.

Con la interpretación de sus propios personajes, Sotomayor no solo despistaba a las autoridades, sino que también lograba mantener alejados a sus más peligrosos enemigos, a quienes siempre les fue difícil reconocerle. Incluso para Ludiela, su hembra más querida, quien llevada por su adicción al juego y la pasión erótica que la quemaba en sus adentros, hacía que siempre estuviesen a su acecho. Ese fuerte sentimiento, manifestado en un extraño amor, la convertía en la única persona capaz de encontrarle. Aun así, muchas veces al verle, por sus excelentes caracterizaciones, ella tenía sus dudas de que fuese él.

Otra de las astucias que a Sotomayor le producían muy buenos resultados era el transporte de la droga, pues sus mulas por años serían personas ancianas, quienes después de hacerse populares en las fronteras, se encargaban de introducir el alcaloide a los países vecinos. Su edad y la manera tan descarada como Sotomayor les ordenaba a sus mulas transportar la droga siempre los hicieron inmunes a un decomiso. Esas estrategias llenaban de impotencia a sus enemigos, quienes, al no poder darle alcance, se sentían frustrados, razón por la cual se despertaría en ellos toda clase de bajos instintos en su contra.

El anhelo de evitarse encuentros inesperados lleva a Sotomayor hasta Panamá. Allá adquiere la casa de modas Le Fallèle y encarna un nuevo personaje, con el cual se da a conocer en el mundo del alto diseño como Marlon de la Roca. Con esto, cambia de modalidad y desde aquel momento la droga sería transportada por sus modelos. Pero la ambición de cinco de estas mulas les lleva a traicionarle. Ellas, creando su propio cartel, se apoderan de sus clientes en el exterior.

Semanas más tarde, en uno de los viajes de las disidentes, el avión en que son transportadas es tomado por terroristas islámicos. El terror producido en su rescate altera los nervios a una de ellas, Lorena. La mujer, aunque tiene prohibido consumir cualquier clase de alimento, se basa en la circunstancia y bebe dos copas de coñac. Esto hace que una de las cápsulas camufladas en su estómago explote en ella y le cause la muerte. Ese episodio provoca en las autoridades una reacción en cadena, que conduce a la Interpol a desmantelar y capturar a todas las integrantes del recién nacido cartel. Aun así, las ex modelos jamás vincularían a Sotomayor en sus procesos. No obstante, la Fiscalía en su investigación dejaría al descubierto su secreta identidad.

Sotomayor, temeroso por el acoso de los fiscales, se refugia en El Paso, pueblo fronterizo entre Colombia y el Brasil; zona esta que, por encontrarse en medio de la selva y no tener una nacionalidad definida, no posee autoridades militares. Allá la ley es ejecutada por civiles y compartida en periodos de tiempo por ambos países. Sotomayor ve que esa ventaja es propicia para su seguridad y por primera vez se establece en una residencia permanente, en donde, con sus socios encubiertos, funda el Cartel de la Amapola.

Su empresa-fachada exportadora de madera y la generosidad aportada a los habitantes de El Paso hacen que ellos guarden el secreto de su ilícito y lo apoden "el Santos", nombre con el cual alejaba aún más a sus perseguidores.

La coincidencia de un robo con el premio mayor de una lotería haría que los sicarios del cartel le causasen la muerte a Manamu, la escolta más leal de Sotomayor. Pero en una salida a la capital, Zé Maria, hermano gemelo del ajusticiado, descubriría su inocencia. Ese conocimiento lo lleva a hacer una investigación a fondo, encontrando pruebas que apuntan hacia el presunto culpable; por lo cual, en ese momento, Zé

Maria iniciaría una persecución de muerte en contra del comerciante Zeledón y su núcleo familiar.

Meses más tarde en Bahía, Sotomayor, Ludiela y los fiscales serían asesinados por orden de Tancredo Moreira, quien pensó que, con sus muertes, ellos se llevarían a la tumba su secreto. Sin embargo, al no encontrar en sus cuerpos las pruebas que le incriminan, Tancredo descubre que estas pasaron a manos de Dirceu Figuereiro, alias "el Poeta" y hombre emergente de Sotomayor. Por esta persona, el político está dispuesto a pagar su peso en oro al sicario que acabe con su vida. Esa oferta envuelve a Dirceu en una persecución de muerte que le hace emigrar a otro país. Su odisea le lleva a Toronto, Canadá, en donde se reencuentra con Zeledón y vive muy de cerca las secuelas que produce en su amigo la traición de su esposa Olmeda.

Allá en esa ciudad, Dirceu, a través del Facebook, se entera de que en El Paso su amiga Fernanda guarda un sobre para él. Con ella meses más tarde fraguaría su venganza en contra del político. Sin embargo, para que esto sucediera, debía aportar esas pruebas a la Fiscalía del Brasil. Allá, se lleva la sorpresa de que la fiscal en función era Larissa. La mujer que años atrás fue su prometida es la misma persona que, basada en el dolor del ayer, le ha condenado a un futuro degradante, siendo él inocente. Ese reencuentro trae grandes repercusiones de su pasado, y hace despertar en ambos el letargo en que sometieron a sus sentimientos, aunque el orgullo y la responsabilidad del instante los hacen pensar que ninguno de los dos daría el primer paso a una reconciliación. Por eso, Dirceu se alejaría resignado a perderla para siempre. Mas no sería así, ya que Larissa, basada en ese gran amor del pasado, renuncia al cargo y emigra en su búsqueda, para recuperar a su lado todo el tiempo perdido.

La decisión de Sotomayor

Al morir el atardecer, la tristeza de Sotomayor se le hacía aún más dura. Ya no encontraría a su esposa esperándole para cenar, ni tampoco hallaría a su madre frente a la pantalla del televisor, concentrada en su telenovela favorita; pretexto este con que su progenitora se las ingeniaba para verle llegar. Ella sabía que a su hijo Sotomayor no le gustaba encontrarla dormida en la vieja mecedora. Pero esa rutina de tiempo atrás había cambiado. Así que el estacionar su vehículo frente a la casona y no observar la sala iluminada, ni la silueta de su mujer a través de los ventanales, lo llenaba de nostalgia. Melancólico por los recuerdos, Sotomayor subió las gradas de la entrada, accionó el *switch* de la luz y se dejó caer pesadamente sobre el sofá. Él sabía que podía ser la última vez que viese la casa en pie. Se le había cumplido el plazo y, al no tener con qué pagar la deuda, lo más seguro era que el prestamista la vendería a una constructora.

Sotomayor, en ese momento, sintió que su mundo terminaba de derrumbarse; que todo estaba en su contra. En seis meses, habían pasado varios episodios negativos en su vida. La pérdida de su esposa y la muerte de su madre en aquel accidente, tras el cual su progenitora se mantuvo en coma hasta el final de sus días. Luego, por un supuesto incumplimiento de contrato, perdió el empleo y más tarde perdería la esperanza. Aun así, el deseo de sacar a su madre del estado vegetal en que se encontraba lo llevó a apelar a todos los recursos posibles.

En aquel momento, Sotomayor, optimista en que lograría su recuperación, la hizo tratar por los mejores especialistas del país, gastándose en su intención todos sus ahorros y mucho más de lo que él no tenía. Cuando ya no tuvo nada a qué echarle mano, su madre murió. Con ese deceso se inició en su contra el acoso por los gastos de la clínica en donde ella había pasado sus últimos meses. Además, el cobro de las deudas del sepelio y las otras obligaciones adquiridas complicaban aún más su situación. Estas eventualidades lo llevaron a buscar dinero prestado a la mafia del pago diario. Como prenda de garantía, dejó la casa, su tesoro más preciado. Pero Sotomayor no quería perder la propiedad, no porque estuviese pegado a lo material, sino por el gran valor sentimental que significaba para él.

Pasados los meses y al no poder cumplir con los pagos estipulados, las deudas fueron creciendo, y el dinero en que valoraron la propiedad no alcanzó a cubrir la cantidad prestada, por lo cual los hombres de su prestamista comenzaron a buscarle para que pagase el resto de los intereses.

Una tarde, Sotomayor, queriendo despistar a los cobradores que le acosaban, se colocó un bigote postizo, cambió el color tanto de su cabello como de sus ojos y desprendió el tacón de su bota izquierda. Esta acción, al caminar, lo hacía ver como un hombre baldo y viejo, muy diferente de la imagen del Sotomayor que todos conocían. Con su improvisado disfraz, pasó frente a los cobradores y ninguno de ellos logró reconocerle, incluso ni el prestamista, a quien Sotomayor sorprendería con su personaje. Luego de una larga charla entre los dos, el hombre acordó perdonarle la deuda restante, a cambio de los muebles y enseres de la vivienda, dándole la opción de una semana más sin costo alguno, para que la recuperase. No obstante, encontrar un trabajo en menos de cinco días y, sobre todo, reunir ese capital le sería imposible a Sotomayor, ya que no tenía a dónde más acudir. Se sintió tan endeudado con sus amigos que, según él, seguirles molestando sería una impertinencia suya. Era consciente de que, así todos le ayudasen, no le alcanzaría para saldar su cuenta; razón por la cual decidió dirigirse sin rumbo fijo hacia la frontera. Estando allá, se encontró con su ex cuñado, quien le prestó una parte del dinero y le habló de la posibilidad de conseguir el resto en pocas semanas, siempre y cuando su amigo Falcão le aceptase como escolta. Esa opción de trabajo no era muy llamativa para Sotomayor. Sin embargo, si las cosas se le daban, sería el intento más viable para recuperar de un solo golpe el lugar en donde tenía impregnados sus más preciados recuerdos.

La decisión de Falcão al aceptarle en su pequeña organización llenaría a Sotomayor de felicidad; él, motivado en solucionar su problema, ejerció un organizado trabajo que, mezclado con la experiencia de contador, en pocos días lo convirtió en su hombre de confianza. Esa cualidad en Sotomayor lo llevaría a conocer, a través de los libros de contabilidad, el vínculo de sociedad secreta que había entre Tancredo Moreira y su jefe.

Transcurrido su primer mes en la organización, Sotomayor recibió un préstamo de Falcão, con el cual en ese momento quiso recuperar su inmueble. Él, optimista en que lograría llegar de nuevo a un acuerdo, buscó a su prestamista, pero al quererle saldar la deuda, se llevó la sorpresa de que a la casona ya la habían demolido. Aquella noticia le propinó a Sotomayor un duro golpe, que le condenó a cargar con su tristeza a cuestas y a sentir que la vida había perdido el sentido.

Irónico ante la embestida del destino, el préstamo ya no le era necesario. Aun así, se sintió comprometido con el favor prestado y decidió, a pesar del peligro, continuar al servicio de Falcão.

Allá en ese pequeño cartel, Sotomayor, con el correr de los días, conocería a través de su jefe todo lo relacionado con la calidad de la droga, sus clientes y la manera más fácil de transportarla.

El asesinato de Falcão y sus escoltas

Se acercaba la época electoral, y los candidatos políticos, en las provincias fronterizas del Brasil, inundaban con su publicidad las calles y avenidas, con afiches y pancartas pintados en mil colores. Cada líder, difundiendo su color de partido, anunciaba a través de pregoneros, radio y televisión tener las soluciones para los problemas del pueblo.

Esa mañana en que se iniciaba el despliegue publicitario, Tancredo Moreira, aspirante a la asamblea de su provincia, muy temprano sería sorprendido por dos llamadas telefónicas, una seguida de la otra.

En la primera, Falcão su socio, desde el oscuro mundo del narcotráfico, le confirmaba que los cultivos de coca en su proceso químico produjeron cincuenta y nueve kilos de alcaloide, los cuales serían vendidos al día siguiente; por tal razón, el próximo sábado le urgía tener un encuentro con él, para darle la parte de sus ganancias.

La otra llamada fue emitida desde la sede de su movimiento y no sería tan positiva como la anterior. En esta, el secretario de su partido político le notificaba al candidato que, por la forma tan arbitraria de enfrentar los obstáculos y por la falsedad con que pretendía alcanzar la curul, los miembros de su partido no le veían futuro. Ellos, de mutuo acuerdo, tomaron una medida radical y desde ese momento quedaban desvinculados de su campaña.

Al escuchar Tancredo tal decisión, no quiso resignarse a su suerte; sabía que hacerlo significaba una muerte prematura en la política, y su deseo era llegar a ocupar un alto rango en el Gobierno de su país. Así que, en busca de alianzas, acudió a sus colegas corruptos y, una semana más tarde, le lanzarían al ruedo público, con un movimiento independiente. Pero en pro de contrarrestar su mala imagen, a Tancredo le era necesario invertir mucho más dinero, y aun contando con los aportes de sus nuevos colaboradores, no le sería suficiente. Ese déficit del momento mantuvo al candidato analizando el problema; a los pocos minutos, encontró que tenía la solución en sus manos. De inmediato a la idea, llamó a sus hombres y junto a ellos planeó quedarse con el dinero de Falcão.

Emanada la orden, los diez, incluyendo al político, salieron a la espera de su socio. En cuadrillas de cinco, se embarcaron en dos camionetas oficiales a buscar su objetivo. Ya en el lugar del encuentro, un grupo se camufló entre la espesa vegetación, aguardando a que los otros hiciesen el contacto.

Mientras los sicarios se acoplaban al plan de Tancredo, las escoltas de Falcão al otro extremo de la montaña esperaban impacientes a su comprador. Era la primera vez en tantos encuentros que este hombre no llegaría a la hora acordada. Una avería en las mangueras del combustible sería el causante de los cuarenta y cinco minutos de atraso. Luego de aquella corta explicación del contacto, pasaron a revisar la pureza del alcaloide; al no reunir la calidad exigida, cinco de los cincuenta y nueve paquetes de kilo serían rechazados por su cliente. Terminada la selección de la cocaína, Falcão recibió el dinero y cada cual partió a lograr su objetivo. El comprador, preocupado por tan repentino cambio del clima, rápidamente encaletó la mercancía y se alejó en su helicóptero, mientras Falcão y sus escoltas, en sus tres camionetas Ranger, se internaban en la montaña rumbo a su próximo encuentro.

Esa tarde, por seguridad y tratando de esquivar la tormenta que se reflejaba en la parte norte del firmamento, Falcão les ordenó a sus hombres tomar la trocha hacia el sur. Decidió que el dinero y la cocaína devuelta se transportarían en el vehículo conducido por Sotomayor. Sin embargo, este no cumpliría con su objetivo, ya que siete kilómetros antes de la llegada al encuentro con Tancredo, la camioneta sufriría una pinchada.

Falcão, basado en la circunstancia del momento, se vio obligado a transferir las escoltas y el dinero a un segundo vehículo, y dejó a Sotomayor encargado del cambio de la llanta y con la tarea de apresurarse, para arribar puntual a la reunión. Finalizado el trabajo, Sotomayor procedió a darles alcance a sus compañeros; no quería llegar cuando el encuentro hubiese terminado, por lo cual, al acelerar su vehículo, trató de ganarle tiempo al reloj. Diez minutos más tarde, él desde la distancia observaría las dos camionetas parqueadas. Pero al no advertir con su mirada la presencia de sus amigos, sospechó que algo fuera de lo normal estaba ocurriendo. Llevado por ese presentimiento, Sotomayor se encaletó la droga y procedió a investigar.

Muy sigiloso, atravesó la cañada, hasta llegar a escasos cien metros del encuentro. En ese momento, varios hombres vistiendo pasamontañas y portando fusiles salieron de la espesa vegetación. De inmediato a sus avances, Sotomayor pensó que se trataba de las escoltas de Tancredo asegurando el perímetro, por lo cual caminó hacia el encuentro con más seguridad. Sin embargo, al instante en que iba a entrar a la pequeña zona deforestada, escuchó cuando Tancredo con asombro preguntó:

—Socio, ¿en dónde están los cinco kilos de cocaína rechazada?

Al advertirle Falcão que estos venían en la camioneta conducida por Sotomayor, Tancredo les ordenó a cuatro de sus custodios interceptar el vehículo y recoger la droga. Esa actitud en el político le pareció extraña a Sotomayor y decidió ocultarse. Luego, tomó su celular y comenzó a filmar lo que trascendía en el momento. Segundos después, Tancredo recogió la parte de sus ganancias y se despidió de su socio. Acto seguido a su partida, los hombres encapuchados que minutos antes Sotomayor había observado entraron de sorpresa y aniquilaron a Falcão y seis de sus escoltas. Ya confirmado que todos estaban muertos, los sicarios se desprendieron de sus pasamontañas y le hicieron una llamada telefónica a Tancredo, quien, al presentarse de nuevo en el lugar, emocionado les expresó:

—¡Buen trabajo, muchachos!

Mientras el primer grupo de sicarios concretaba lo planeado, los otros cuatro hombres que buscaban a Sotomayor, aunque encontraron la camioneta, regresaban sin un resultado positivo. Esto hizo suponer a Tancredo que la última de las escoltas de Falcão había sido testigo ocular de los hechos, por lo cual todos saldrían a registrar los alrededores. Sabían que él no estaría muy lejos.

Sotomayor, al escuchar la orden de su búsqueda, emprendió la huida. En el tropel, su mano derecha fue golpeada por una rama, que le hizo soltar el celular; y a la vez alertó a los sicarios, quienes, con la esperanza de que fuese alcanzado por sus disparos, enfocaron su ataque en el sector. Aun así, el conocimiento de la zona hizo que Sotomayor lograse salir con vida. Temeroso de una represalia en su contra, se enrumbó hacia territorio del Brasil. Aunque los asesinos siguieron tras sus pasos por varios días, les sería imposible darle alcance, ya que les había tomado demasiada ventaja.

Haber salido ileso de aquel atentado, según Sotomayor, se debía a la intervención de su madre y su esposa, quienes desde el cielo intercedieron por él. Ellas, con anticipación, le enviaron señales indirectas para que se alejase del peligro, y aunque Sotomayor en aquel momento no logró interpretarlas, se hicieron evidentes desde el instante en que la casona fue demolida.

Mas estos mensajes subliminales no pararon allí, continuaron mostrándose a través de una amenaza de tormenta, que nunca sucedió. Luego, el retraso del cliente, quien siempre se había destacado por estar en el lugar de las citas con una hora de anticipación. Por último y no menos importante, la pinchada que le impediría llegar a tiempo al encuentro con Tancredo.

La muerte de Melquiades

En simultáneo con el asesinato de Falcão y sus escoltas, tres hombres al otro lado de la frontera, portando pistolas con silenciador y ocultándose entre la oscuridad de la noche, lograban bloquear, desde el jardín de una lujosa residencia, sus cámaras de seguridad. Esa estrategia, en cuestión de minutos, les brindó a los delincuentes el acceso a su interior, en donde sin obstáculos y sigilosos como unos felinos, fueron recorriendo el inmueble cuarto a cuarto y asesinando a todos sus ocupantes de una manera certera y fugaz.

Con su accionar silencioso, los sicarios confirmaron que no dejaban testigos, luego de lo cual le hicieron una llamada a su jefe, en donde le aseguraron que los traidores y sus dos escoltas estaban muertos.

El hombre al otro lado de la línea, en pro de no repetir el mismo *impasse* de la masacre anterior, les ordenó registrar la mansión nuevamente, desde el sótano hasta el ático. Con esta precaución, Tancredo quiso evitarse cualquier clase de sorpresa. Luego de veinte minutos de búsqueda, los sicarios procedieron a una segunda llamada. Ellos, confiados, le aseguraron que todo estaba bajo su control. De inmediato a la notificación, el hombre al otro lado de la línea les preguntó:

—¿Están completamente seguros?

—Claro, señor Tancredo —respondió el sicario—. Los cuatro ya no serán un impedimento para sus futuras negociaciones. A sus opositores les cerramos las bocas para siempre.

Animado por el éxito del operativo, el hombre les recordó sustraer todos los objetos de valor, sus celulares y no olvidar saquear la caja fuerte, que estaba detrás de la imitación del Picasso. Con esto, según el pensar de Tancredo, les haría creer a las autoridades que sus muertes estaban relacionadas con los móviles de un robo.

Su acción, aunque perfecta para ellos, había dejado dos cabos sueltos. El primero, un teléfono celular, que una de las víctimas al caer lanzó por debajo del sofá sin que su asesino se diese cuenta.

El segundo, un exterminador de roedores, que desde horas antes se encontraba sobre el cielo raso de la residencia buscando los causantes de un extraño ruido que, según sus propietarios, no les dejaba dormir en las madrugadas.

Esa noche, el exterminador, apostado entre el espacio del primer piso y el ático, teniendo ubicada la madriguera, se dedicó a esperar pacientemente a que llegasen sus furtivos huéspedes. El hombre estaba tan concentrado en su ambiente, que pudo escuchar con claridad todo lo que ocurría en el piso principal. Su oído en ese momento captó los pasos de varias personas que entraron muy sigilosas por el ventanal de la terraza.

Instantes seguidos a esta interrupción, el exterminador percibió cuando los cuerpos de las víctimas cayeron pesadamente contra el suelo, arrastrando, en su agonía de muerte, varios de los objetos que había a su alrededor.

Esa secuencia de sonidos tan precipitados alarmaron un poco al exterminador. Pero no tanto como la conversación que escuchó a la distancia, cuando los sicarios le aseguraron a su jefe que todos estaban eliminados. Esta frase, aunque le llenó de temor, le hizo advertir que algo muy grave estaba sucediendo. Por esa razón, el exterminador inmediatamente apagó su celular. Luego, muy cauteloso, se desplazó hasta el cuadrante por donde había entrado. Tomó el pedazo de cartón piedra desprendido del lugar y como pudo lo pasó del exterior al otro extremo, en donde, con mucho sigilo y atornillándolo desde adentro, ocultó la evidencia de que él estuviese allí. Los sicarios, al entrar a la cocina y observar el parche en el cielo raso, quisieron verificar por qué aquel cuadrante estaba colocado de tal manera. Sin embargo, al tratar de mover la lámina, se dieron cuenta de que estaba asegurada. No sospecharon que, desde el interior, alguien había estado oyendo aquella conversación.

Transcurridos los minutos de temor, el exterminador volvió a escuchar cuando uno de los asesinos, vía celular, le hizo una nueva llamada al jefe, en la cual le comentó:

—Señor Tancredo, no se preocupe, que nosotros con las joyas, los celulares y las armas haremos que la autoridad encuentre un chivo expiatorio a quien culpar.

Terminada la corta charla, los sujetos, uno a uno, fueron dejando la mansión, para internarse en la Zona Rosa del municipio, en donde hallarían al futuro culpable.

Con sus partidas, la edificación entró en una calma total. Después de media hora de terror, el silencio había regresado de nuevo. Aun así, el exterminador continuaría allí por unos minutos más. Quiso estar seguro de que los sicarios no se habían percatado de su presencia.

Ya con los nervios bajo control, el hombre pensó por unos instantes brindarle su versión a la autoridad. No obstante, al bajar y encontrarse con los cuatro cadáveres, le dio temor llamar a la Policía. Sabía que, al hacerlo, dejaría al descubierto su nombre, y quienes habían asesinado a esas personas querrían silenciarlo para siempre.

En ese momento, su instinto por sobrevivir lo llevaría a borrar todas las evidencias que señalasen que hubiese estado en la mansión. El hecho de que el exterminador no conociese la cámara de seguridad lo llevó a confiarse en que habría de lograrlo. Así que, luego de colocar en forma correcta el cuadrante del cielo raso, limpió sus huellas y se apoderó del pocillo en donde horas atrás había tomado café. Acto seguido, buscó entre los muertos sus celulares, para borrar el registro del mensaje que minutos atrás le había enviado a su patrón. Mas su intento sería en vano, ya que supuestamente todos los teléfonos se encontraban desaparecidos.

Esa circunstancia lo llevó a pensar que su mejor opción era guardarse el secreto y tomó la decisión de huir, con lo cual de cierta manera ayudaría a confundir a los fiscales.

Doce horas más tarde de aquellos decesos, las constantes llamadas sin respuestas alarmaron a la secretaria de Melquiades, quien muy preocupada dio aviso a las autoridades.

Con su llamada, la Policía se hizo presente, acordonó el área y, minutos después, los fiscales Baena y Guerrero arribaron a la escena del crimen e iniciaron la recolección de la evidencia; al ejercer su inspección ocular, todo les apuntaba a la acción de un robo. Un trabajo de profesionales, ya que, según los fiscales, no habían dejado testigos ni huellas. Además de esto, las pruebas de balística les advirtieron que, por los cartuchos calibre diez milímetros encontrados en la escena del crimen, las armas usadas en la masacre no estaban registradas, pues las pistolas para ese tipo de munición eran ilegales en el país. Aun así, ellos debían hallar algo que les diera un indicio de los asesinos, por lo cual iniciaron con el dictamen del médico forense, quien determinó que las muertes se habían producido entre las nueve y media y las diez de la noche del día anterior.

Hasta ese momento, lo que la Fiscalía tenía en sus manos era muy poco. Solo contaban con el registro de las cámaras de seguridad, en donde aparecía un hombre motorizado, exhibiendo un ancho sombrero y una rara vestimenta, quien fue recibido por las escoltas de Melquiades, que le dieron acceso a la mansión a través de la puerta trasera del garaje.

Su arribo al lugar se produjo a las ocho de la noche, mas el video no mostraba que este hombre hubiese salido antes de las nueve y cuarenta y cinco; tiempo en que las cámaras de seguridad sufrieron un desperfecto y dejaron de funcionar. Esto significaba para los fiscales que esa persona estuvo allí hasta minutos después de los asesinatos.

La pista en la que ellos se enfocaban no era muy contundente, y aunque el video mostraba al personaje, les sería imposible reconocer su rostro.

Los fiscales, insistentes en un resultado positivo, continuaron en la búsqueda. Baena tomó el teléfono fijo y se concentró en los mensajes de meses atrás; minutos más tarde, encontraría la siguiente grabación:

—Señor Melquiades, soy el exterminador y quiero decirle que esta semana no puedo estar a su servicio. Pero sin falta estaré el próximo domingo 23, a las ocho de la noche.

De inmediato que escuchó la grabación, Baena buscó el número telefónico de la persona que había dejado el mensaje, aunque se llevó la desilusión de que la llamada fue hecha desde un teléfono público.

Al mismo tiempo de su hallazgo, uno de los drogadictos del sector, atónito, encontraba entre su mugriento equipaje una gran suma de dinero, joyas, varios celulares y dos armas de fuego.

Prepotente por su suerte, tomó un fajo de billetes y, con estos en mano, quiso entrar a uno de los restaurantes de la zona. En su intento, la seguridad del lugar le impediría el paso. Ese hecho hizo enfadar al indigente, quien sacó de su bolsa la pistola con silenciador y comenzó a disparar sin ningún control. Incapaz de dominar el arma, en cuestión de segundos descargó todos los tiros del proveedor muy cerca de sus pies. Luego del inesperado ataque, los vigilantes ilesos lograrían someterlo y entregarlo a la Policía, quien en su requisa le hallaría gran parte de un botín, del cual él juraba no haber participado.

Recolectada la evidencia, procedieron al análisis del revólver, cuya serie les indicó que el arma era de dotación oficial y pertenecía a una de las escoltas asesinadas.

Minutos después, Baena era notificado y el hombre sería llevado hasta la edificación, en donde, al ser interrogado, quedó demostrada su inocencia. Sus respuestas y el reporte de los vigilantes corroboraron que lo expresado por el drogadicto era muy evidente, pues al instante en que había accionado la pistola, la fuerza de los disparos logró dominar su trayectoria, y esa inexperiencia le confirmó al fiscal que el sospechoso nunca en su vida había apretado el gatillo de un arma. El trabajo realizado en la mansión fue, sin duda, ejecutado por profesionales. Su conocimiento como fiscal le señalaba que el hecho era una estrategia de los verdaderos culpables para desviar la investigación.

Por otro lado, Guerrero tendría más suerte, ya que, al revisar minuciosamente bajo el viejo sofá, se encontró con el celular de una de las víctimas, que tenía registradas decenas de llamadas de la secretaria y un mensaje de texto, enviado ese domingo a las ocho y cincuenta siete, en el cual el exterminador le confirmaba al señor Melquiades que los causantes de los ruidos en las madrugadas eran una pareja de mapaches.

Con el número aparecido en la pantalla del teléfono, los fiscales conocieron que el celular de donde fue enviado el mensaje estaba registrado a nombre de Gustavo Espino. Esa información fue suficiente para ubicar su residencia y efectuar su allanamiento. Allí, se encontraron con la sorpresa de que horas atrás el hombre había emprendido la huida, junto a sus dos hijos menores.

Todos los indicios del momento apuntaban hacia Gustavo como cómplice, testigo ocular de los hechos o el posible asesino. Pero este hombre, sin antecedentes judiciales en su contra, dedicado a la exterminación de roedores, viudo y con dos hijos menores, no tenía el perfil de un sicario. Ya no les quedaba duda de que era un testigo clave al que debían proteger; por lo cual, frente a la prensa, los fiscales omitieron tener indicios de su existencia, pues cualquier comentario de sospecha sobre él era colgarle una lápida al cuello. Aun así, debían hallarle para poder aclarar la verdad, y la mejor manera de hacerlo era colocándole una medida de aseguramiento preventivo, en donde lo sindicarían del asesinato de su esposa, aunque ambos sabían que era una falsa acusación, ya que ella había muerto de cáncer. No obstante, esta fue la opción más viable de la Fiscalía para protegerle.

En simultáneo con que los fiscales confirmaban su presencia en la escena del crimen, el exterminador y sus dos hijos menores, Raúl y Juliana, llegaban al norte de la frontera. Allá, bajo una falsa identidad, se radicaron en el municipio de El Paso, en donde los tres comenzarían una nueva vida.

La investigación preliminar

Veinticinco días después de los asesinatos de Falcão y sus escoltas, las denuncias entabladas por la desaparición de sus familiares hicieron que el SIB (Servicio de Inteligencia del Brasil) les ordenara a sus agentes secretos, Vinicio Braga y mi persona, Dirceu Figuereiro, iniciar la investigación correspondiente a una posible masacre.

La mañana en que los dos fuimos notificados para el caso, veníamos de celebrar junto a Larissa, mi novia, nuestro compromiso de boda y su ascenso como jefe de unidad provincial. Con aquel agasajo al lado de nuestros colegas y amigos, esa noche se nos hizo corta; por lo cual alargamos la velada hasta el día siguiente, en donde juntos continuamos disfrutando al máximo de aquella euforia. Pero esa inmensa alegría a todos se nos opacaría con tal fatídica noticia; pues teníamos mucho tiempo que una desaparición de tal magnitud no sucedía en la frontera.

Ese día, aún con los efectos del guayabo recorriendo nuestros cuerpos, nos presentamos al SIB. Allá, anexamos a nuestro expediente el reporte primario y las declaraciones obtenidas de los familiares, en donde ellos nos confirmaron que la última vez que vieron con vida a los desaparecidos fue un mes atrás, en la localidad de Tobatinga, zona fronteriza entre el Brasil y Colombia; que estas personas estaban vinculadas con el tráfico de drogas; y todos los siete trabajaban para un pequeño traficante de nombre Falcão, quien también figuraba en el listado como desaparecido. Además de la vital información, los declarantes nos aportaron las fotografías de sus parientes y elevaron sus propias teorías, en donde, según ellos, había la posibilidad de que un robo fuese el móvil de su desaparición, pues en las charlas con sus familiares, siempre les advertían que en la zona no tenían competencia. De lo único que debían proteger a su jefe era de un intento de atraco.

Inmediatamente que recaudamos la información, analizamos los móviles de los dos episodios, llegando a la conclusión de que, en estas supuestas desapariciones, como en las muertes ocurridas al otro lado de la frontera con Melquiades y sus escoltas, estaban involucradas las mismas personas.

Horas más tarde de la declaración, los dos empezamos la pesquisa en una vereda de ese municipio, obteniendo, ese mismo día, información sobre las camionetas en las que estos supuestos difuntos se habían movilizado, las cuales fueron encontradas al fondo de un precipicio, a cientos de kilómetros del caserío.

Por versión de los campesinos aledaños, conocimos que en el sector de la cañada, semanas atrás, hubo una gran balacera, y la fecha en que ocurrió coincidía con la desaparición de Falcão y sus escoltas. Esa evidencia circunstancial nos condujo al sitio en donde supuestamente se había llevado a cabo la masacre; encontramos esparcidos en el lugar cientos de vainillas de fusil y casquillos diez milímetros, con los cuales confirmamos lo dicho por los aldeanos y le dimos sentido a nuestra teoría.

A medida que avanzábamos en la investigación, Tancredo, allá en la capital de la provincia, se enteraba de que nosotros estábamos tras las pistas de los asesinatos. Esto lo llevó a colocarnos una trampa, a la cual le dio inicio con un supuesto campesino del lugar, quien muy convincente nos comentó haber visto, semanas atrás, a varios hombres armados cavando una gran fosa, en un punto conocido como El Mineiro, a escasos diez kilómetros de la población de Ipiranga.

Basados en su versión, los dos llegamos al lugar. Luego de entrar a la parte más montañosa del terreno, yo sentí un pequeño pinchazo en el cuello. Segundos después, se inició un pesado sueño y en medio de esa somnolencia alcancé a observar cómo mi compañero se desplomaba. Cuando desperté del efecto sedante, un agudo dolor en el pecho me advirtió que estaba herido.

Agotado por la pérdida de sangre, lentamente incliné la cabeza y, al girarla, a mi alrededor observé con asombro mi pistola en la mano derecha y, al lado de mi cuerpo, un bolso repleto de dinero. En el otro extremo, yaciente sobre el suelo, vi a mi colega y cuñado Vinicio, quien, gravemente herido, murió a los pocos segundos de su despertar. En ese instante, llegó la Policía y desde la distancia me ordenaron soltar la pistola.

Efectuada su petición, procedieron a levantar nuestros cuerpos, y ambos fuimos conducidos hasta el hospital del municipio.

En el reporte de su inspección ocular, los agentes me sindicaron de haber asesinado a mi colega, para quedarme con el dinero del soborno, que supuestamente esa tarde yo había recibido de la persona a quien investigaba; razón por la cual, al recuperarme de la herida, los oficiales de Asuntos Internos del SIB ya tenían nuevas evidencias que me condenaban: una consignación en mi cuenta de ahorros de quinientos millones de cruzados, y un video saliendo del banco con un abultado portafolio. Esto los llevó a suspenderme por seis meses y, como medida de aseguramiento, sería privado de mi libertad hasta esclarecer el hecho.

Durante su investigación, ellos comprobaron que, por las altas dosis de cloroformo encontradas en nuestras pruebas de sangre, los dos habíamos sido heridos después de drogados. Otra evidencia a mi favor fue no haber hallado muestras de pólvora en mi mano izquierda ni en la derecha, con la cual supuestamente yo le había disparado a mi compañero. Además de eso, la fecha aparecida en el video demostró que fue un montaje, ya que aquel día, a esa hora, me encontraba recibiendo en la oficina del director una mención honorífica por mi excelente trabajo como investigador.

Bajo esas circunstancias me declararon inocente y retornaría a mi actividad. Aun así, los colegas y mi novia, hermana del fallecido, no creyeron en mi inocencia. Eso me llevó a alejarme de la institución, y a convertir mi vida, por dieciocho meses, en un verdadero caos. La crisis de perder a la mujer que amaba y el desprecio de mis compañeros de trabajo me condujeron al mundo de los antidepresivos, la droga y el alcohol. Sin embargo, esa decepción más tarde habría de brindarme algo positivo, pues sin pensarlo, el licor me llenaba de sentimiento y me hacía crear en mi mente frases de romanticismo mezcladas con despecho; el cual mi boca, al emanarlas con tanta nostalgia, convertía en poesía. Oraciones como estas, dondequiera que llegara borracho, las exclamaba, y a través de sus palabras dejaría plasmado mi dolor.

Así con este poema, quise advertirle a Larissa que su partida me causaría la muerte, pues nunca había pasado por mi mente que en algún momento ella pensara en dejarme. Y como sabía que su viaje no tendría regreso, con su despedida se moriría la tarde, ya que en la cárcel de su amor yo quedaría preso. Con grilletes atados a una pasión que corre por mi sangre, y condenado al recuerdo del último beso, que como una hoguera aún en mi boca arde.

Porque sé que, con su abandono, el sol se habrá de ocultar y en la noche las estrellas dejarán de brillar.

Y si ella pudiese preguntarle a la luna cuál es mi malestar, la luna conmovida le habrá de contestar:

"¡Porque tú te vas! Y tu ausencia la muerte le va a causar.

Ya que al abandonarle, es lo mismo que si le quitaras la vida. Porque de esa herida nunca podrá recuperarse, ya que en el corazón le dejarás una daga metida, que poco a poco habrá de desangrarle. Con lo cual quedará a unos pasos del abismo, en lo más profundo de un laberinto sin salida. Luchando sin fuerzas para levantarse y, en medio de ese caos, se morirá su optimismo.

Si él te entregó todo a la vez y con ilusión hizo castillos en el mar, lo poco o lo mucho lo puso a tus pies, e improvisó mil formas de amar. Aun así, los sueños que colocó en tus manos murieron al revés, augurándole con ello lo triste que sería su final.

Si tú le dejas solo y sin esperanza, condenado al fuego de la hoguera, viviendo únicamente de añoranza y recordando su verde primavera, en hojas secas muy pronto su árbol quedará. Si mataste su alegría con tu falsedad, convertiste en una quimera aquel sueño que pensó duraría una eternidad.

Pero hoy, que has decidido que te vas, va a tratar de llorar. Aunque se ahogue con sus lágrimas y la sangre por sus venas deje de circular, sin embargo, sabe que al iniciar tu viaje, jamás te podrá alcanzar. Y en medio de su llanto habrá de naufragar, ya que tu partida marcará su recta final, porque si tú no estás, su vida no será igual.

Pero aun así te desea que seas feliz al querer. Aunque eso signifique su dolor y el insomnio de muchos días, o a lo mejor, en medio de esta agonía, se infartará su sufrido corazón y te llevarás la sorpresa de que partió al amanecer. Porque al morir su sueño que forjó con sentimiento, le cortaste la ilusión de estar juntos desde el ayer hasta su muerte. Por tu cariño, aunque hizo lo insólito, fue imposible detenerte, ya que tu amor se consumió como agua en el desierto.

Con tu decisión, lo dejaste a estribor en medio de su tormento. Y como barco sin timonel, al estrellarse en mil pedazos rompió su corazón. Y aunque no te conmueva lo que siente por dentro, siempre te desea lo mejor. Pero al no estar tú, comprende que él nada es, quedará como un arcoíris sin colores, será como un oasis en medio del sol, o como una primavera sin el aroma de las flores.

Porque tu recuerdo está tan impregnado en todas las cosas que le has dejado, que aun las rosas de su jardín sienten tu abandono. Y con tu partida, todas se han marchitado.

Es tan grande esta pena que él siente, que el eco en la montaña su voz silenció. El ruiseñor se llenó de sentimiento y por su dolor su canto enmudeció.

Hoy a solas se pregunta: '¿Qué hará él con estos pesares?'.

Pues al final nada valió la pena, ya que en su verano hasta se confundieron los turpiales. Aquellos que anidaron afuera esperando que su árbol floreciera. No obstante, solo el otoño llegaría por estos lugares, y ellos murieron esperando su primavera.

Con tu partida, sus ojos reflejaron tanta tristeza, que las montañas de flores moradas brotaron por él. De negro se tiñeron las rosas de la azucena y murieron los capullos, en la flor del laurel.

Por eso es que, a veces, muchos ven injusta la vida y se dejan llevar por las pasiones del corazón. En medio de la pena no valoran que es bello el amor, y piensan en la muerte como una salida.

Aunque sé que tu ausencia lo mismo le va a causar. Porque, a partir de ese momento, su corazón dejará de palpitar. Se consumirá como leña en la hoguera y, aunque por ironía no lo quisiera, va a morir de sed en medio de tu inmenso mar. Ya que sin ti quedará, como un grano de arena perdido en el desierto, como un sol que se oculta a partir del mediodía. Como un cantante afónico en la mitad de un concierto. Como una historia de ficción sin fantasía.

Pero mientras tanto, seguirá vagando con la pena, condenado en tu recuerdo. Tan solo viviendo de ello y haciendo castillos en la arena. Porque tú te apoderaste de sus alegrías y ataste tu corazón a su cuerpo. Y aunque te censura y te condena, sigue añorando el tiempo en que fuiste suya. Pues con aquel amor hicieron un derroche, para al final quedarse con las manos vacías. Por eso tiene miedo de comenzar la noche, y no poder alcanzar de nuevo el día.

Este sentimiento lo tiene hecho un cobarde, al que le da temor enfrentar un vuelo. Porque al recordar tu amor le entra el desespero. Entonces comprende que aún en su alma tu fuego arde, con una intensidad tan grande, que en tus cenizas se quema. Y como sabe que tienes en el pecho una piedra por corazón, habrás de postrarte en su lecho y al oír su lamento no sentirás ningún dolor. Eso será para ti una ilusión pasajera sin ningún tormento, una primavera que murió al sucumbir su última flor. Hojas secas que arrastrará el viento, sin ninguna dirección.

Aunque al iniciar aquel cariño, fue del color de la azucena. Pero con el verano este cambió de tono por su pena. Porque al marcharte le dejaste como un pez encallado en la arena que agoniza lentamente, mientras el pescador disfruta su condena. Y hoy, porque no lo ven llorar, dicen que está mejor. Pero como sus ojos se van a nublar, después de haber llorado tanto, ayer gastó tantas lágrimas en consolar este dolor, que los ríos se desbordaron a causa de su llanto.

Pero las lágrimas que brotan hoy están manchadas con sangre. Estas brotan porque van a morir, como el sol al caer la tarde. Pues su desconsolado corazón sabe que tu ausencia será demasiado grande. Con tu distancia le demostraste que tu amor fue tan solo un fraude. Y aunque su alma queda hecha un despojo por tu olvido, tiene que reconocer que cosas buenas y malas le pasaron contigo. Lo bueno del pasado fue haberte conocido, pero lo malo del presente será haberte perdido. Sé que donde estés pensarás que es muy feliz, ya que tú no distingues entre el amor y la falsedad. No sabes qué tan difícil es vivir sin ti. Y día a día se consume en esta nostalgia. Y aunque sabe que con la soledad nunca se muere el cuerpo, sí se entierra el alma. Y vivir en medio de esa aparente calma es lo mismo que estar muerto, o herido de gravedad. Y al no poder darte la bienvenida, se te hará muy triste, mujer, ya que tú al volver lo hallarás sin vida. Así sentirás lo que duele en el corazón una herida. Y tu llanto doble habrá de ser, uno por tu dolor y otro por su partida. Pues al saber que este juglar fue reducido a ceniza, tus ojos habrán de llorar y se borrará de tu rostro la sonrisa. Porque ya no hallaras de él ni los escombros de su cuerpo, ni sus penas, ni su risa, ya que a todos sus recuerdos se los llevó la brisa".

Por declamar estas prosas de tristeza dondequiera que arribara, convertí mis versos en poesía. Y debido al sentimiento con que los interpreté, me apodaron "el Poeta", seudónimo con el cual muchos me conocerían.

Mi encuentro con Sotomayor

Mientras el despecho acontecía en mi vida, Sotomayor se convertía en el narcotraficante desconocido más buscado de la frontera. Su necesidad de burlar a los perseguidores le llevaba a crear sus propios personajes y pequeños carteles, que a los pocos meses desmantelaba, para luego ubicarse en otra ciudad con una nueva caracterización, con la cual a sus enemigos les sería imposible encontrarle. Pero aun con su astucia, Sotomayor sabía que le faltaba una persona en quien confiar; alguien que secretamente le mantuviese informado de lo que estuviese ocurriendo a su alrededor.

Esa debilidad en su estructura y el hecho de tener ambos el mismo enemigo en común lo llevarían a mí en busca de una alianza; y aunque al momento de su llegada me hallaba en una gran crisis depresiva, él, por conocer todo mi pasado, me veía como la persona ideal para ejercer dicha labor.

Ese día, horas antes de que Sotomayor me encontrase, yo había ingerido Valium y alcohol etílico, por lo cual el Monje, nombre con que en ese momento era conocido en la comuna, me hallaría dopado y en medio de una convulsión producto de los efectos secundarios, al mezclarse las dos sustancias. Bajo su orden, inmediatamente fui sacado del tugurio y conducido hasta una clínica de especialistas en el centro de la ciudad. Allá, en dos meses, psicólogos y toxicólogos me despojaron de la adicción. Me recuperaron del trauma psicológico y aprendí desde aquel instante a ver la vida de otra manera.

Terminado mi tratamiento, me dieron de alta. Esa tarde, el Monje me esperaba en la entrada de la clínica. Yo, al verle de nuevo, llegué hasta su coche, con la intención de expresarle mi agradecimiento. Cuando quise hacerlo, él me aclaró con mucho optimismo:

—Dirceu, no se preocupe, que ayudarlo estaba en mis planes.

Intrigado por sus palabras, subí al coche y le pregunté:

—¿O sea que mi encuentro no fue casualidad?

—¡No! —respondió el Monje—, le estoy buscando desde el día en que usted dejó de buscarme a mí.

Su respuesta me confundió aún más. Así que emané una nueva pregunta:

—¿Cuál es la razón de su búsqueda?

Él, mostrando una pequeña sonrisa, me respondió:

—Mi empeño de encontrarlo fue porque conozco su excelente labor como agente del SIB, y yo necesito una persona con esas cualidades para que ejerza una vigilancia secreta sobre mi entorno. Si acepta la propuesta, usted tendrá dinero, vehículos y hombres armados a su disposición. Además, le ofrezco la posibilidad de vengarse de quienes les colocaron la trampa en donde Vinicio apareció muerto, y de la persona que estipuló la orden del asesinato.

Yo, atónito, pregunté:

—¿Cómo lograré vengarme de ellos, si no tengo ni idea de quiénes son?

—De manera fácil —me respondió—. Y es más, usted no tendrá la necesidad de buscarles. Ellos llegarán a sus manos buscándome a mí; pues los sicarios, quienes segaron la vida de su compañero Vinicio, forman parte del mismo grupo que tiene una persecución de muerte en mi contra. El motivo de su obsesión por eliminarme fue haber sido testigo ocular del asesinato de Falcão y sus escoltas. Así que ambos tenemos el mismo enemigo en común, y tanto usted como yo estamos en la obligación de vengar ambas muertes.

Luego de unos segundos de silencio, le hice una nueva pregunta:

—De los desaparecidos, ¿quién es usted?

Su respuesta fue:

—Yo soy Jorge Sotomayor.

Al escuchar su nombre, asombrado, exclamé:

—¡Pero su fisonomía no se parece en nada al hombre que estuve buscando!

Sotomayor me expresó:

—Usted tiene la razón. Sin embargo, gracias a mis personajes, he logrado despistar el acoso de las autoridades y la persecución de Tancredo Moreira, el autor intelectual de los asesinatos en mención.

Conocer el nombre de la persona causante de mi desgracia me confortó el alma y, bajo esa circunstancia, acepté la alianza con Sotomayor.

Concretado el acuerdo, los dos llegamos hasta un parqueadero, en donde me entregó las llaves de una camioneta y, dentro de esta, un dinero suficiente para adquirir todo lo que necesitaba, incluyendo el personal de seguridad. Con ellos bajo mi mando, cinco días más tarde, tendría instalada en la comuna una agencia de servicio secreto, trabajando en exclusiva para el Monje.

Los fracasos del fiscal Baena

Tras varios meses de viaje siguiendo las huellas de su amado, ya el cansancio se le notaba en los ojos. Aun así, Ludiela quiso seguir adelante; sabía que su objetivo estaba muy cerca. El único impedimento del momento era el transporte, pues ella, aunque tenía su propio vehículo, había decidido dejarlo en un parqueadero de la ciudad. No era recomendable llegar a la comuna conduciendo un BMW; le sería más viable tomar un taxi. Sin embargo, al mirar su reloj, Ludiela comprobó que este marcaba las nueve y treinta, hora límite para que alguien se decidiera a hacer la carrera hacia la comuna; por lo cual, al pasar los minutos, a Ludiela se le haría más difícil su situación. En su afán de lograrlo, ya ella había solicitado el servicio de varios taxistas, quienes al conocer la dirección de inmediato se negaban a transportarla a su destino. Invadida por su ansiedad, hizo un último intento. Instantes después de su llamada, el taxi se estacionó y Ludiela, sin saber si el conductor la llevaría, abrió la puerta trasera y se introdujo en el vehículo. El taxista le preguntó:

—¿A dónde se dirige la dama?

Ella, sin titubeos, le respondió:

—Hacia la discoteca de la Comuna Oriental.

La respuesta de la joven puso al taxista un poco nervioso, ya que eran más de las diez de la noche, y a esa hora, solo alguien muy necesitado tomaría tal riesgo. En ese momento, aunque

Ludiela estaba hablando con la persona indicada, el conductor lo pensó por unos segundos. Tratando de evadirla, la advirtió del peligro. No obstante, luego de meditar su crisis económica del instante, decidió sacarle ventaja a la situación de su cliente y se ofreció a llevarla, pero tan solo hasta la calle principal de la comuna, y con la condición de recibir una tarifa triple y por adelantado; trato este que Ludiela aceptó sin protestar.

Arribada al lugar, la joven mujer encaminó sus pasos, guiada por el sonido de la música que a lo lejos se alcanzaba a escuchar. No habían transcurrido unos cinco minutos, cuando dos hombres, portando pistola en mano, la interceptaron con la intención de atracarla.

Ellos, con la mano izquierda, se aferraron a su garganta, con lo cual a Ludiela le fue imposible gritar. Ya indefensa, la recostaron contra la pared y comenzaron a acariciarle sus partes íntimas. Pero de un instante a otro, cuando los delincuentes la tenían a su merced, salieron corriendo, como si hubiesen visto al diablo.

Ludiela, sorprendida, volteó su cabeza y desde la distancia observó a cuatro personas; entre ellas, al hombre que apodaban "el Padrino". Aunque su fisonomía y tono de voz eran muy diferentes al Sotomayor que buscaba, no tenía dudas de que fuese él.

Instantes después de haberle rescatado de las garras de sus atacantes, uno de sus salvadores tomó a Ludiela por los hombros y la introdujo en un vehículo particular, que fue rumbo a la discoteca. Allí, luego de quedar a solas los dos, ella, con un cuestionario de preguntas, despojaría al Padrino de su disfraz.

Ya Ludiela con la certeza de no estar equivocada, lo estrechó entre sus brazos. Acto seguido de aquel reencuentro, se produjo en Sotomayor una reacción alérgica al perfume que ella llevaba impregnado sobre la piel. Ese malestar, por llegar acompañado de estornudos continuos y una fuerte congestión nasal, haría que ambos en ese instante le confundieran con los síntomas de un resfriado.

Sotomayor, un poco desconcertado por la interrupción del momento, esbozó una sonrisa que combinaba sarcasmo y alegría. La mezcla de esas dos actitudes no era para menos, pues Ludiela, además de ser su mula temporal, era también su amante predilecta y la única persona que en todas sus actuaciones había sido capaz de seguirle las huellas de su caminar, y fuese cual fuese su falsa identidad, siempre descubría su personalidad. Con esa virtud en su amada, irónicamente la vida le mostraba a Sotomayor que no era tan astuto como se lo creía. Reconoció que, gracias a la obsesión de Ludiela, él en más de una ocasión había frustrado en sus perseguidores su propia captura, ya que su presencia era un indicador de que los fiscales no estaban muy lejos.

Acto seguido a la reacción corporal, Ludiela se dio una ducha. Finalizada esta, salió envuelta en una diminuta toalla, que al estar frente a Sotomayor se desprendió de su cuerpo como por arte de magia, con lo cual dejó a la intemperie sus partes íntimas. Luego siguieron los besos y las caricias, que terminaron en la cama tras una faena de sexo en donde los dos, esa noche, saciaron sus cuerpos de placer hasta el agotamiento, aunque para lograr controlar el alto voltaje erótico en ella, al Padrino le tocó recurrir a ciertas ayudas sexuales. Debido a esa energía artificial, él se mantuvo activo y despierto mientras Ludiela, vencida por el sueño, se quedó dormida. En ese momento, Sotomayor, aprovechando la circunstancia, le dejó sobre la cama un bolso repleto de dinero, la escritura del negocio y una nota en la que le hablaba de su pasión por ella, la cual, según él, era comparable con la sangre que circulaba por sus venas. Pero aun queriéndola tanto, debía alejarse nuevamente de su vida. No deseaba que su más implacable enemigo la involucrase en su persecución ni le hiciese daño.

En otro aparte del escrito, Sotomayor le explicaba que el motivo de la donación era mantenerla ocupada un tiempo.

Él sabía de sobra que, en un mes a más tardar, su adicción por el juego, la necesidad de un dinero fácil y los recuerdos le despertarían la obsesión por tenerlo, y de nuevo comenzaría a buscarlo. Debido a ese conocimiento, el Padrino, en la parte final del párrafo, le aconsejaba no hacerlo, ya que la próxima vez no contaría con la suerte de hallarlo. Por eso, le recomendó asegurar tanto el dinero como la propiedad y no preocuparse de sus procedencias, pues estos eran totalmente legales.

Aquella advertencia estipulada por Sotomayor en su apunte causó en Ludiela un efecto contrario, y más que como un consejo, ella le tomó como un reto.

La partida de su benefactor dejó a Ludiela muy triste y bastante preocupada. Ella pensaba que, al no estar el Padrino al frente, quedaría a merced de la delincuencia común que operaba en el sector, pero estaba equivocada, ya que Sotomayor no la abandonaría a su suerte; él, al marcharse, me dejó encargado de protegerla en secreto.

Una semana más tarde de la repentina visita de Ludiela, la ciudadela sería sitiada por un convoy militar; así que, mientras este brindaba la seguridad, los fiscales efectuarían su allanamiento.

Ese miércoles 31 de diciembre, camuflado entre la oscuridad de la noche, cada grupo se dirigió a su objetivo. El comando militar, sigiloso como felino, interrumpiría el bullicio en la comuna, para que una unidad de fiscales, a cargo de Baena, tomase por asalto la discoteca en busca de Sotomayor, alias "el Padrino", nombre con el cual en aquel momento lo llamaban sus allegados y la mayoría de los niños del lugar, a quienes él había beneficiado a través del bautismo.

En el instante de la arremetida militar, el local estaba repleto de clientes. Unos bailaban al ritmo del reggaeton, mientras que otros en el bar desahogaban el estrés de la semana. Entre estos, había varios ebrios impacientes, esperando que el reloj marcase las doce de la noche para salir a recibir a balazos el nuevo año.

Al otro extremo de la discoteca, en la cabina del DJ, Ludiela, su actual dueña, embargada por sus recuerdos, miraba con tristeza que se aproximaba la partida del Año Viejo, por lo cual tanto ella como todos los presentes esperaban en aquel instante el bullicio de la despedida. Así que, al escuchar aquella ráfaga de fusil, se confundieron y de inmediato pensaron que se trataba de la bienvenida del nuevo año. Pero una voz gruesa con un tono militar los hizo caer en la realidad, cuando les ordenó a todos tirarse contra el piso.

Instantes después de la exigencia, docenas de fiscales con pistola en mano interrumpieron aquel ambiente de festejo y procedieron a levantar, uno a uno, a los clientes dentro de aquel salón. Luego de realizarles una exhaustiva requisa, encontraron entre ellos a varios delincuentes, quienes se hacían llamar con los alias "el Monje" y "el Padrino". Dichos seudónimos, por unos instantes, alegraron a los fiscales, pues estos eran los mismos apelativos que le habían otorgado al capo las diferentes personas que le conocieron durante sus primeras etapas de narcotraficante, y sobre las cuales Baena y su segundo al mando, el fiscal Guerrero, habían iniciado una persecución años atrás. No obstante, al verificarles sus cédulas, los fiscales comprobaron que ninguno de los presentes era el verdadero Sotomayor, la persona por quien se había llevado a cabo el operativo. Desgraciadamente para ellos, días atrás, él había desmantelado su anterior cartel, para radicarse con un falso personaje en otra capital.

Los fiscales, sin opciones de hallar a su perseguido, se ensañaron contra Ludiela y quisieron involucrarla en un proceso de testaferro. Sin embargo, tanto a su hoja de vida como a la procedencia del inmueble no les hallaron ninguna irregularidad. Debido a eso, desistieron de su intento, mas no la eliminarían de su lista de sospechosos.

De inmediato a la confirmación de su inocencia, yo, su hombre secreto, le comunicaba al Padrino lo sucedido. Este me ordenó alejarme de la comuna y estar pendiente de su llamada. Sabía por experiencia que, después de lo ocurrido, Ludiela había encontrado la excusa perfecta para vender el local.

Con aquel frustrado allanamiento, el fiscal Baena y Guerrero, su compañero de persecución, le añadían un nuevo fracaso a la larga lista de intentos en pro de la captura de Sotomayor. Aun así, en aquel momento sus rostros no se inmutaron; confiaban en que en la próxima embestida lograrían su objetivo, por lo cual ellos seguirían tras sus pasos y, a pesar del infortunio, no se darían por vencidos.

En simultáneo con la nueva frustración de los dos fiscales, en otro lugar a cientos de kilómetros, Sotomayor se cambiaba de personaje y hacía contactos para iniciar un nuevo cartel. Luego de hallar a las personas que buscaba, les encomendó la tarea de conseguir un refugio en donde él pudiese descansar seguro por un tiempo.

Veinticuatro horas después de su exigencia, sus nuevos socios, al adquirir la hacienda El Oasis, le daban solución a la prioridad del jefe.

El Ángel, como era el apodo de Sotomayor en aquel instante, al escuchar la ubicación de su futuro refugio, se embargó de recuerdos; ya que en esa zona fue donde él inició sus pasos de narcotraficante, razón por la cual conocía el lugar como la palma de su mano. Esa ventaja iba a ser para él un punto más en contra de sus perseguidores. Pero aunque dicho inmueble era un sitio estratégico para el propósito del Ángel, a sus socios les sería necesario hacer construir dentro de él una caleta que les brindase un refugio positivo, en caso de una embestida por parte de la autoridad; motivo por el cual sus socios Richard y Eric le recomendaron al Ángel continuar en la capital por unos cuarenta y cinco días mínimo, tiempo calculado por ellos para la adecuación del lugar.

Debido a ese compromiso, sus dos nuevos socios, al mando de un grupo de hombres, cometerían una acción que prácticamente meses más tarde los pondría a los tres en las manos de los fiscales Baena y Guerrero.

Así que esa mañana, Eric, Richard y varias de sus escoltas, en procura de su objetivo, salieron en dos camionetas rumbo a la represa. Llegaron al lugar en las horas del atardecer y en el preciso instante en que empezaba a caer un fuerte aguacero. Sus necesidades del momento eran interceptar uno de los vehículos en donde se transportaban los obreros que retornaban a la ciudad, secuestrar a sus ocupantes y llevarlos hasta la hacienda El Oasis.

Con esa intención, se ocultaron juntos con las camionetas en un atajo del camino. Allí, sigilosos, esperaron hasta confirmar que los dos primeros vehículos se alejaban. Ya sin obstáculos, procedieron a interceptar el último de estos. Su conductor, al ver que las camionetas salían de una vía intermedia y se le atravesaban en el camino, no tuvo más opción que frenar en seco, para evitar un accidente. Esa acción alarmó a los pasajeros de la parte trasera, a quienes, por venir con el vehículo cubierto por la carpa, en ese instante les sería imposible observar lo que estaba sucediendo.

Intrigados por conocer el hecho, el ingeniero y sus seis obreros descendieron del vehículo uno a uno. A medida que lo hacían, eran encañonados por un grupo de hombres, los cuales les obligaron a transbordarse en dos vehículos particulares. Segundos después del secuestro, les sometieron a una requisa, les decomisaron sus aparatos de comunicación y les cubrieron los rostros con un capuchón negro.

En ese momento, los secuestrados pensaron que se trataba de una represalia de la guerrilla, en contra de la empresa constructora por haberse estado negando a pagar la "vacuna". Así que, basándose en esa hipótesis, tanto el ingeniero como los obreros comenzaron sus alegatos. Les hicieron saber a sus captores que ellos eran simplemente subcontratistas, prácticamente obreros rasos, quienes tenían muy poca relación con los altos funcionarios de la empresa, por lo cual sus secuestros no le causarían a la constructora ningún efecto negativo.

No obstante, a pesar de sus súplicas y de aclararles su situación, no lograron un cambio de actitud en los plagiarios. Sin más opciones, los siete se conformaron a su suerte. Acto seguido, Richard tomó al conductor de la constructora, lo introdujo dentro de la cabina y le esposó las manos contra una manecilla plástica de la puerta. Luego de confirmar que quedó bien aprisionado, retrocedió hasta la parte delantera del vehículo, levantó el capó y desprendió del motor el distribuidor de corriente, para luego lanzar el repuesto montaña abajo.

Ya con todo dispuesto, las camionetas de Richard y Eric partieron con los secuestrados rumbo a la hacienda.

Mientras estos se alejaban, el conductor esposado dentro del vehículo redoblaba esfuerzos en procura de romper la manecilla plástica. Tiempo después de estarlo intentando, logró su objetivo y, aunque continuó con las manos encadenadas, quedó en libertad de caminar para donde quisiese.

En ese instante, él tenía dos opciones: tomar la carretera al pueblo más cercano, que estaba a unos veinte kilómetros, o regresarse a la represa. Así que, sin pensarlo demasiado, se inclinó por la posibilidad más viable e inició una larga travesía a pie, llegando al lugar cuando empezaba a clarear el nuevo día. Desde allí, dio aviso a las autoridades del plagio y contactó a los parientes de sus compañeros secuestrados.

Horas más tarde del anuncio, un escuadrón de fuerzas especiales, al mando de los fiscales Baena y Guerrero, se hizo presente en la zona. A su arribo, también llegarían reporteros y familiares de las víctimas.

Ya con el perímetro asegurado, los militares les ordenaron a los periodistas hacer su toma correspondiente.

En simultáneo con que estos hacían su reporte, Baena y Guerrero interrogaban al conductor, quien, a través de su relato, describió los rostros de los plagiarios hasta el más mínimo detalle, así como los carros usados para esa acción, las armas que portaban y la forma como vestían. Recolectada la evidencia, los fiscales se inclinaron por otras opciones. Sin embargo, no descartaron la participación subversiva en ese hecho.

Debido a sus hipótesis, Baena y Guerrero iniciaron la investigación basándose en la evidencia del conductor.

Con lo poco que conocían de la zona, tomaron un mapa y buscaron sobre su impresión la ruta tomada por los plagiarios. Esta les señaló una carretera destapada, con cientos de kilómetros de longitud, que se dividían en una cantidad igual de ramales. A través de estos, los raptores podían tener acceso al cien por ciento de las haciendas rurales, y a la vez internarse en la montaña.

Llevados por la circunstancia, a los fiscales les era muy difícil hallar en ese momento una pista directa que los condujera a liberar a los secuestrados. Sin más opciones, los dos enfocaron su indagación en la ciudad, los pueblos circunvecinos, veredas y corregimientos. En esos lugares, tanto los teléfonos de los familiares retenidos como el de la empresa constructora serían interceptados. Con esto, las autoridades buscaban captar una comunicación que les brindara una evidencia positiva.

Por otro lado, Baena y Guerrero, basados en fotografías satelitales y en la descripción que poseían de las camionetas y de sus ocupantes, colocaron en puntos estratégicos a un centenar de sus hombres. Aun así, hallar lo buscado no les fue posible, ya que la mayoría de los vehículos arribados a los diferentes lugares eran de la misma marca y modelo que los usados por los captores. Además de eso, ninguna de sus placas coincidió con el serial, que los infiltrados tenían en su poder. Al mismo tiempo que los fiscales avanzaban en su investigación, los siete secuestrados, custodiados por sus raptores, eran enterados del motivo de sus plagios: construir dentro de la hacienda un refugio subterráneo que tuviese su entrada desde la piscina y, a la vez, que esta pasase inadvertida a los ojos de las autoridades.

Antes de iniciar el trabajo, Richard y Eric les prometieron a los secuestrados que, terminado este, los siete quedarían en libertad. Pero no se irían con las manos vacías, ya que cada uno de ellos se llevaría consigo una fuerte suma de dinero.

Luego del pacto, el ingeniero diseñó lo que sería la caleta, e hizo una lista de los materiales y la maquinaria a utilizar. Cinco horas más tarde de la petición, lo exigido llegaba a El Oasis. Con esto, ellos le daban inicio a la excavación y al proceso de sus muertes.

Allá en ese lugar, al final de cada jornada, los plagiados eran encerrados en un inmenso salón, en donde, a pesar de su limitación, tenían algunos privilegios. Uno de estos era la televisión; así que, durante su cautiverio, a través de los noticieros muchas veces observaron a sus familiares y amigos, haciendo una llamada a los captores para que les respetaran sus vidas. Dichos mensajes y las ansias por quedar de nuevo en libertad hicieron que el ingeniero y la cuadrilla de trabajadores se esforzasen al doble. Debido a aquella actitud, la obra sería terminada en un tiempo récord, y en reconocimiento a su labor, cada uno supuestamente recibiría lo prometido.

Sus emociones del momento llenaban de felicidad a seis de los plagiados, por dos razones. La primera, el hecho de estar libres. Y la segunda, haber recibido de sus captores un dinero suficiente para montar su propio negocio. Pero si a ellos los embargaba aquel sentimiento, para el secuestrado más joven del grupo la felicidad era triple. El motivo extra de su entusiasmo se debía a que, con el dinero recibido, él podría terminar su universidad y, a la vez, le alcanzaba para pagarle un abogado a su hermano recluido en la Modelo. Sin embargo, a todos la alegría les duraría muy poco, ya que Richard y Eric no querían que nadie más, a excepción de Sotomayor, supiese de la existencia del refugio. Por eso, con anticipación, habían planeado para ellos su deceso, en el cual incluían a sus cuatro escoltas.

Ese día de su liberación, el grupo de plagiados fue embarcado en dos camionetas, y a cada uno le colocaron de nuevo el capuchón negro. Luego, los dos jefes, antes de dar la orden de partida, les advirtieron a sus hombres que debían dejarlos en el mismo lugar donde los secuestraron.

En ese instante, a ninguno de los constructores, ni mucho menos a sus custodios, les pasó por la mente que iban hacia el encuentro con la muerte. Así que, minutos más tarde, un centenar de balas asesinas segarían sus vidas.

Cinco semanas después de los asesinatos, Baena y Guerrero, a través de fotografías satelitales y videos tomados por el avión fantasma, captaron imágenes de civiles armados, en los alrededores de la hacienda El Oasis. En la filmación, estas personas aparecían vistiendo prendas militares y fusiles de asalto. Al lado de ellos, había varias camionetas similares a la descrita por el ex secuestrado conductor.

El hecho de que estos hombres portasen armas de largo alcance los relacionaba directamente con la guerrilla, paramilitares o escoltas del narcotráfico. Así que, basándose en esa hipótesis, los fiscales concentraron toda su atención en el predio y le ordenaron al piloto del avión fantasma hacer un espionaje exhaustivo sobre la zona.

Por otro lado, los expertos en comunicaciones, al interceptar ondas radiales, lograron escuchar una conversación en donde las escoltas, al referirse al jefe, le llamaban con el nombre de "el Ángel". Y ese alias a los fiscales no les dejaba la menor duda de que ellos se referían a Sotomayor, por lo cual tenían la certeza de que, en aquella ocasión, sí lograrían su objetivo. Así que, en pro de su captura, iniciaron el plan a seguir.

Esta nueva casualidad les recordaba a Baena y Guerrero que habían pasado tres años de persecución en contra de los diferentes personajes y alias que Sotomayor había adoptado para despistar su autoridad. Pero si en ese lapso de tiempo ellos como fiscales no habían logrado un resultado positivo, era porque siempre habían trabajado con información errónea. Debido a aquellos obstáculos, los dos, a medida que ejercían sus pesquisas, se frustraban más aún; esto hacía que Baena y Guerrero, aunque no viesen imposible la captura de Sotomayor, sí la vieran muy difícil.

La razón de su metáfora era que Sotomayor, por sus diferentes personajes, había sido un genio para pasar inadvertido; un maestro del maquillaje cuya verdadera identidad conocían muy pocos.

Otro de los puntos en su favor había sido la generosidad de esta persona, por la cual sus benefactores, en cada ciudad adonde arribaba, le seguían colocando seudónimos diferentes, y con esto indirectamente lo protegían de sus perseguidores.

Unos le habían llamado "el Protector", otros "el Apóstol" o "el Ángel". Donde él llegaba a montar su cartel, siempre adoptaba una nueva personalidad, y en pro de su seguridad, dejaba a su hombre secreto merodeando por los alrededores, en alerta máxima a cualquier eventualidad. Además de esto, Sotomayor era una persona muy astuta. Aunque escogía las grandes capitales como centro de sus operaciones ilícitas, no permanecía en esa ciudad por más de tres meses. Montado el nuevo cartel, buscaba en los tugurios personas humildes, a quienes hacía sus socios y los dejaba encargados del negocio.

El compromiso de Sotomayor, o el alias con que le llamaran, era proporcionar a sus socios la droga en un lugar seguro, proveerles las mulas y, a la vez, recibir el dinero de la venta, del cual ellos se harían acreedores del treinta por ciento sobre las ganancias. Sin embargo, los socios, en el resto de sus actividades, eran autónomos de proceder a su conveniencia. En sus decisiones, el Ángel no tenía ninguna participación, y siempre que respetasen lo pactado, no les colocaba obstáculo alguno; por lo cual, luego de acordar con ellos las reglas a cumplir, se retiraba a otra ciudad. Debido a esa razón, no les daba oportunidad a los capos de otros carteles para que le eliminasen, ni chance a las autoridades para su captura.

El hecho de que Sotomayor se alejase del lugar donde se ejercía el ilícito y cambiase su personalidad en cada lugar al que arribaba era una estrategia para que sus socios no le reconociesen al estar frente a su presencia. Pero así él los dejase a sus anchas, conocería de sus contactos hasta la más mínima transacción que estos efectuasen sobre la droga, ya que, cuando les nombraba sus socios, les daba un código temporal que, por seguridad, era modificado una hora antes de cada entrega. Para acceder al pago internacional de los envíos, tenían que digitar dicho código con una contraseña que estaba registrada en la base de datos de su computador personal.

Por otro lado, las mulas que Sotomayor tenía contratadas en diferentes puntos fronterizos eran personas ancianas muy profesionales en su trabajo, y aunque los viajes por la frontera de estos abuelos se producían varias veces al día, solamente llevaban a cabo sus entregas una vez por semana.

Su profesionalismo como traficantes los llevaba a introducir la droga en los vecinos países, de una manera fácil: transportada vía terrestre en motocicletas y camuflada en diferentes materiales, que no generaban ninguna sospecha.

En ocasiones, los guardias fronterizos, al hacerles los registros de rutina, con suspicacia les preguntaban:

—Abuelo, ¿qué lleva allí?

Ellos, siempre respondiendo con la verdad, exclamaban:

—¡Unos kilitos de cocaína!

Claro que, por la gracia con que lo decían, nunca les creyeron. Su insinuación conseguía enfadar a los guardias, quienes, ofuscados por sus tonterías, les trataban con frases degradantes y, en medio de su enojo, les advertían:

—Viejos estúpidos, si en verdad llevasen droga, entonces estarían cagados del miedo.

Otra de las astucias del Ángel era que, después de establecer un nuevo cartel, desmantelaba el anterior y cambiaba de socios, a quienes en pocas semanas les daba el estatus de capos, con lo cual relegaba todas sus responsabilidades en ellos. Las únicas que no renovaba hasta ese momento eran sus mulas, aunque en cada entrega de la mercancía, les ordenaba cambiar la modalidad en las entregas. Con esa audacia, Sotomayor siempre había logrado confundir a las autoridades y a sus colegas enemigos. Sin embargo, en aquel instante, según el pensar de Baena y Guerrero, la suerte había dado un giro a su favor, pues esta vez ellos trabajaban sobre información verdadera. Así que esa tarde de ardiente sol, fuerzas especiales bajo sus mandos entraron muy sigilosas en predios de la hacienda El Oasis. Sabían que, si querían capturar a Sotomayor, no podían cometer errores, pues con el más mínimo de estos, él se les escaparía de nuevo.

Debido a sus precauciones, los avances de la tropa eran coordinados a través de fotografías satelitales y monitoreados desde un centro de cómputos en la capital; por esa razón, cada paso en procura de su objetivo estaba asegurado. Esto llevaba a pensar a los fiscales que, a medida que pasaban los segundos, la captura de Jorge Sotomayor, alias "el Ángel", se hacía más inminente. Pero a escasos ochocientos metros de la mansión, las fuerzas especiales encontraron el primer obstáculo. Así que la orden de Baena para los encargados de neutralizar a los centinelas fue prohibirles usar armas con silenciador; sin más opción, debían capturarlos vivos. Ese impedimento les obligaba a acecharlos hasta obtener de ellos la clave que reportaban cada diez minutos. De inmediato a su obtención, tendrían menos de ese tiempo para someterlos y evitar que alertasen a sus colegas. Baena no querían darles la oportunidad a Sotomayor ni a sus socios de que se escapasen, pues ellos dos eran piezas fundamentales para una posible condena en contra del capo. Por eso, tenían la necesidad de tomarles por sorpresa y así poder capturarlos a todos.

Dada la orden, cuatro de los hombres de Baena salieron del grupo a cumplir con su misión. Ellos, con pasos pausados, recorrieron el pequeño tramo de espesa vegetación, sin alterar con su presencia el silencio reinante en la montaña.

Como felinos acechando su presa, los cuatro fiscales esperaban obtener la contraseña para forjar el ataque. En simultáneo con su acecho, los teléfonos celulares de los centinelas sonaron, y a través de estos, con la frase clave "La plaga está en calma", ellos se reportaron a su jefe. Enseguida que estos colgaron la llamada, se inició una embestida coordinada sobre los vigilantes. Como la arremetida debía ser fulminante, los hombres de Baena se abalanzaron sobre los cuatro centinelas, para no darles la oportunidad de que usaran sus armas. Instantes después de sus ataques, Baena y el resto de sus hombres continuarían su avanzada, confiados en que los fiscales encargados de la misión habían logrado someterlos.

Mientras Baena y sus comandos aseguraban los alrededores de la hacienda, allá en la pequeña colina, fiscales y centinelas entraban en una feroz lucha cuerpo a cuerpo, ya que los bandidos, por tener un gran conocimiento en artes marciales, hicieron que a los agentes les fuese imposible inmovilizarlos de inmediato. Por esa razón, el combate se prolongaría por un lapso de ocho minutos. Luego de ese tiempo, los cuatro fiscales les comunicaron a Baena y Guerrero el logro de su objetivo. Ellos, a la vez, dieron la orden de contactar, a través de las radios de los capturados, a las escoltas de Sotomayor en el otro extremo. De inmediato a la petición, el encargado de hacerlo emitió la misma frase de minutos atrás. Con esa estrategia, pensaron que no hallarían obstáculos y se auguraba una victoria segura, pero había sucedido algo que los fiscales no tuvieron en cuenta. Esto era que, cada diez minutos, los centinelas debían reportarse con una clave diferente. Así que, al hacerlo con la misma dos veces, las escoltas personales del Ángel se alarmaron y dedujeron que algo fuera de lo normal estaba sucediendo. Instantes después de aquel presentimiento, los custodios salieron a asegurar el perímetro, entrando en una feroz balacera contra las fuerzas especiales.

El Ángel y sus socios Richard y Eric, quienes a esa hora se encontraban en la piscina, al escuchar los disparos tomaron de inmediato sus morrales, en donde llevaban su computador personal, las armas y el dinero. Luego, le siguieron los pasos al capo, quien a través de su celular accionó un código secreto y, automáticamente a un costado de la piscina, se abrió una caleta, que pasaría inadvertida ante los ojos de sus perseguidores.

Transcurrido un lapso de una hora, los fusiles callaron sus balas, pues la superioridad numérica y su estrategia de militares habían logrado someter a las escoltas personales del capo. Luego del dominio, el fiscal Baena y sus hombres buscaron por todo el lugar a Sotomayor. No hubo centímetro en la hacienda que no fuese revisado. Sin embargo, el resultado les sería negativo. El motivo de su ineficacia se debía a que tres de las catorce personas que sabían de la existencia de la caleta estaban dentro del túnel secreto. Las otras once, enterradas en una fosa común, ya que los socios de Sotomayor, alias "el Ángel", sin que él se los ordenase, un día después de concluido el trabajo, segaron las vidas del ingeniero constructor y sus obreros. Por esa razón, en ese lugar se sentían seguros; nadie aparte de ellos sabía que este existiese. Además de eso, en su escondite tenían un circuito cerrado de televisión con cámaras ocultas en puntos estratégicos, que les mantenía informados de todos los pasos que Baena y sus hombres ejecutaban dentro de la hacienda. También allí los tres poseían los víveres suficientes para sobrevivir por varias semanas. Así que, con esa prevención, la confianza de salir ilesos se les hacía más viable con cada hora transcurrida.

Entre tanto que el optimismo se apoderaba de los tres, a Baena y Guerrero la duda les mantenía a la expectativa. Ellos sabían que Sotomayor, o el Ángel, no había podido burlar el cerco de sus fiscales, por lo cual la presencia de las fuerzas especiales en la hacienda se prolongaría por varios días. La obsesión de Baena por encontrarlo llevó a sus hombres a cavar fosas en diferentes partes del terreno, en busca de una posible caleta. No satisfecho con esto, hizo pasar una a una por el polígrafo a todas las escoltas de Sotomayor, llevándose al final de su faena una nueva decepción, ya que en ninguna de ellas encontraría la respuesta a su problema.

Mientras Baena agotaba dicha opción, sus hombres, usando sensores de calor, inspeccionaban cada una de las habitaciones del inmueble, sus techos y el piso. Aun así con esa exhaustiva tarea, el resultado fue negativo. Terminada la rigurosa pesquisa, el fiscal Guerrero ordenó el desagüe de la piscina y personalmente se introdujo en esta, sacó su pistola y con la cacha comenzó a golpear tanto las paredes como el fondo. Segundos seguidos a su acción, uno de sus hombres detectó en el costado izquierdo de la piscina una fuente de calor; exaltado por el hallazgo, le advirtió a Baena la posibilidad de que fuese emanado por la temperatura de cuerpos encaletados allí. Así que, de inmediato, se inició la excavación. Sin embargo, después de finalizada esta, los sensores continuaron emitiendo la misma señal en todos sus alrededores, razón por la cual, en los tres lugares que fueron perforados, se encontraron con los reguladores térmicos del agua que abastecía a la piscina.

Después de cuatro días de pesquisas, Baena y sus hombres se retiraron de la hacienda. Mas esta no quedaría sin vigilancia, sino que continuaría custodiada las veinticuatro horas del día por un escuadrón de policías.

Al enterarse Sotomayor de que Baena y sus hombres se retiraron, entendió que el acoso por encontrarles iba a ser menos riguroso, por lo cual para él sería más fácil escabullirse, ya que contaba con su astucia, el conocimiento de la zona y la oscuridad de la noche. Además de eso, yo, su hombre secreto, desde muy cerca coordinaría su escape.

A Sotomayor, alias "el Ángel", por ser la obsesión del fiscal, sus socios le dieron la opción de salir primero, acordando entre los tres que dos horas después lo haría Richard y cuatro horas más tarde, Eric, el último de ellos. Luego de lo pactado, el Ángel tomó los computadores y en un CD les extrajo toda la información que los incriminaba a él y a sus socios como narcotraficantes. Terminada la labor, agarró todas las partes de la base de datos, las volvió añicos y las echó por la taza del retrete.

A medida que aquellos pequeños fragmentos eran absorbidos por la presión del agua, al capo le llegaba el momento de partir. Minutos antes de hacerlo, les advirtió a sus dos hombres que, si transcurrido el tiempo estipulado su refugio no era invadido, eso significaba que él había logrado alcanzar un lugar seguro. Debido a esa recomendación, Sotomayor antes de partir les dejó dos mapas con las posibles vías más convincentes para sus escapes, e inició su aventura.

En simultáneo con que el Ángel se alejaba, los socios esperaban en el refugio, con la seguridad de que todos saldrían ilesos. Pasadas las horas, el reloj marcó las diez de la noche y su caleta continuaba segura. Eso les indicaba que la suerte estaba de su lado, por lo cual era el instante propicio para que el segundo de los tres escapase del peligro.

Richard, muy sigiloso, salió al exterior, saltó la pared de seguridad del predio y, en medio de la oscuridad, encaminó sus pasos hacia una de las zonas boscosas que rodeaban la hacienda. Pero minutos más tarde de iniciado su escape, fue sorprendido por uno de los oficiales que custodiaban el lugar. De inmediato a su captura, Richard quiso sobornarlo, así que introdujo su mano en la mochila para sacar el dinero. No obstante, el teniente pensó que su intención era sacar un arma;

aquella acción provocó la reacción del oficial, quien basado en la intuición del instante disparó primero. Esa descarga hizo que el roce de la bala le causara a Richard una herida leve a la altura de la cabeza, haciendo que, segundos después de la fricción, el cuerpo de este hombre se desplomase de bruces contra el suelo. Acto seguido, el oficial, con mucha precaución y sin dejar de apuntarle, encaminó sus pasos hacia la víctima. Ya frente a ella y al comprobar que estaba inconsciente, procedió a registrarla, encontrándole entre sus pertenencias una mochila repleta de dólares, una pistola Beretta diez milímetros, el portátil y un mapa que, por los trazos dibujados en él, divulgaba con exactitud el escondite de sus socios.

El teniente, llevado por la ambición, extrajo el arma del morral de la víctima y la colocó en la mano derecha de Richard. Luego le tomó el dedo, lo aprisionó contra el gatillo y ejecutó dos disparos al aire. Enseguida del hecho, tomó su pistola de dotación y le dio un balazo en la cabeza. Así que, al comprobar que estaba muerto, lo despojó del botín y lo ocultó, para regresar por este más tarde.

Transcurridos unos minutos de aquel ataque, el resto de sus compañeros policías llegaron al lugar. Ellos, al ver al difunto, lo confundieron con Sotomayor, alias "el Ángel", y comenzaron a extender preguntas. El oficial, al verlos alterados, les argumentó que actuó en defensa propia y en cumplimiento de su deber. Además, les aclaró que ese cuerpo yaciente sobre el suelo no era de quien ellos estaban pensando. El teniente estaba seguro de que se trataba de uno de los socios del capo y, según él, la persona que sería el empalme para dar con el escondite de Sotomayor. La razón de su certeza era la información que halló en el mapa, por la cual el oficial les afirmó que el capo y su cúpula continuaban encaletados en la hacienda; más precisamente, en la parte derecha de la piscina.

Instantes después de su insinuación, uno de los policías, sorprendido, exclamó:

—¡Pero mi teniente! Ya la piscina fue revisada por los hombres del fiscal Baena y no hallaron nada.

La respuesta del oficial no se hizo esperar y, con sarcasmo, le dijo:

—Porque ellos buscaron en el lugar equivocado.

Luego de la revelación, el oficial sabía que si las personas dentro de la caleta salían con vida, lo más seguro era que le iban a delatar, al ver el cadáver de su amigo sin su mochila personal. Por ese motivo, según él, los restantes dentro del refugio también debían morir.

El teniente, con la intención de eliminarles, se puso al frente del operativo. Así que, después de hallar el supuesto escondite, ordenó a sus hombres derrumbar la pared. Media hora más tarde de arduo trabajo, el obstáculo sería eliminado. Ya con el acceso libre al lugar, el teniente comenzó a fraguar su plan. Mientras este decidía, Eric, en el otro extremo de la caleta y detrás del muro divisorio de aquella sofisticada construcción, se preparaba para entregarse a la autoridad. Pero al escuchar la orden impartida por el oficial de entrar a matar, desactivó el circuito de la iluminación, sacó de su mochila personal la Beretta diez milímetros y se dispuso a defenderse. De inmediato a la orden del oficial, el segundo al mando del pelotón se opuso a su decisión y con un tono enérgico le expresó:

—¡¡Pero mi teniente!! ¿Por qué no otorgarles la oportunidad de entregarse?

El oficial, al escuchar que su subalterno contradecía su orden, furioso le respondió:

—Porque mi experiencia me dice que no están dispuestos hacerlo. Ellos prefieren una tumba en su patria que ser extraditados a otro país.

Después de la reprimenda a su subalterno, el oficial encolerizado agregó:

—¿Le quedó claro, sargento?

—¡Sí, señor! —respondió.

Enseguida de las palabras, pasaron a la acción. No obstante, en ese momento, la oscuridad de la caleta impedía al oficial visualizar el objetivo. Así que tomó su linterna y, apoyado con pistola en mano, entró de primeras echando bala sin ninguna dirección. Eric, guiado por el reflejo de la luz, disparó a la ofensiva. Con su accionar, logró herir levemente al teniente en una de sus piernas. Este, al caer de bruces contra el piso, sufriría una fractura de cuello.

Segundos después de aquel suceso, el sargento de la escuadra tomó el mando. Él personalmente con uno de sus hombres se introdujo en la caleta. Los dos, sin hacer un solo disparo y protegiéndose en la oscuridad del lugar, con mucha precaución arrastraron al oficial herido hasta el exterior. Luego de ponerlo a salvo y solicitar asistencia médica, el sargento les ordenó a sus subalternos abortar la misión, ya que, por lo estrecho de la entrada y lo oscuro de su interior, la persona al otro extremo era quien tenía toda la ventaja. Esa conclusión llevó al sargento a buscar una salida más viable. Debido a su estrategia, entró en diálogo con los presuntos narcotraficantes, a quienes les prometió respetarles la vida si no oponían resistencia.

La respuesta de Eric fue inmediata: ellos estaban dispuestos a entregarse, pero con la condición de que fuera el fiscal Baena quien les capturara. Llegados al acuerdo, se inició un desenlace en donde ambas partes iban a salir beneficiadas.

Según el sargento, con lo pactado él llevaba todas las de ganar, pues por el hecho de capturar a uno de los hombres más buscados del país, se ganaría un dinero extra. Además de eso, se daría un ascenso vertiginoso en su carrera. No obstante, el suboficial estaba equivocado, y Eric a la larga sería el más favorecido, ya que, al caer en manos de Baena, aseguraba un tesoro aún más valioso, su propia vida.

La determinación tomada en ese instante por el sargento objetaba la orden inicial emanada del teniente, quien herido y sin poder moverse les exigía desde el otro extremo ejecutar un ataque masivo. En ese instante, sus gritos fueron interrumpidos por el ruido de un helicóptero de la Cruz Roja, en el cual arribaron varios paramédicos y los fiscales Baena y Guerrero. Estos últimos, con sus rostros cubiertos por pasamontañas, confiaban en hacer la captura más importante de toda su carrera judicial.

De inmediato a su llegada, los dos fiscales encaminaron sus pasos hasta la piscina. Allí, el sargento les reportó cómo estaba la situación y les advirtió que la razón de no haberlos llamado antes fue que el oficial a cargo no lo permitió. Luego del informe, el sargento se retiró y dejó el mando a órdenes del fiscal. Acto seguido, Baena tomó el pequeño megáfono, se presentó como tal y les ordenó a los fugitivos salir de la caleta con las manos en alto. Segundos más tarde, el sofisticado refugio fue iluminado de nuevo y Eric salió al exterior. En ese momento, todos los presentes esperaban a más de una persona. Sin embargo, al transcurrir los minutos y no ver salir al resto, Baena y Guerrero extrañados le preguntaron:

—¿Dónde están los demás? ¿Por qué no se han hecho presentes?

La respuesta expresada por Eric fue que estaba solo; que el Ángel y Richard hacía horas que habían escapado. Los fiscales, dudando de sus palabras, saltaron a la piscina, le esposaron y procedieron a entrar al refugio. En dicha construcción, hallaron una alta tecnología, mas no a las personas que buscaban. Luego de verificar el lugar, Baena ordenó que tanto la víctima como el oficial herido fuesen helitransportados hasta la policlínica.

Seguido a esa acción, el sargento les extendió a los fiscales un informe sobre el hallazgo del cadáver y los hechos que acontecieron con la toma del refugio; pero en su reporte, el suboficial no hizo mención alguna de la mochila con el dinero. En ese instante, Eric, que escuchaba la versión, comprendió la razón por la cual el teniente quiso quitarles las vidas. Así que, por conveniencia, se llevó su hipótesis hasta la prisión, convencido de que desde allá descubriría la verdad.

Mientras la teoría de Eric comenzaba a fraguarse, este era incomunicado y sometido a intensos interrogatorios por parte de Baena y Guerrero, quienes buscaban por todos los medios que les brindase las evidencias que los condujeran a la captura del Ángel y al resto de la organización. No obstante, aun con las garantías ofrecidas, no lograron un resultado positivo. Debido a eso, los fiscales enfocaron la investigación en el computador personal de Eric. Optimistas, pensaron encontrar en el disco duro la información que él les había negado, llevándose la sorpresa de que ese dispositivo había desaparecido, y que en el resto de los microchips no había ni la más mínima documentación que les vinculara a él y a sus compañeros con narcotráfico u otros delitos. Por esa razón, al no encontrar las pruebas, no podían continuar con su acoso. Sin opciones, se vieron en la obligación de remitirlo a una cárcel de máxima seguridad, bajo el cargo de porte ilegal de armas.

Dos semanas más tarde de estar Eric gozando de los privilegios que la ley le ofrecía como prisionero, se enteraría, a través de sus contactos exteriores, de que al oficial le habían dado de alta, razón por la cual les ordenó a sus sicarios del exterior hacerle un seguimiento minucioso. También les advirtió estar alertas, ya que si el teniente retornaba a la hacienda a recuperar el botín, confirmaba haber sido el asesino de su socio, y bajo esas mismas circunstancias, el oficial debía morir.

Transcurrido un mes de espera, y ya el teniente recuperado del todo, Eric le dio inicio a su deceso. Así que el oficial, una mañana, tomó su carro particular y se enrumbó hacia la hacienda, sin saber que desde la distancia era seguido por los hombres de Eric. Una hora después de su recorrido, entró en los predios de El Oasis, estacionó su coche y encaminó sus pasos hacia la zona montañosa. Quince minutos más tarde de su travesía, hizo una pausa en su caminar. Luego, se introdujo por debajo de los espinosos helechos y recogió el botín; botín este que solo acariciaría en sus manos por unos cuantos segundos, ya que, de inmediato a su acción, varios disparos le segaron la vida.

La llegada de Sotomayor a Panamá

Sotomayor, sin saber la suerte de sus dos últimos socios, se radicaba en Ciudad de Panamá. Allá, con un falso nombre y un nuevo personaje, tomó la difícil decisión de alejarse por tiempo indefinido del tráfico de drogas. Debido a eso, en sus planes estaba comprar el cien por ciento de las acciones de una quebrada agencia de corte y confección, llamada Le Fallèle; empresa esta legalmente constituida ante las autoridades de ese país.

Para no despertar ninguna clase de sospechas, Sotomayor adaptó a su personaje una cierta mezcla de modales homosexuales, con los cuales se evitaría una lista de preguntas, ya que su tono de voz, la depilación de las cejas, el color de su cabello, su anillo de diamantes y unos *jeans* ceñidos al cuerpo serían su carta de presentación ante los anteriores dueños.

Un día más tarde de su adquisición, cubrió las deudas acumuladas en la administración y le dio a la empresa una nueva imagen publicitaria. Personalmente, contactó a todos los diseñadores y les reintegró en la producción usual de alta costura.

A medida que aquello transcendía en la vida de Sotomayor, a Eric, en la cárcel, las cosas comenzaban a complicársele; los fiscales habían logrado vincularlo con el Cartel de San Francisco y enfrentaba una posible extradición a los Estados Unidos. Su abogado, en procura de evitarlo, le recomendó acogerse a la confesión anticipada y declararse culpable del secuestro y posterior homicidio de los siete constructores; pues si se dejaba cobijar por esa ley, no podían juzgarle por dos delitos a vez. Sin más opción, aceptó el trato.

En su indagatoria, Eric no omitió pormenor alguno. Con lujo de detalles, reveló cómo se llevaron a cabo sus muertes, y el lugar de la fosa común en donde se hallaban los cuerpos. Aquellas pruebas otorgadas ante la Corte desviarían el proceso de extradición, y enfrentó cargos por múltiple asesinato.

La noticia de su confesión y el anuncio de que Eric continuaría en la cárcel por largo tiempo se regaron entre los prisioneros, igual que lluvia en tiempo de invierno. Estos comentarios llegaron hasta oídos de Fabián, hermano de uno de los constructores a quien Eric meses atrás le había segado la vida.

Como nadie en el patio conocía los lazos de sangre que había entre ellos dos, para Fabián fue fácil cobrar su venganza. Debido a su reserva, dos días más tarde, Eric apareció muerto en uno de los baños de la prisión. Nadie de momento se enteraría de quién había sido su verdugo.

Mientras Richard y Eric en Colombia tenían un final fatal, a Sotomayor en Ciudad de Panamá la suerte le sonreía y todo le estaba saliendo a pedir de boca. Ya había logrado que la empresa de corte y confección quedara registrada bajo el ficticio nombre de Marlon de la Roca; seudónimo este con el que él patentó ante la Cámara de Comercio sus futuras colecciones.

Días después, a través de una entrevista televisada, De la Roca dio a conocer su proyecto y la apertura de su renovada tienda de ropa, Le Fallèle. Desde el instante del anuncio, su manera extravagante de vestir causó en los críticos de la farándula una gran polémica, porque así como era su imagen, iban a ser sus colecciones. Con esta crítica, le auguraban un fracaso total. Pero como su idea era innovar en la moda y, a la vez, encontrar un vínculo para su propósito, continuó con su proyecto. Optimista, les sugirió a sus diseñadores que su marca debía ser inspirada en la gente común. Por esa razón, las modelos no serían las cotizadas *top models* de costumbre, sino jóvenes de las comunas. Su exigencia hizo que tanto la administración como él encabezaran la búsqueda de las posibles candidatas.

Una semana después, ya habían contactado un total de treinta modelos. Concluido su primer paso, los diseñadores se enfocaron en convencer a las jóvenes mujeres para que formaran parte de la agencia. Pero por lógica, al principio tanto ellas como sus familiares se rehusaron a la oferta. No les creyeron sus intenciones de convertirlas en famosas modelos, ya que de eso tan bueno no daban tanto, ni menos gratis. En ese instante, la mayoría pensó que estos hombres formaban parte de una mafia de tráfico humano, y que su intención era solo sacarlas de la pobreza por unas semanas, para luego convertirlas en esclavas sexuales en otros países.

Aun con aquella incertidumbre rondando en sus mentes, diez de las jóvenes darían un sí como respuesta. En recompensa a su confianza, Marlon de la Roca y yo, su hombre secreto, nos convertimos en sus protectores, y tanto a ellas como a sus familias no habría de faltarles nada. Bajo su tutela, fueron enviadas a la mejor agencia de modelos de la ciudad, en donde por tres meses se las sometió a intensas jornadas de pasarela, que, en complemento a su *glamour* y algunas pequeñas cirugías, las dejaban listas para su debut internacional.

Unos días después de terminado su aprendizaje, Sotomayor o Marlon de la Roca, junto con ellas, lanzó al mundo su colección de verano. Esta sería todo un éxito. Por tal motivo, a medida que se hacían los desfiles de modas, ellas, como la marca que representaban, se cotizaban en el exterior. Sus triunfos despertaron la envidia de las otras veinte, quienes habían rechazado la oferta inicial. Así que, llevadas por la codicia, quisieron recuperar la oportunidad perdida. Pero para ese instante, Marlon de la Roca, aunque no les negó la opción de convertirlas en modelos, sí les impuso ciertas condiciones. En su nuevo ofrecimiento, él les reimplantaba los compromisos que ambos adquirían, y ellas, como recompensa a su generosidad, debían actuar como mulas humanas por dos años y trabajar de igual a igual que sus otras diez compañeras; mas estas no debían conocer, bajo ninguna circunstancia, el objetivo de su misión.

De la Roca, por su lado, se comprometía con ellas en cuatro cláusulas primordiales.

La primera era conseguirles en tiempo récord las visas norteamericanas y convertirlas, en el mínimo de un año, en estrellas de la pasarela.

La segunda era brindarles el soporte económico de todos sus gastos, hasta que se lograra el propósito buscado.

En el tercer punto les prometía que, concluida la fecha estipulada en el convenio, ellas quedaban exentas de sus compromisos.

Por último, en caso de que alguna fuese apresada, él se haría cargo de sus familias y de ellas, hasta meses después de que quedasen en libertad. Además de esto, les daría participación en un treinta por ciento del total de sus ganancias.

Las jóvenes no le dieron una respuesta negativa a la nueva oferta de Marlon de la Roca, aunque les sorprendió. De inmediato al sí, fueron enviadas a sus reclutamientos. Allá, en diferentes lugares, mientras perfeccionaban sus movimientos y les adjudicaban los retoques necesarios, también adiestraban sus cuerpos, para que estos se adaptasen a las extrañas cargas que llevarían hacia el exterior.

Con largas jornadas de ejercicios vaginales y horas tragando uvas enteras, adecuaron tanto sus estómagos como sus genitales, en donde ellas en el futuro transportarían los estuches con cocaína prensada. Terminados sus aprendizajes, iniciaron, junto con las otras modelos, las sesiones fotográficas y, a la vez, el tráfico de la droga.

En aguas internacionales y a través de cruceros, ellas recorrían la Florida y Miami, sus destinos finales; y aunque en sus llegadas a estos puertos eran sometidas a las requisas de rigor, nunca mostraron nada sospechoso, por lo cual, al pasar desapercibidas, sus giras por estas bahías se harían habituales.

Meses más tarde de sus primeras entregas y en pro de su seguridad, Marlon de la Roca les ordenó cambiar la modalidad de sus viajes. Ya no los harían en grupo como antes, sino una a una y por vía aérea. Su decisión, más que una estrategia, fue una manera de brindarles comodidad, y así harían en pocas horas el recorrido de varios días. Con esto, él les evitaba que, por las noches, tuviesen que deglutir la droga y volvérsela a tragar en las mañanas. Tan complacidas estaban ellas por evitarles él que repitieran su doloroso proceso, que las veinte constantemente volaban sobre territorio norteamericano. Pero al implantar Sotomayor aquel nuevo cambio, el destino le empezaría a fraguar un complot en contra de sus intereses.

La coincidencia

Tiempo más tarde, en simultáneo con uno de los vuelos de las jóvenes modelos, en otro país a miles de kilómetros de distancia, se aproximaba la fecha del encuentro mundial del G7. Pero para aquella ocasión, la conferencia no se llevaría a cabo en sus sedes habituales; por primera vez, se realizaría en un país neutral. Esto obligaba a que todas las autoridades internacionales hiciesen más estricto el control en aeropuertos y terminales marítimos del mundo; y sobre todo, en las vías de acceso a la ciudad de El Cairo, capital en donde se celebrarían la conferencia anual de la lucha contra la pobreza y la reunión del G7. Aunque este encuentro se efectuaría en uno de los países más seguros de Medio Oriente, las agencias mundiales de seguridad no descartaban que estuviese saboteado por fundamentalistas islámicos. Debido a eso, la prioridad del Gobierno egipcio fue brindarles seguridad a todos los delegados políticos arribados desde diferentes partes del planeta, ya que, en las últimas horas, intentos terroristas de inmolarse dentro de las aeronaves mantenían a las fuerzas militares de varios países en una alerta máxima, por lo cual ya no serían únicamente los sospechosos quienes pasarían por el *scanner* de los aeropuertos, sino además todos sus pasajeros, incluyendo la tripulación.

Pero no solo el plan de seguridad del Estado estaba listo para contrarrestar cualquier acción, ya que, según los terroristas, la estrategia para lograr su objetivo bloquearía el accionar de sus opositores. Así que, mientras el Gobierno ejercía su control, miembros de Al Qaeda infiltrados en la ciudad le tomaban una gran ventaja a su adversario. Ellos, debido a que con anticipación tenían conocimiento del lugar donde se realizaría la cumbre mundial, ocho meses antes le habían dado inicio a su plan. Ese día en El Cairo, varios grupos de fundamentalistas islámicos, al mando del líder a quien ellos llamaban "Sahara", tomaron en simultáneo las distintas residencias de los trabajadores y los arqueólogos egipcios designados por el Gobierno, los hermanos Rahyfel, a cargo de la excavación patrocinada por el Estado. Aquella noche, los terroristas, portando una falsa identidad, fácilmente se llevaron al grupo hacia otra ciudad, y estos, a la vez, serían suplantados en El Cairo por miembros de Al Qaeda.

Mientras los unos iniciaban la acción, los otros interrumpían el silencio del amanecer en la mansión de los exploradores.

De inmediato a su arribo, tomaron de rehén a Yasher, el menor de sus hijos y sobrinos. Antes de llevárselo a la fuerza, les advirtieron a sus padres que solo le volverían a ver con vida si se mantenían al margen y no le colocaban obstáculos a su proyecto; prometieron que, de ser así, un mes después de haber ellos terminado su misión, lo retornarían a la libertad.

En el ultimátum, los extremistas pactaron con los dos hermanos el plan a seguir, según el cual, miembros de su movimiento suplantarían a los trabajadores egipcios y juntos iniciarían su propia excavación paralela a la original. La zona escogida por los extremistas coincidía con la excavación que ellos efectuarían a escasos trescientos metros del Hotel Marriott, donde, de acuerdo con los historiadores, cientos de años atrás, el efecto de un volcán había sepultado a una antigua ciudad.

La evidencia encontrada por los arqueólogos en el lugar hacía inmunes a los terroristas de toda sospecha ante las autoridades y, a la vez, conducía a los arqueólogos a un posible hallazgo. Pero el objetivo principal de los miembros de Al Qaeda no era ese; su prioridad era construir una vía que les llevara hasta la residencia temporal de los líderes que participarían en la cumbre. Por esa razón, los extremistas, a medida que pasaban las semanas, hacían en la obra nuevas modificaciones y, al mismo tiempo, desarrollaban el túnel con el que culminarían exitosamente su propósito.

Seis meses después de iniciada la excavación, los supuestos arqueólogos tenían extendido el conducto hasta uno de los parqueaderos del hotel. Ya debajo de este, buscaron la caja en donde estaban todos los circuitos de comunicación y sobre la cual quedaba el *parking* que con anterioridad había sido asignado a la delegación de Pakistán.

Semanas más tarde del hallazgo interno, la cuadrilla de los supuestos obreros se encontraba frente a la gruesa pared de concreto, el principal objetivo de su misión y su última barrera a superar, a la cual fue necesario hacerle una perforación de un metro sin alertar el ambiente del lugar. Terminada esta, adecuaron la entrada; luego, uno de ellos restauraría el muro de tal manera que los cambios efectuados pasarían desapercibidos.

Al mismo tiempo que esto sucedía en el subsuelo del hotel, otros miembros de Al Qaeda, en las calles de El Cairo, le seguían los pasos a la delegación pakistaní, cuyos integrantes hacía días que se encontraban alojados en su Embajada.

Luego de un estricto seguimiento y de conocer de ellos hasta el más mínimo detalle, los terroristas fraguaron el plan a ejecutar. Ya con todo listo, solo esperaban que el reloj consumiese las pocas horas faltantes para iniciar la acción.

Un día antes de la fecha, desde muy temprano, comenzaron a llegar las delegaciones. Esa mañana, la primera comisión en salir para la sede del encuentro sería la de Pakistán. El chofer de la limosina tomó la ruta diseñada en el mapa, e inició su recorrido escoltado por varios policías motorizados. Pero unos kilómetros abajo, la comitiva se topó con una patrulla de militares, quienes le hicieron desviar la ruta. Así que, para el instante en que los guardaespaldas de la delegación quisieron reaccionar, las pistolas de los terroristas, apuntando a sus cabezas, les dieron a entender que habían caído en una trampa. De inmediato a la sorpresa, el líder de la comisión fue sometido a una intervención quirúrgica, en donde le extirparon la huella dactilar del dedo pulgar y, de manera provisional, se la implantaron a quien usurparía su lugar. Luego, tanto la comitiva como sus escoltas serían despojadas de sus documentos personales y prendas de vestir. En ropa interior, se les obligó a subir dentro del vagón de un doble troque, con rumbo desconocido.

Mientras estos se alejaban, una limosina con las mismas características y similar tripulación arribaba a la sede del encuentro. Sus escarapelas estaban registradas ante las autoridades del país, y la confirmación de la huella en su líder les brindaba inmunidad en los puestos de control, por lo cual acceder al hotel les sería fácil.

Ya sobre el estacionamiento, los terroristas le dieron inicio al plan B. Lo primero que hicieron fue comunicarse con los hombres del túnel, quienes en ese instante esperaban dentro de la caja de los circuitos. De inmediato a su llamada, se abrieron en simultáneo tanto la puerta de la entrada como la plataforma falsa de la limosina. Uno a uno, los terroristas subieron a bordo, completando un total de diez miembros. Cinco de ellos, vistiendo elegantes trajes de paño y gafas oscuras, se dirigieron a la *suite* designada por la sede. El resto de ellos esperarían ocultos dentro del vehículo, hasta ver que llegasen todas las comitivas; así lograron mezclarse entre estas y pasar desapercibidos.

Una hora más tarde de su arribo, los fundamentalistas sincronizaron sus relojes, y cada uno de ellos asumió su misión. En grupos de tres, se despojaron de sus esmóquines y se vistieron de similar forma a los camareros del lugar. Luego, el último de los diez recorrió la sede y colocó en puntos estratégicos pequeños explosivos de humo, los cuales, llegado el momento, haría explotar a través de un control remoto.

Escasos segundos después de efectuadas sus primeras maniobras, todo quedaba listo. Así que los otros nueve terroristas dentro del hotel, al recibir su señal, se dirigieron a los elevadores a interceptar a los camareros, a quienes sobornarían con una buena suma de dinero. Enseguida de esa acción, los suplantadores, en diferentes lapsos de tiempo, se regresaron a la *suite* pakistaní. Allí, dentro del elegante salón, tomaron la pequeña mesa rodante, y en uno de sus compartimientos, encaletaron varios esmóquines y armas con silenciador, y salieron a concretar su misión. Sincronizadamente, en grupos de tres encaminaron sus pasos hacia su objetivo. Los nueve llegarían a las distintas *suites* sin ningún obstáculo.

El primer grupo se encargaría de la comitiva estadounidense; el segundo, de la delegación inglesa y el último de estos tenía asignados a los representantes franceses.

Ya todos frente a las puertas de las víctimas, hicieron sonar el timbre; luego, sus labios, en un fuerte tono, exclamaron una frase en inglés:

—*Room service!*

Al instante en que los falsos camareros obtuvieron su acceso, enviaron la señal y, enseguida, el hombre apostado cerca de la recepción activó las cargas explosivas.

En simultáneo con esa acción, sonaron las alarmas del hotel y también varios disparos silenciosos, que, en las diferentes comitivas, acababan con las vidas de sus miembros. De inmediato, cada uno de los grupos tomó a su rehén correspondiente, al que le colocaron un dispositivo de seguridad, atado a una carga explosiva activada con ondas de baja frecuencia, emanadas por un GPS que los terroristas cargaban consigo y cuya cobertura era de cinco metros, por lo cual haría explosión si quien lo portaba se alejaba más de esa distancia.

Ya habiendo advertido a sus víctimas, los falsos camareros se cambiaron de vestuario y juntos se mezclaron entre los huéspedes del hotel, quienes corrían por los pasillos en busca de las salidas de emergencia.

Al mismo tiempo que esto sucedía, las autoridades acantonadas en los alrededores del hotel aseguraban el perímetro y no permitían que nadie traspasase su cordón de seguridad. Por otro lado, los bomberos que entraron en la acción les advertían a todos los delegados, a través de un megáfono, que mantuvieran la calma. Pero aun así, la incomprensión reinante dentro del lugar por no saber lo que sucedía era casi generalizada, a excepción de los terroristas, quienes en grupos de cuatro caminaban pausados rumbo al parqueadero. El primero de estos, sin la más mínima dificultad, obtuvo su acceso al exterior acompañado por Jesse Murray, secretario financiero de los Estados Unidos. Los dos grupos restantes lo harían en intervalos de cinco minutos cada uno; con ellos arribarían Wilson Rutherford, ministro de Agricultura inglés, y su colega francés, Jean-Pierre Marat. En diferentes lapsos de tiempo, un total de trece hombres se introdujeron en la limosina pakistaní. A medida que llegaban, eran sacados por la ruta del túnel secreto, en donde, al final de la construcción, les esperaban miembros de mayor jerarquía, quienes se hacían cargo de los rehenes.

De inmediato a las entregas, los tres grupos y su líder regresaron al túnel, le colocaron pequeñas cargas explosivas y, minutos más tarde, lo derrumbaron.

En simultáneo con esa acción, los bomberos en el hotel tomaban el control, y reportaban que el incidente fue un sabotaje sin ninguna importancia, por lo cual todo estaba en óptimas condiciones.

Tras ese hecho, los encargados de seguridad les sugirieron a los huéspedes retornar a sus *suites* y esperar allí las escasas horas restantes para la conferencia mundial. Cumplido el tiempo, las delegaciones una a una se hacían presentes en el auditorio. Pero los delegados anfitriones, al ver las curules de los Estados Unidos, Inglaterra, Francia y Pakistán sin sus representantes, aplazaron el acto de protocolo por una hora y les ordenaron a los encargados de seguridad indagar la causa de sus retrasos.

Minutos más tarde, los agentes llegaron a las *suites* correspondientes y oprimieron los timbres, una y otra vez. Así que, al no tener una respuesta positiva, procedieron a abrir las puertas, llevándose en cada *suite* revisada una desagradable sorpresa, al ver solo cadáveres esparcidos en su interior.

Acto seguido a sus hallazgos, se emitió la noticia. La cumbre fue cancelada, y sus comitivas regresaron a las embajadas de sus países de origen.

Al mismo tiempo que esto sucedía en el Hotel Marriott, las autoridades hallaban, en las afueras de El Cairo, los cadáveres de tres diplomáticos pakistaníes y dos policías egipcios. Las evidencias dejadas en las acciones terroristas confirmaban un secuestro masivo. Así que el Ministerio de Defensa egipcio, queriendo salvaguardar su responsabilidad en ese complot, declaró el país en estado de conmoción interna, e hizo una llamada a las reservas y enfocó todas sus fuerzas militares activas en la búsqueda de los tres plagiados y en el comando de secuestradores.

De inmediato a la orden, las autoridades egipcias iniciaron su pesquisa en la limosina oficial pakistaní, en cuyo interior, después de un exhaustivo chequeo, hallaron una plataforma falsa, que al abrirla se comunicaba con la puerta metálica de la caja subterránea en donde estaban todos los circuitos electrónicos. Las autoridades vincularon ese hecho con un supuesto túnel subterráneo, y esa hipótesis les condujo a la excavación que los hermanos Rahyfel hacían en la zona.

Minutos más tarde, agentes de la seguridad estatal egipcia tenían en teoría todo el engranaje utilizado por los terroristas para el secuestro, que señalaba como supuestos cómplices a los dos arqueólogos y al resto de los trabajadores que continuaban en la excavación. Debido a esa razón, los detectives enfocaron en ellos sus interrogatorios, pero en su registro no hallaron pruebas para involucrarlos en el hecho. No obstante, sí encontraron los falsos expedientes de los secuestradores. Así que, sin más opciones, las autoridades comenzaron a trabajar sobre esas pistas; a dicha labor se le unirían fuerzas especiales de las tres naciones involucradas.

Fue tal la cantidad de militares desplegados por las calles de El Cairo, que aquello, más que un operativo de búsqueda, parecía una invasión extranjera; y aunque los esfuerzos multinacionales por dar con el objetivo no tenían límites, los resultados hasta ese momento les eran negativos.

Un mes más tarde de iniciado el operativo, los plagiarios se comunicaron con las respectivas embajadas y les enviaron un video donde aparecían miembros de Al Qaeda, apuntando con sus fusiles AK47 a los secuestrados. Además de eso, en su ultimátum les exigían, por cada uno de sus capturados, la suma de quinientos millones de dólares que debían ser lanzados desde un helicóptero sobre un punto específico en Afganistán. En un aparte del filme, les advertían a los embajadores que tenían diez días, a partir de esa fecha, para la entrega del dinero, y que el incumplimiento de su petición los llevaría a decapitar a los plagiados.

De inmediato al contacto, se inició la negociación y las embajadas exigieron como prueba un nuevo video donde aparecieran los tres secuestrados, portando un periódico de la fecha y, sobre este, cada uno de ellos debía registrar su firma y huellas dactilares.

Recibida la petición, miembros de Al Qaeda refugiados en algún lugar de El Cairo sacaban de sus respectivas celdas a los secuestrados. Luego, los plagiarios iniciaron la nueva filmación, entregándoles a los tres cautivos un periódico local en donde, segundos más tarde, los diplomáticos estamparon sus firmas en la primera plana junto a la fecha del día. Los extremistas, antes de enviar las pruebas de sobrevivencia, le hicieron un minucioso examen a cada una de ellas. Querían evitar que los prisioneros dejasen una señal que les diese a las autoridades un indicio del sitio de su detención.

Los presentes en el refugio vieron como algo normal aquel procedimiento de autenticación, todos, a excepción de Jesse Murray, quien era el único sabedor de que su firma llevaba adheridas siete diminutas letras extras, escritas en taquigrafía; y aunque estos signos para él significaban la esperanza de ser hallado, también podían generarle una muerte inmediata, o desviar hacia otro rumbo a quienes lo buscaban, ya que no sabía con certeza si la localización brindada en su mensaje oculto tenía alguna relación exacta con su cautiverio, o era tan solo un espejismo. Pero esa respuesta se la daría el tiempo, si los terroristas no descubrían sus palabras claves.

Terminada la verificación de la firma, Jesse Murray esperaba recibir una represalia por su osadía. Sin embargo, aunque su misiva secreta pasó desapercibida, no le devolvió el optimismo. No quiso engañarse; sabía que de todas maneras, si no se producía su liberación antes de pagados los rescates, sus días estaban contados.

Debido a su convencimiento, se quedó con el lapicero, y desde ese instante, en el papel periódico que le daban para sus necesidades fisiológicas, comenzó a redactar lo que sería el proceso hacia su muerte. Él no estaba equivocado, ya que los terroristas custodios tenían la orden de asesinarlos minutos después de que sus aliados afganos recibiesen el dinero.

Por ese presentimiento, Jesse Murray, cada día transcurrido en su cautiverio, describía sobre los espacios en blanco del periódico la tortura vivida en el lugar; y, a la vez, anotaba en inglés toda palabra emanada de sus captores, tal como su oído la percibía, aunque no supiese cuál era su significado.

Por otro lado, en uno de los límites fronterizos de El Cairo, los hermanos Rahyfel esperaban el retorno a la libertad de su hijo y sobrino Yasher, tal como el grupo terrorista se los había prometido un mes atrás. Aunque a conciencia los arqueólogos sabían que la esperanza de hallarle con vida era muy remota, impacientes, esa mañana los dos, en medio de un paraje montañoso, miraban cómo el tiempo le devoraba las horas al día, hasta convertir la tarde en noche. Aun así, el joven no apareció. Los dos hermanos, resignados a su pérdida, se abrazaron y de inmediato las lágrimas comenzaron a brotar por sus mejillas, dejándoles, con el correr de las horas, unos ojos hinchados que reflejaban en ellos las secuelas de una traición: su ambición de querer salvaguardar el tesoro más precioso les llevó a traicionar al país. Con sus procedimientos, habían violado todas las reglas de su ética profesional. Ellos, al omitir su complicidad forzada, habían negociado la muerte de muchas personas, a cambio de una sola vida, para al final terminar con las manos vacías.

Debido a su crítica destructiva, ambos en ese lugar, por unos minutos, pensaron en la muerte como una opción viable. Sin embargo, según los dos, efectuarían sus decesos en casa, ya que estaban seguros de que su esposa y cuñada no soportaría la pérdida del joven y querría partir con él. Decididos a un desenlace fatal, enrumbaron sus vehículos hacia la ciudad, llegando a su residencia en la madrugada. Con sorpresa, observaron todas las luces encendidas en la mansión y, a través de los ventanales, las siluetas de tres personas que vociferaban, cuando todo debía estar en silencio.

Aquel panorama les devolvió el semblante a sus caras, y sin temor a equivocarse, los dos gritaron:

—¡Yasher está vivo! ¡Está vivo!

Así que, de la angustia, los dos pasaron a la euforia.

Exaltados por confirmar su hipótesis, rápidamente alcanzaron el segundo piso de la edificación. Al ver a Yasher en casa sano y salvo, no controlaron sus emociones. Prácticamente entre los dos, desprendieron al joven del regazo de su madre. Luego de abrazarlo por varios minutos, bajaron juntos a la sala principal a celebrar su regreso, ya que había sido el único de los secuestrados a quien el grupo fundamentalista le había perdonado la vida. Esa manera tan inusual de proceder de los terroristas causó en todos tal felicidad que, aquel amanecer, consumieron hasta embriagarse el añejo vino usado como aperitivo.

Esa madrugada, a medida que departían aquel confortante momento, Yasher les relataba su odisea. Contó que aquella mañana, al despertar sobre la dura losa de cemento del cuarto donde estaba detenido, no sintió la cadena que le aprisionaba contra la tubería de aguas residuales. Por tal razón, presintió que algo anormal estaba sucediendo.

Él, aunque temeroso, se acercó hasta la puerta del sótano y giró el picaporte para así lograr el acceso al exterior, pero con desilusión comprobó que esta aún tenía el seguro colocado. Sin embargo, al mirar a través de la pequeña reja por donde le suministraban la comida, observó que las llaves colgaban de un gancho, al que fácilmente pudo alcanzar. Aunque dicha oportunidad era de aprovechar, él de momento la despilfarró, fue prudente y decidió esperar a que la mañana declinara con el paso de las horas. Así que, al ver llegar la tarde y no recibir alimento alguno, ni escuchar ruidos en el lugar, confirmó que estaba solo. Sin más opción, muy cauteloso emprendió camino hacia la libertad. Poco a poco, extendió sus pasos hasta arribar al piso principal de aquella enorme residencia. Allá, luego de varios minutos de lentos movimientos, logró alcanzar la calle, llevándose una gran alegría y sorpresa a la vez, al ver que su cautiverio estuvo a escasos metros de su mansión.

El mensaje en clave

Mientras acontecía la liberación de Yasher, fuerzas multinacionales, al mando de agentes del FBI y la CIA, verificaban el video y las firmas de los tres diplomáticos. En la rúbrica de Jesse Murray, encontraron las pequeñas contraseñas adheridas, que ellos advirtieron como un mensaje en clave. Después de ser ampliado, extrajeron de sus deformes letras siete signos taquigráficos, los cuales, al ser unidos en orden, armaron la palabra "ramlene", vocablo este que, a simple vista, no tenía sentido; y aunque buscaron su significado en otros idiomas, obtuvieron el mismo resultado. Sin embargo, uno de los investigadores, después de escribir en español la palabra sobre una hoja de papel y leerla por detrás, les dio la frase clave: "En el mar".

De inmediato a la interpretación del acertijo, cientos de comandos se desplegaron sobre los puertos marítimos de El Cairo. Estos, de manera sincronizada, cayeron como pirañas sobre toda embarcación arribada a los muelles, que fueron requisadas una a una de forma minuciosa. Pero aun así, el hallazgo de los tres diplomáticos hasta ese instante les era negativo. Agotada esa opción, los investigadores enfocaron su operativo en una remota posibilidad, un cementerio de barcos sobre una playa cerca del mar. Por ser propiedad estatal, este sitio prácticamente permanecía desierto, razón por la cual podía ser un excelente lugar de cautiverio. Así que, luego del análisis, los militares descartaron una invasión vía marítima, ya que si no estaban equivocados, las magnitudes de esta nueva maniobra les podían delatar. Debido a eso, optaron por fuerzas aerotransportadas.

En cuestión de minutos, batallones de paracaidistas tomaron por asalto todos los barcos encallados en el lugar. Sigilosos, iniciaron sus requisas en las cabinas de mando.

Media hora después de su acecho, uno de los comandos dio con el objetivo y se ordenó el rescate. Dada la orden, los francotiradores con disparos silenciosos abatían a cinco de los custodios, para que expertos en explosivos continuaran su avanzada al encuentro de los tres secuestrados.

A medida que en el muelle abandonado pasaban los segundos, la seguridad se hacía más extrema, ya que los comandos de rescate contemplaban las posibilidades de que los custodios fuesen más de cinco y la embarcación estuviese minada de explosivos. Por esa razón, cada compartimiento de la nave era sometido a una exhaustiva revisión, para que, al momento de retroceder sus pasos, los involucrados en la acción saliesen ilesos del rescate.

Ya habiendo recorrido el comando el noventa por ciento del barco, halló a los tres diplomáticos en una de las bodegas, y como era de suponer, la puerta de entrada tenía adherido un mecanismo digital, conectado a una carga explosiva.

Mientras los expertos alcanzaban el objetivo y aseguraban el perímetro, dos de los terroristas salidos de algún lugar retornaban a reemplazar a los centinelas. Pero al ver a sus compañeros muertos, trataron de activar los explosivos; al no obtener una respuesta, quisieron lograr su propósito inmolando sus cuerpos. La explosión causó grandes destrozos en la deteriorada embarcación, mas no en los secuestrados ni en el comando especial, ya que segundos antes se habían alejado de allí.

Horas más tarde, después de someter a los diplomáticos a un exhaustivo chequeo médico, las autoridades del FBI y la CIA obtuvieron de los liberados toda la información posible, entre esta, el periódico donde Jesse Murray tenía anotados los últimos días de su cautiverio. Al analizar parte de sus apuntes, los traductores descifraron las pronunciaciones que él alcanzó a percibir, y según estos expertos de la CIA, en esas palabras los fundamentalistas islámicos se referían a un segundo atentado contra uno de los símbolos más representativos de los Estados Unidos, que, en este caso, podía ser la Estatua de la Libertad. Aquel posible ataque se llevaría a cabo durante los días del Ramadán, para con ello conmemorar la muerte de su anterior líder y, a la vez, demostrarle al imperio yanqui que su venganza aún no había terminado. Pero al no tener un mayor conocimiento sobre el futuro atentado, las autoridades norteamericanas, para que no les tomasen por sorpresa, se declararon en alerta máxima. Así que la CIA tomó todo acceso a los monumentos patrios como posibles vías del anunciado ataque, por lo cual se extremaron las medidas de seguridad en aerolíneas y puertos marítimos. Además de eso, en cruceros y aeronaves al servicio público, camuflaron su personal como parte de la tripulación.

La tragedia de Lorena

Tres meses más tarde de la liberación de los diplomáticos, veinte de las modelos de Le Fallèle habían cumplido, semanas atrás, lo pactado con Marlon de la Roca. Sin embargo, cinco de ellas, después de haber conocido el manejo y la comercialización del alcaloide, continuarían con el tráfico bajo su propio riesgo. Juntas, se dedicaron a usurpar los clientes de su jefe, e iniciaron un pequeño cartel, que por los grandes dividendos dejados a cada viaje se consolidaba como tal. Debido a ese cambio de estatus, Lorena, la más ambiciosa del quinteto, pensando en quedarse con una mayor tajada, se autoproclamó como el capo del naciente cartel y quiso imponer sus propias reglas; reglas estas que provocaron en el grupo discrepancias y rivalidades. Con ese hecho, tres de las ex modelos se desvincularon y comenzaron su trabajo independiente.

Ya disidentes, se convirtieron en su competencia, por lo cual Lorena y su socia Yamile tenían un plan fraguado para ellas. Este consistía en delatar, ante las autoridades de la DEA, el lugar y la fecha donde las tres estarían haciendo su próxima entrega. Pero el día en que llevarían a cabo lo planeado, un suceso paralelo en su viaje dejaría esa intención inconclusa, ya que el avión en donde las dos se transportaban sería tomado por terroristas de Al Qaeda, quienes desencadenarían una acción que se antepondría al designio de las dos.

Esa tarde de verano, el Boeing 747 de la empresa International Aeroflight, que había salido de Ciudad de Panamá con destino a los Estados Unidos, surcaba el espacio aéreo de su vecino país El Salvador. En ese instante, el reloj marcaba las cinco y treinta, hora en que los terroristas le dieron inicio al plan. Su misión era tomar el control de la aeronave y estrellarla contra el puerto de Nueva York, más precisamente sobre la Estatua de la Libertad.

Dentro de dos pequeños juguetes Transformers, los extremistas con anticipación habían logrado introducir en la aeronave las cosas necesarias para su ataque. A estos robots que a simple vista parecían inofensivos, su fabricante les había adaptado un diseño especial, con el cual, al desprender varias de sus piezas y ensamblarlas de nuevo, estas se transformaban en una poderosa arma. Pero aun con ese letal peligro en su interior, el sofisticado diseño de los robots haría que las pistolas adheridas a sus mecanismos no fuesen detectadas en los controles antiterroristas del aeropuerto. De igual manera sucedió con la munición, que pasó desapercibida dentro de sus baterías alcalinas.

De inmediato a la confirmación del tiempo, los encargados del ataque tomaron sus equipajes de mano, en donde cada uno de ellos llevaba consigo el supuesto juguete. Después de memorizar las instrucciones del ensamble, se dirigieron a los dos baños de la aeronave. Allá le desprendieron al juguete, una a una, todas sus piezas vitales, hasta ensamblar las desapercibidas armas. Terminado el empalme primordial, procedieron a retirar de las baterías los cátodos y el dióxido de manganeso, para luego extraer las balas adheridas, ocultas dentro de estas.

En ese proceso, los terroristas no gastaron más de cinco minutos. Ya con todos sus pertrechos listos, regresaron a sus asientos a esperar que el reloj consumiese el tiempo programado y así proceder a perpetuar la toma. Según el orden de su lista, esto se llevaría a cabo con media hora de anticipación, para que cuando el avión surcase el espacio aéreo del puerto de Nueva York, ya ellos tuviesen el dominio total de la aeronave.

Mientras en el vuelo este hecho esperaba por su desenlace fatal, en otro lugar de la misma aeronave, Lorena y Yamile, quienes viajaban en la sección de segunda clase, mentalmente desde diferentes puestos hacían planes con su suerte y, a la vez, enfocaban sus maquiavélicos pensamientos en pro de una venganza. Pero al instante de envenenar sus almas con su rencor, fueron abruptamente interrumpidas por las arengas de dos hombres que tomaron a varios de los auxiliares de vuelo como sus rehenes. Ellos, con las pistolas apuntándoles a sus cabezas, les expresaron a los presentes:

—*We are Al Qaeda's members and today we were chosen to die, in the name of Allah.*

Terminada su advertencia, las primeras personas que escucharon el mensaje entraron en pánico de inmediato, y se inició en la aeronave una reacción en cadena, de histeria colectiva. Unos oraban y encomendaban sus almas al Creador, otros usaron sus celulares y enviaron mensajes a su familia, como presintiendo un último adiós.

Los más optimistas pensaron por un instante en abalanzarse sobre los terroristas, para así tratar de cambiar su designio. Pero tomar esa decisión era igual que perpetuar el ataque; por tal razón, abortaron sus intentos.

Minutos más tarde, a través de las llamadas familiares, el Departamento de Defensa de los Estados Unidos recibía la llamada de auxilio realizada por varios pasajeros del Boeing 747. Instantes después de sus peticiones, dos cazabombarderos salieron a interceptar la aeronave, para desviarla de la ruta trazada.

Mientras estos visualizaban el avión, controladores del aeropuerto se comunicaban con el capitán, quien les reportó no saber nada de lo que estaba sucediendo en las secciones de pasajeros, pues según él, hacía más de quince minutos que los auxiliares de vuelo estaban incomunicados con la cabina de mando.

Ya al estar los cazas sobre el avión, los pilotos le ordenaron al capitán seguir sus instrucciones para el aterrizaje. Luego, le advirtieron que cambiar de dirección sin previo aviso desencadenaría un ataque.

La primera orden emitida por los dos cazabombarderos fue elevar la altura y hacer un giro de noventa grados a la izquierda. De inmediato a la exigencia, el capitán desvió el Boeing de su ruta original, por lo cual pasajeros y agentes infiltrados en el avión, al observar a los dos Eagle F5, se llevaron una nueva sorpresa. Todos sabían que, de no cumplir con sus peticiones, sin duda serían derribados.

La impresión de tan inesperada maniobra sería contrarrestada por el asombro producido al ver a dos norteamericanos netos formando parte de esa organización terrorista, pues todos en la aeronave pensaban que, de llevarse a cabo un intento de esa magnitud, sus ejecutores serían de procedencia islámica.

En simultáneo con las reacciones, los terroristas, arrastrando consigo a los rehenes, se dirigieron lentamente hacia la cabina de mando. En ese lugar, uno de ellos, al tratar de obtener el acceso, observó con sorpresa un póster en la puerta de entrada que advertía a todos los pasajeros que el compartimiento solo se abriría después de un cuarto de hora de que el avión hubiera efectuado su aterrizaje.

Los extremistas, en ese momento llevados por su asombro, perdieron el control; circunstancia esta que fue aprovechada por los supuestos auxiliares de vuelo, quienes al reaccionar entraron en una lucha para desarmarlos.

Minutos más tarde, el primero de los fundamentalistas quedaría fuera de combate, mientras el otro, tratando de mantener su dominio, continuaba a la ofensiva.

En medio de esa batalla y segundos antes de ser sometido, este último alcanzó a accionar su arma. El proyectil dirigido hacia ningún objetivo se estrelló contra la alfombra sintética y rebotó en el piso, rozando muy cerca el hombro de Lorena, para luego incrustarse en el espaldar de su asiento.

Ya controlado el motín, los terroristas fueron encadenados de pies y manos, y encerrados en uno de los baños. Finalizada esa acción, el capitán recibió un reporte de los auxiliares de vuelo, y desde su cabina de mando emitió un comunicado para todos los pasajeros, donde les pedía disculpas por los instantes de pánico y le agradecía al Creador por haber salido todos ilesos del frustrado atentado. También advirtió que había recibido instrucciones de los cazas F5, para aterrizar de emergencia en una ciudad intermedia aproximadamente en treinta y cinco minutos.

De inmediato al reporte del capitán, los cuatro agentes infiltrados de la CIA se identificaron, para luego anunciar que, por motivos de seguridad, las dos secciones de pasajeros estarían bajo su vigilancia, que toda persona debía permanecer en su asiento y que quien necesitara ir al baño antes de entrar sería requisado y, a excepción de sus prendas de vestir, no se le permitiría llevar consigo absolutamente nada.

Con ese ultimátum, volvió a la aeronave una calma relativa, la cual fue aprovechada por los verdaderos auxiliares de vuelo, quienes, en procura de levantar el ánimo caído de los pasajeros, les dejaron a su disposición todo el coñac del bar.

Lorena, llevada por los nervios de minutos atrás, olvidó que no podía ingerir ninguna clase de licor. Sin embargo, no solo se tomó una copa, sino que repitió la dosis.

Un cuarto de hora más tarde, el silencio reinante en la aeronave nuevamente sería interrumpido. Pero esta vez, no se debía a un intento terrorista, sino a un grito agudo de dolor, emanado desde la sección de segunda clase. Aquel gemido que a todos los presentes estremeció había sido expresado por una joven mujer que viajaba con visa de turista hacia Nueva York; la misma persona que minutos atrás había sido sobresaltada por el roce del proyectil.

Al momento de emitirse el quejido, uno de los agentes de seguridad se encontraba cerca de la víctima. No obstante, este, por su prioridad de mantener la vigilancia sobre la sección de pasajeros, se cohibió en prestarle ayuda.

Esa indiferencia hizo que la persona sentada contigua a su asiento pulsara el timbre. Pero por las ocupaciones del instante, ninguna de las azafatas se presentaría de inmediato. Así que, mientras la aeromoza acudía al llamado, su compañero de asiento le suministraba a Lorena los primeros auxilios. Él, basado en la dificultad de la joven para respirar y por los golpes que ella ejercía sobre su seno izquierdo, confundió su malestar con un prematuro infarto. Debido a eso, la tomó de los brazos, extendió su cuerpo sobre el piso del avión, le aflojó el cinturón y desabrochó su *jean*. Instantes seguidos a esa maniobra, le inclinó las piernas en línea vertical y comenzó a hacerle presión sobre su pecho.

A medida que pasaban los minutos, la joven presentaba nuevos síntomas. De un momento a otro, su rostro comenzó a cambiar de color y el estómago le creció al doble. Por esas reacciones tan extrañas emanadas de su cuerpo, el hombre comprendió que estaba equivocado en su diagnóstico inicial y no continuó con la aplicación de los masajes. En ese instante, recordó las copas de licor que minutos antes ella había consumido y dedujo, entonces, una intoxicación.

Impotente para auxiliarla, se levantó con la intención de ir a buscar a la azafata. En ese momento, una de ellas acudía al llamado, así que, al verla a lo lejos, él comenzó a gritar:

—*Flight attendants, she is dying and she needs medical assistance.*

La aeromoza, sorprendida, preguntó:

—*What's the matter?*

El hombre respondió:

—*I am sorry, I do not know, I am not a doctor! I think she is having a heart attack or it can also be that she is intoxicated, based on my knowledge I provided her with CPR.*

La azafata, agradecida por su ayuda, le expresó:

—*Ok sir, thanks for your help.*

Mientras la auxiliar de vuelo trataba de saber cuál era el malestar de Lorena, Yamile su socia, en el otro extremo de la sección, se encontraba entre la espada y el abismo. No sabía qué hacer. Tenía escasos minutos para tomar la decisión antes de que el Boeing aterrizara. Dudaba si debía arriesgarse hasta el final o botar los estuches con la droga que llevaba en sus genitales. Luego de pensarlo una y otra vez, serenamente se paró y caminó por el pasillo, bajo la mirada vigilante del agente, quien antes de que Yamile dejara la sección, le hizo un minucioso chequeo que ella pasó sin problemas.

No había caminado dos metros hacia su objetivo, cuando se dio cuenta de que, por ser el único baño disponible, tenía a varias personas esperando turno. Esa circunstancia, en vez de perjudicarle, le favoreció, ya que quedar como última en la fila le dio más tiempo a su propósito.

Ya dentro del baño y sin presiones, Yamile extrajo los dos estuches de sus genitales y los introdujo en una gaveta ubicada junto al retrete. Pero por el corto tiempo faltante para el aterrizaje, le sería imposible deglutir o defecar la carga que llevaba dentro de su estómago.

En simultáneo con esa acción, la azafata que auxiliaba a Lorena, al observar cómo esta continuaba revolcándose por su dolencia, miró hacia los presentes y exclamó:

—*Can anyone help me?*

Ella, al ver entre los pasajeros de la sección A sus caras de impotencia, se dirigió con angustia hasta la sección de primera clase, e hizo una nueva pregunta:

—*Is anybody here, a doctor, paramedic o nurse in this section that would be able to help me, please?*

Instantes después, uno de los pasajeros se levantó del asiento y juntos se encaminaron hasta donde se hallaba la joven mujer.

A medida que pasaban los segundos, los quejidos emanados por su dolor se hacían más angustiosos. Así que cuando el médico llegó a prestarle auxilio, encontró a la joven en plena convulsión y con sus ojos desorbitados; le tomó las pulsaciones y luego le preguntó:

—*What kind of food did you eat during the flight?*

Lorena, por encontrarse en medio de una agonía fatal, no pudo responder. Su respuesta sería proporcionada por el compañero de asiento, quien preocupado expresó:

—*She drunk two cognacs only. However, right after the second cup, she started complaining about the pain.*

En ese momento, el médico quiso hacer otra pregunta, pero al observar que ella perdía el conocimiento y de su boca brotaba una espuma blanca, de inmediato diagnosticó que la joven llevaba droga dentro de su estómago y que una de las cápsulas probablemente había explotado en su interior. Con la angustia dibujada en su rostro, el doctor miró a la azafata por un instante y luego le dijo:

—*I am sorry, but I can not help anymore, here nothing I can for her, she needs to go to surgery immediately. She is dying!*

Por lo delicado de aquel diagnóstico, la tripulación, luego de reportar ante los F5 el nuevo incidente, apresuró el vuelo, y antes de lo previsto efectuaría el aterrizaje.

Instantes seguidos a que el avión tocó tierra, la pista se vio rodeada de militares, quienes por seguridad efectuaron un registro minucioso dentro de la aeronave, encontrando en el baño los dos estuches repletos de cocaína.

Mientras unos se encargaban de los terroristas y trasladaban a la joven traficante a una sala de emergencias, los otros hacían pasar uno a uno, por el *scanner*, a todos los ocupantes del avión.

Yamile sería la primera en superar la prueba. Aun así, esa alegría iba a ser breve, ya que el *scanner* solo detecta explosivos y armas, mas no correría la misma suerte ante los perros antidrogas, los cuales, desde el instante en que ella salió de la sofisticada máquina, comenzaron acosarla; parecía como si se la quisiesen comer.

De inmediato al hecho, Yamile fue detenida y llevada a un chequeo corporal, en donde le hallaron dentro del estómago la ilícita carga.

Mientras ella era detenida, Lorena su socia moría por sobredosis, en la sala de emergencias del aeropuerto.

Horas después de su deceso, autoridades de Emigración ordenaron una autopsia en el cuerpo de Lorena, donde le sustrajeron del estómago ciento dieciocho cápsulas de cocaína, dos de estas explotadas en su interior. Además de eso, le hallaron incrustados, dentro del ano y su cavidad vaginal, dos estuches plásticos con una cantidad menor de la misma sustancia.

Al mismo tiempo que los cirujanos de la DEA realizaban la extracción de la droga del cuerpo de Lorena, la Interpol, en diferentes aeropuertos internacionales, detenía a varias mujeres con cargas similares en su estómago. Luego de sus arrestos, quedaron en manos de la Fiscalía colombiana, en donde serían interrogadas. Aun así, las autoridades no obtuvieron de ellas ninguna respuesta que les condujera a las personas que las habían contratado. Sin embargo, los fiscales en la investigación preliminar concluyeron que, siendo las mulas de distintas ciudades, tenían muchas cosas en común, por lo cual las relacionó a todas en un mismo caso. Para ellos, la evidencia no era casualidad. Las cinco eran mujeres hermosas, habían sido modelos de la firma nacional Le Fallèle y viajaban con destino a la ciudad de Nueva York. La tarde del arresto, todas ellas llevaban introducidos dentro de sus genitales dos cartuchos repletos de cocaína y cien cápsulas camufladas en su estómago. Pero lo más sorprendente de estas jóvenes era su itinerario de viajes al exterior, ya que cada una de ellas tenía impresos en su pasaporte más de treinta vuelos internacionales.

Otra cosa que llamó la atención de las autoridades fue que, días antes de cada salida al extranjero, ellas, junto a su ex jefe, Marlon de la Roca, visitaban la población de Colón, un municipio limítrofe entre Panamá y Colombia. Así que los fiscales, basados en el modo operante de su más escurridizo delincuente, enfocaron su pesquisa en el famoso diseñador, a quien vincularon como testaferro de Sotomayor, o capo de un naciente cartel.

Bajo esas circunstancias, la Fiscalía colombiana expidió a través de la Interpol su captura. De inmediato a la petición, las autoridades panameñas, con el fin de evitar su salida del país, extremaron todos los controles de seguridad en aeropuertos y ciudades fronterizas. Acto seguido, se efectuó el allanamiento de la casa de modas Le Fallèle, mas no hallarían a Marlon de la Roca en ninguno de los operativos efectuados, ya que yo, su hombre secreto, desde el aeropuerto le había informado con anticipación de la caída de sus mulas.

Sotomayor y su nuevo personaje

Días después de aquel fracasado intento por capturar a Sotomayor, varias personas llegábamos al municipio de El Paso, desde diferentes partes del país. Esta población, por encontrarse en disputa territorial entre Colombia y el Brasil, no poseía presencia militar de ninguna índole. La ley allí era establecida por autoridades civiles, en cabeza del alcalde y su inspector. Pero aun así, sus pobladores, aunque no sabían con certeza a qué país pertenecían, lo habían sacado adelante; su creciente desarrollo servía de ejemplo para otros municipios.

Entre los nuevos residentes de El Paso, estábamos David Salamanca, Helmer Gutiérrez, Jorge Sotomayor y mi persona. Paralelamente a nuestras llegadas, arribaron al pueblo Toniño Cerezo y Zeledón Lindarte; este último vino acompañado de su núcleo familiar, integrado por su esposa Olmeda y sus hijos, Henry y Karen.

A escasas horas de sus arribos, cada uno de los recién llegados inició su propia indagación de mercadeo, para así encontrar una mejor manera de sacarle provecho al dinero a invertir. Después de varios días de investigación, los siete tomaron sus propias determinaciones.

El primero de estos foráneos se estableció con el propósito de fundar una empresa exportadora de madera, cuyo administrador sería Helmer Gutiérrez. Toniño optaría por crear una cooperativa quesera. Independiente de ellos, Jorge Sotomayor o Santos se inclinó por la siembra de la amapola.

Aquella autonomía mostrada por estos personajes ante el pueblo fue solo de apariencia, ya que, con días de anticipación, en un municipio vecino, los cuatro habían hecho una sociedad secreta.

Los que sí estaban al margen de ellos eran Zeledón y su esposa, quienes, acosados por las deudas en la ciudad, arribaron a la población convencidos de que desde allí las iban a solventar.

Por otro lado, yo, Dirceu Figuereiro, llegaba en función de hombre emergente y muchos me conocerían como "el Poeta". Mi trabajo era brindarle secretamente a Santos una máxima seguridad.

Debido a esa llegada masiva, cada uno de los nuevos moradores de El Paso, basado en su bonanza o necesidad, inició la búsqueda de sus sueños; aunque en su intento por lograrlo, no solo ellos saldrían beneficiados, pues dichos beneficios también arroparían a muchas personas, y sobre todo al municipio, al cual los arribos de todos nosotros le traerían un mayor auge.

Una semana más tarde de estar ubicados, los nuevos negocios abrieron las puertas al público. David Salamanca y su socio iniciaron la compra de madera, pero exigieron que, en vez de listones o vigas tradicionales, se les enviaran troncos en bruto de seis metros de largo por dieciséis pulgadas de ancho. Para los aserradores, dicha petición era lo más conveniente, así que muchos cortadores decidieron trabajar para ellos. Aquellos que aceptaron la propuesta recibieron gratis, inmediatamente, motosierras y equipos de seguridad personal. Además de eso, los recientes empresarios les ofrecieron como trabajo extra replantar toda la zona deforestada con nuevos colinos de caoba mejorada.

Mientras cinco de los foráneos se radicaban con locales estacionarios, yo iniciaba mi servicio de inteligencia y Jorge Sotomayor o Santos ofrecía empleo a todo aquel que quisiese aventurarse en la siembra de la amapola. Por esas razones, las propuestas de trabajo no se hicieron esperar, ya que toda persona desempleada del municipio acudiría a sus llamados.

El hecho de que en aquel instante se generaran cientos de empleos causó una crisis en el comercio de la población, que en ese momento no fue autosuficiente con el suministro de los víveres. Así que Zeledón, aunque ya había montado su negocio, al observar aquel déficit, se las ingenió y, días más tarde, abrió un nuevo establecimiento al público, una bodega de abastos con capacidad de aprovisionar a todo el municipio por un mes, sin interrupciones.

Frente al local de Zeledón, su esposa Olmeda inauguraba un almacén de aparatos electrónicos y un salón de masajes y cosmética facial, que estaría atendido por una estilista profesional.

Por su visión futurista, los dos sabían que, con la apertura de la empresa maderera y los cultivos de amapola, el estatus económico de los habitantes de El Paso habría de mejorar. Eso les generaría a los trabajadores un dinero extra en sus bolsillos, con el cual querrían tener acceso a la nueva tecnología del mercado y a los caprichos de la vanidad femenina de sus esposas, novias e hijas.

Once meses después de las primeras siembras, los nuevos colinos mejorados del caobo habían crecido dos metros y, entre sus surcos, la amapola comenzaba a mostrar sus primeros capullos. Pero con esto no paraba la reforestación, porque, a medida que los aserradores talaban, se iniciaba una nueva plantación combinada.

Días más tarde de la verificación de los cultivos, Santos y su gente comenzaron las incisiones en los bulbos de la amapola. La primera recolecta le auguró al cartel un éxito total, pues fue tal la cantidad obtenida en ese momento, que la subasta superó todos los pronósticos. Por esa razón, al día siguiente, Santos tuvo reunidos más de cincuenta kilos, motivo por el cual dio los pasos iniciales para transformar aquel jugo lechoso en heroína; por su conocimiento del negocio, desde meses antes él había instruido a varios de los aldeanos en el proceso químico de esta sustancia y tenía construido un inmenso laboratorio en medio de la selva.

Al coincidir al mismo tiempo las dos producciones, la abundancia de madera y amapola se convirtió en una bonanza, por lo cual el dinero proveniente de los nuevos comercios se expandió en todo el municipio. Unos lo invertían en ropa, comida o electrodomésticos, y otros, en vicios mundanos, así que la mayor parte de aquel capital era acaparada por Zeledón y Olmeda, quienes tenían en sus locales cualquier artículo que los pobladores necesitasen.

Todos quisieron aferrar con sus manos aquel auge y el progreso del municipio, circunstancia que convirtió a sus moradores en custodios de sus propios intereses. Por esa razón, el cultivo de la amapola fue un secreto que no atravesó los límites de El Paso.

Transcurridos los primeros veinticuatro meses, cada uno de los nuevos empresarios, después de haber hecho las inversiones en el pueblo, comenzó a recoger las jugosas ganancias emanadas de sus trabajos. Pero la bonanza de aquel dinero no sería solo para sus lucros personales; con esta subasta, también se beneficiarían sus moradores. Fue así cómo, basado en aquella prosperidad y con el auspicio de la empresa maderera, David Salamanca hizo construir en la localidad una sede comunitaria dotada con un comedor en donde, a diario, los ancianos recibían sus porciones de alimentos. Además de eso, le obsequió al municipio un dispensario y contrató a dos médicos especialistas, para que estos abuelos fuesen atendidos sin ningún costo, incluyendo en el servicio medicinas gratis.

Por otro lado, la generosidad de Santos no tenía límites. Cada mes en el dispensario, él se reunía con las personas que no podían trabajar y les obsequiaba el equivalente a un salario mínimo. En casos de extrema gravedad, les sufragaba los gastos de costosas cirugías y el traslado del paciente a otra ciudad.

Con aquellos beneficios otorgados, Santos y Salamanca lograron que toda persona residente en El Paso estuviese a sus órdenes, incluyendo al alcalde y su inspector.

A medida que transcurrían los días en este municipio, la cantidad de dinero ilícito proveniente del comercio de la heroína era cada vez más grande. Por ese hecho, Santos se vio obligado a conseguir personal para su seguridad, además de un local en donde funcionase su empresa-fachada y una residencia que le brindase protección. Así que, debido a esto, semanas atrás, por intermedio de sus sembradores, compró en el centro de El Paso una antigua casona que los restauradores, después de varias mejoras, convirtieron en una fortaleza de apariencia modesta, ya que, según Santos, no quería llamar la atención con extravagancias.

En simultáneo con la adecuación de la casona, los constructores le entregaban el local en donde funcionaría su empresa-fachada. Recibido este, procedió a su inauguración, invitando a varios de los plantadores, a quienes sin muchos preámbulos les habló del objetivo de dicha reunión.

Ya todos enterados, escogería entre ellos un grupo de escoltas para su seguridad personal y tres hombres claves. Estos últimos serían los encargados de suministrar químicos y víveres entre los cultivadores de la amapola, y de controlar la calidad del alcaloide. Además de eso, tendrían la tarea de brindarle protección a Toniño, durante el recorrido con los quesos en donde supuestamente iría la heroína encaletada.

Luego de seleccionar el personal, Santos convino con ellos que la organización internamente quedaba constituida como el Cartel de la Amapola. También allí se estipuló que un miembro solamente podría desvincularse de dicha organización si todos los que pertenecían a ella estaban de acuerdo con él. Acto seguido, cada cual, incluyendo al jefe, firmó un pacto en donde todos se comprometieron a ser leales a su causa y se concertó que el socio que la traicionase lo pagaría con la muerte.

Un día después de estipulado el nuevo cartel, los escogidos viajaron a la capital del vecino país. Allá, cada uno adquirió un arma con su respectivo salvoconducto y sofisticados aparatos de comunicación. Además de esto, trajeron consigo al municipio un convoy de carros último modelo y dos modernas lanchas bimotor, vehículos estos que serían utilizados para la provisión de víveres rurales y el transporte de la materia prima entre El Paso y las veredas ribereñas.

Con el pasar de los meses, el cartel se convertía en una hermandad, pero a pesar de aquel contacto tan fraternal entre sus miembros, nadie hasta ese momento, a excepción de Toniño y mi persona, conocía de la relación que había entre la empresa maderera y Santos. Todos en el pueblo estaban convencidos de que la heroína era sacada dentro de los quesos. Debido a esa razón, cada viaje de Toniño a Bahía se hacía de improviso, por lo cual se montaba un operativo de seguridad de último minuto, en donde todas las escoltas de Santos custodiaban la embarcación, desde su salida hasta su destino final. Con esa estratégica medida, él lograría despistar a sus escoltas y a la ley, por varios años.

En aquellos días, para Santos no fue difícil mantener en todo su apogeo la producción de amapola y, sobre todo, protegerla de la subversión, pues, al retribuir parte de sus ganancias en El Paso, sus pobladores, por conveniencia, conservaron en secreto el auge allí existente.

Otra circunstancia que a Sotomayor le ayudaría en su propósito fue que, como se mencionó, este municipio se encontraba en disputa territorial entre Colombia y el Brasil, y ambos países esperaban que una Corte internacional definiera su nacionalidad. Esto fue una gran ventaja, porque los dos países, aunque tenían presencia administrativa de su soberanía, no poseían fuerza pública en su interior. Sin embargo, indirectamente, El Paso era custodiado desde los municipios vecinos con un ejército internacional integrado por fuerzas militares del Brasil y Colombia. Esos privilegios hacían que Santos fuese inmune a la autoridad que le perseguía y al acoso de los grupos al margen de la ley.

La partida de Olmeda y el proceso del cartel

Dos meses después de iniciada la comercialización de heroína en El Paso, Henry y Karen contrajeron una peligrosa enfermedad tropical, por lo cual Olmeda se vio en la necesidad de venderle el salón a la estilista Fernanda y dejar en manos de su esposo el local de electrónicos. Luego de ese episodio, ella y sus hijos se radicarían en Bahía, una ciudad del vecino país. No obstante, Olmeda cada semana retornaba a El Paso con un cargamento de víveres y mercancías, para surtir sus negocios. Los sábados, cuando ella llegaba al pueblo, su rostro reflejaba una gran felicidad, por dos razones.

La primera era el amor hacia su amado Zeledón, o lo que ella aparentaba ante sus amigos y las personas que la conocían.

La otra razón era saber que tenían saldado el sesenta por ciento de su deuda, y en ese momento el resto del dinero no era la prioridad, ya que su prestamista, por encontrarse en prisión, no les presionaba. Debido a esa circunstancia, los dos invirtieron el resto del préstamo en construir un centro comercial. Con esto, ellos también aportaban su cuota para la prosperidad del municipio y, a la vez, pensaron en sacarle una jugosa ganancia al capital.

A medida que en El Paso transcurrían los meses, el Cartel de la Amapola se hacía más fuerte. Con sus hombres claves, Zé Maria, Paulo y Manamu, la organización marchaba sobre ruedas, y aunque ellos solo ejercían un control interno, sus dependientes exteriores eran cada día más eficientes y productivos; razón por la cual el trabajo aumentaría. Ese crecimiento llevaba a los tres a comenzar su labor desde muy temprano. Zé Maria, con su hermano gemelo Manamu y varias escoltas, embalsaba el río hasta llegar a la quesera de Toniño; allí, luego de repartir los bultos de mercado entre sus proveedores, se dedicaban al peso y la compra del jugo lechoso proveniente de los cultivos asociados a la cooperativa.

Por otro lado, Paulo y sus hombres recorrían por tierra todos los puntos de compra ubicados en la parte rural del municipio, lugar en el que ellos efectuaban una operación similar a la ejercida por sus dos colegas del cartel.

Después de la recolección, los tres retornaban la droga al laboratorio, en donde, luego de un proceso químico, era llevada de nuevo hasta la empresa de Toniño; allí, supuestamente, él la encaletaba dentro de los quesos, los cuales serían entregados en un punto de enlace días más tarde. Sin embargo, la droga nunca fue sacada en ellos, sino que se quedaba en la quesera para que Toniño la transportase entre las pimpinas con leche hasta la empresa maderera. Allá, tras un nuevo procedimiento, la heroína era prensada y encaletada entre los cientos de troncos que viajarían al exterior. Días antes de cada viaje, Helmer Gutiérrez, el encargado de ese proceso, tomaba los cinco maderos más cortos, les hacía una perforación de dos metros e introducía en ellos una válvula metálica repleta de heroína; luego, a presión, con una cuña de la misma madera le sellaba la boca del drenaje al tronco. Aquel retoque y el sello final en cada uno de los maderos harían que la caleta pasase inadvertida ante los controles antidrogas de los Estados Unidos.

Ese arduo trabajo ejercido por Toniño, Helmer y los hombres claves les mantenía consagrados a la organización las veinticuatro horas al día, semana tras semana. Aquella interrupción de lo habitual comenzó a producir secuelas en la relación de pareja de Manamu, quien, de los cinco, era el único casado; razón por la cual su ausencia en la cama llevó a Raica, su esposa, a tomar una decisión radical y se marchó del pueblo. Manamu, aunque dolido por su partida, no tuvo tiempo para dedicarse a la búsqueda; sin más opción, se resignó a perderla.

El acoso de los fiscales y la captura de Ludiela

Mientras el abandono de Raica le producía las primeras secuelas a Manamu allá en El Paso, en la capital, las autoridades avanzaban en su indagación en contra de Sotomayor. Ya sabían con certeza que la empresa de modelos Le Fallèle había sido propiedad de Santos, y que él y Marlon de la Roca eran las mismas personas.

Con estas pistas, los fiscales comenzaron a atar cabos sueltos, retornaron a la investigación preliminar y se enfocaron en Ludiela, llevándose una sorpresa al comprobar que la discoteca, allá en la comuna, ya no funcionaba como un sitio de esparcimiento nocturno; al local le estaban haciendo algunas reformas para convertirlo en una plaza de mercado y, según los vigilantes que protegían la propiedad, hacía varias semanas que su antigua dueña lo había vendido.

Los nuevos argumentos encontrados por los fiscales aumentaban la sospecha de un vínculo directo entre Ludiela y Sotomayor. Así que, bajo esas circunstancias, la Fiscalía expidió una orden de búsqueda que se inició con el rastreo de sus tarjetas de crédito, las cuales, por sus constantes usos y los avances monetarios, revelaron que en aquel momento ella se hallaba en un hotel de Leticia.

De inmediato a su ubicación, una fiscal encubierta comenzó a seguirle a Ludiela todos los movimientos. En sus primeras doce horas de persecución, esta persona conocería de la perseguida varias excentricidades, así como el despilfarro de dinero por su adicción al casino y a las apuestas callejeras. Sin embargo, aunque la fiscal efectuaba su acoso desde una distancia prudencial, ya Ludiela había observado tanto al vehículo como a la mujer que lo conducía dando rondas en su entorno, en más de una ocasión durante esa noche. A ese hecho ella no le prestó mucha atención; su preocupación del instante era no haber acertado en sus apuestas. Así que, maldiciendo su suerte, decidió alejarse.

Minutos después, ya de regreso en la *suite* del hotel, Ludiela se asomó al balcón y desde allí volvió a ver de nuevo a la misma mujer que horas antes había estado siguiéndole los pasos en los distintos lugares que visitó. Al observar que esta persona estacionó su vehículo cerca del hotel donde ella se hospedaba, aumentó la sospecha y presintió que aquello no era casualidad. Intrigada por conocer la causa de su seguimiento, planeó esa madrugada una treta; su intención era sorprender *in fraganti* a su perseguidora y enfrentarla.

Ya con todo listo, Ludiela pagó la cuenta de la *suite* y le recomendó a uno de los botones subir a su recámara a las ocho en punto, recogerle la maleta e introducirla en el portaequipaje. Luego, debía conducirle el carro hasta La Parada, un sitio turístico a escasos quince minutos en las afueras de la ciudad, en donde ella lo estaría esperando.

En simultáneo con esa acción, Ludiela desde su habitación llamó un taxi para que la recogiese por la parte trasera del hotel; con esto, ella lanzó la carnada, esperando que la mujer que la seguía cayese en su trampa. Cumplida la hora, el botón le dio inicio a lo acordado y tomó la ruta hacia La Parada. Mientras el chofer conducía, a la distancia comenzaba una persecución: el botón seguido por la fiscal, y el taxista, a la vez, persiguiendo a esta.

Veinte minutos más tarde, el primero en llegar al sitio fue el botón, luego la mujer, quien, al momento de parquearse, sería sorprendida por Ludiela. Ya con la evidencia de no estar equivocada, ella le exigió a su perseguidora saber el motivo de la persecución. Sin más opciones, la fiscal se identificó e improvisó una versión falsa; le dijo que la razón de su seguimiento era que, según su sección de inteligencia, ella era sospechosa de tener nexos con el tráfico ilícito de esmeraldas. Esta acusación, en vez de sorprender a Ludiela, le produjo una sonrisa que finalizó con una insolente pregunta:

—¿Usted tiene pruebas o una medida de aseguramiento en mi contra? Si no es así, es usted quien se puede meter en graves problemas por buscar en el lugar equivocado.

Terminada la advertencia, Ludiela retornó hasta el taxi, pagó el viaje y se marchó en su carro a cualquier lugar.

Aquel *impasse* hizo que la fiscal le reportase a Baena lo sucedido; este, al escuchar la versión de los hechos, le ordenó abortar la misión. La fiscal se regresó, y Ludiela continuó en la búsqueda de Sotomayor. El deseo por tener sus faenas de sexo y la necesidad de conseguir un dinero fácil se le habían convertido en obsesión.

Media hora después de su recorrido, ella llegaría hasta El Ramal, un punto que dividía la carretera en cuatro vías. Allí, luego de meditar por unos minutos, Ludiela cruzó el puente y se adentró hacia El Paso, llegando a esta población cuando empezaba a caer la tarde. Su arribo tan extravagante causó bastante furor, sobre todo en los jóvenes, ya que, por primera vez, ellos observaban en vivo un BMW deportivo.

Ludiela, a una gran velocidad, le dio varias vueltas al pueblo, hasta hallar en la calle central la Villa de Rancel, el único de los tres hoteles que, según ella, tenía el aspecto de un cinco estrellas. Allí reservó por cuatro noches una de las habitaciones del tercer piso. Ya con la llave en su poder, entró al cuarto, aseguró sus cosas en el clóset, se dio una ducha caliente, se cambió de ropa y salió al balcón, desde el cual divisó todo el ambiente del lugar.

Mientras ella terminaba de darse los últimos retoques faciales, yo, el hombre secreto, le comunicaba a Santos el arribo de esta mujer. Minutos más tarde de mi llamada, entró la noche, y con esta se inició la diversión; así que Ludiela, animada por el bullicio que llegaba a ella a través del balcón, salió a disfrutarla.

En su ansiedad de distraerse, recorrió todos los bares y casetas, pero su necesidad de apostar opacó aquel ambiente de fiesta, por lo que, a las pocas horas, entró en una desesperación total. Su adicción compulsiva a los juegos de azar la hizo desviar de rumbo, y aunque su debilidad era el casino, al no hallar uno en el pueblo, se inclinó por las riñas callejeras de animales.

Ya entrada en su ambiente, Ludiela cambió de ánimos y comenzó a extender las apuestas. A medida que transcurría la primera pelea, arribaban al Perródromo más y más aficionados. Entre estos, llegaría un personaje muy popular en El Paso que, acompañado de una elegante dama, muy pausado se fue acercando hasta la tarima preferencial. Sus presencias fueron para Ludiela toda una novedad, y aunque era la primera vez que les veía, tuvo el presentimiento de conocer al hombre desde mucho tiempo atrás.

Santos y su compañera, sin ninguna prepotencia, se abrieron paso entre la multitud y se ubicaron a escasos metros de donde se hallaba Ludiela. Ella, embelesada, no les quitaba la mirada de encima; su mente en ese momento se le saturó de tanto pensar. Aun así, no lograba llegar a una conclusión definida. Esos pensamientos la mantenían elevada, en otro planeta, por lo cual le impidieron observar lo sucedido en la riña oficial, pero la euforia de varios ganadores interrumpió su concentración y, alterada por los gritos, enfocó de nuevo la mirada sobre la plazoleta del Perródromo. Allí, al ver a su perro favorito revolcándose en un charco de sangre, comprobó que la suerte no estaba de su lado. Desilusionada por haber perdido todas sus apuestas, se regresó al hotel a tratar de conciliar el sueño, y aunque lo intentaba, la imagen de aquel hombre no la dejó dormir esa madrugada. Ludiela, intrigada por descifrar la obsesión de su mente, se levantó de la cama y salió a indagar en el pueblo sobre la vida de esta persona.

En la investigación, conoció su presunto nombre y su vinculación, desde hacía unos meses, con la exportación de madera. Sin embargo, su intuición le advertía que algo le ocultaban. Por esa razón, a medida que transcurrían los días en El Paso, Ludiela continuaría en la búsqueda de más información, pero, a pesar de su obsesión, la versión encontrada entre los parroquianos siempre era la misma. No pudo conseguir nada nuevo. El único logro positivo en su pesquisa fue haber tenido más de un encuentro casual con Santos, de los cuales el primero sería sin ningún resultado, pues la fisonomía de este hombre estaba muy lejos de parecerse a la persona que ella imaginaba. Mas no todo sería en vano, pues en el segundo de estos tropezones, allá en el supermercado de Zeledón, habría de acontecer un hecho en donde Ludiela, tras un efecto retardado, lograría desenmascarar a Sotomayor.

Esa tarde del reconocimiento, Ludiela había llegado hasta el local de Zeledón en busca de algunas frutas; pretexto este que en los últimos días se le estaba haciendo costumbre, ya que allí, a excepción del banco, era el único lugar en donde recibían tarjetas de crédito y ella podía conseguir avances de dinero, sin hacer fila. Reunida su compra, Ludiela se acercó hasta la caja, ordenó un avance de trescientos mil cruceiros y procedió a introducir la clave, llevándose la sorpresa de que su tarjeta estaba bloqueada. Apenada por aquel obstáculo, ella, con fingida sonrisa, exclamó:

—¿Está seguro, señor? Por favor, inténtelo otra vez.

Acto seguido, a la consecutiva respuesta negativa, Ludiela quiso retornar los artículos. En ese instante, escuchó detrás de ella la voz de un hombre que, en un tono áspero y grueso, le dijo:

—Tranquila, bella dama, yo cubro su cuenta.

Extendida la orden, el empleado abrió de nuevo la caja registradora, contabilizó el monto y le colocó los billetes sobre la plataforma metálica.

Ludiela, aún con las mejillas sonrojadas, volteó y se encontró frente a frente con Santos. Asombrada por ver tal acción, le expresó:

—¡Pero señor! Eso es mucho dinero para dárselo a una desconocida.

Santos, esbozando una espontánea sonrisa, le respondió:

—¡Tranquila! No se preocupe, que esto no es un obsequio. ¡Es prestado! Y el día que pueda, me lo deja aquí con Zeledón o lo lleva a mi residencia.

Aquella facilidad ofrecida y su urgencia de pagar la estadía en el hotel hicieron que Ludiela aceptara el trato. No habían pasado unos minutos en su conversación, cuando el rostro de Santos comenzó a brotarse en pequeños parches rosados, acompañados con estornudos continuos y una fuerte congestión nasal.

En ese instante, el diálogo se interrumpió y Ludiela alarmada preguntó:

—Señor, ¿está usted bien?

Santos, colocándose un pañuelo sobre la nariz, le contestó:

—Sí, señorita, este malestar es algo pasajero, pronto se me pasará.

Finalizado el comentario, ella se despidió y le deseó una pronta recuperación.

Transcurridos aquellos dos chascos en el supermercado, Ludiela le dio arranque a su coche y se alejó hasta el hotel. Allá, después de pagar su deuda, salió sin rumbo fijo.

A medida que conducía y pasaban los minutos, la música emitida por el estéreo de su coche le recordaba los momentos de placer vividos al lado de Sotomayor. Esas románticas melodías le despertaron de nuevo su necesidad de hallarlo y poder aplacar con él ese fogaje dentro de su cuerpo que le exigía sexo. Pero, además de eso, sabía con certeza que a su lado ella iba a solventar su difícil situación económica.

Luego de conducir por una hora y de estar escuchando baladas, Ludiela entró en la melancolía. Así que, embriagada en su tristeza, decidió colocar una música más alegre y, con esta, ponerle otro sabor al ambiente.

Sin pensarlo demasiado, tomó el iPod, le cambió de artista y comenzó a sonar un reggaeton. Mientras la canción iba sonando, Ludiela le seguía el compás a la letra. Sin embargo, al repetir el coro, Ludiela escuchó cuando el autor en su canto dijo: "Hoy quisiera ser alérgico a tu piel, olvidar tus besos y tu cuerpo, y así romper tu embrujo de mujer, para vaciar esta pasión que llevo dentro".

Al instante en que Ludiela repitió el verso, su mente inició una regresión de meses atrás. Con esto, recordó la ocasión en que el Ángel, al estar junto a ella, había presentado los mismos síntomas mostrados por Santos allá en el supermercado. Eso, aunque podía ser una coincidencia, también era compatible con la realidad, ya que, en ese momento, llevaba impregnada en su piel la misma loción usada aquel día.

Debido a su intuición, frenó el coche en seco, produciendo este con su acción un escalofriante sonido sobre la carretera. De inmediato a la estocada, dio un giro en contravía y tomó el carril que la conducía de retorno a El Paso.

Motivada por su ansiedad, los minutos se le hacían largos. Esto la llevaba a mantener presionado su pie sobre el acelerador, llegando al pueblo en un tiempo récord. Ya en la entrada, Ludiela tomó hacia la terminal de transporte; allí, en un baño público, después de ducharse, se cambió de ropa y loción, y, sin dudarlo, se enrumbó hacia el centro, parando su recorrido frente a la vieja casona, en donde, luego de estacionar su coche, procedió a entrar, pero en el instante de dar el primer paso hacia su objetivo, un hombre apostado detrás de la reja le impidió el acceso. Aquel obstáculo hizo despertar la ira en ella y comenzó a gritarle.

Santos, al escuchar desde el segundo piso aquella algarabía, le ordenó al vigilante que la dejase pasar.

Mientras Ludiela esperaba en la sala de recibo, Santos despedía a su amante de turno, a quien semanas atrás él había comentado la posibilidad de una separación repentina, ya que presentía el regreso de su amada. Sin embargo, la mujer que en aquel instante era su concubina, al saber que regresaría a los brazos de Ludiela, olvidó las cláusulas del trato que ambos habían prometido respetar hasta el final; así que, llegado el momento decisivo, ella cambiaría los argumentos. De inmediato a la decisión de Santos, Tania perdió la sensatez y, llena de celos, se encerró junto a él en su habitación. Allá, con lágrimas rodando por sus mejillas, le advirtió que no se marcharía de la casona y que, aunque se mantendría a la distancia, no le daría el gusto de salir tan fácilmente de su vida y siempre iba a estar muy cerca de él, para que cuando la necesitara supiera en donde encontrarla. Luego de secar sus lágrimas, Tania se marchó hacia la piscina, como si nada hubiese sucedido.

Diez minutos más tarde, Ludiela, un poco más calmada, recorrió con su mirada aquel inmenso salón. Sorprendida, no se relajó hasta quedar concentrada en los ojos de Santos, quien, desde el otro extremo, le preguntó:

—¿Necesita algo nuevo la dama?

Ludiela, esbozando una pequeña sonrisa, le respondió:

—¡Sí! Necesito hablar con usted en privado.

Santos, sin titubeos, le expresó:

—¡Está bien! Subamos al segundo piso.

Mientras los dos caminaban la hilera de escalones, él mentalmente se preguntaba: "¿Será que me descubrió? ¿O estará necesitando más dinero?".

Su incógnita le sería descifrada minutos después de llegar al último cuarto de la casona, cuando Ludiela, con aspecto de triunfadora, le advirtió:

—Tú pensaste que no te iba a reconocer, pues perdiste el año conmigo. Yo sé que eres Sotomayor.

Santos, colocando una cara de asombro, le dijo:

—¡Señorita, por favor! Baje la voz y deje de hablar incoherencias. ¡Que usted está confundida!

La respuesta de Ludiela no se hizo esperar; con un tono enérgico, le insistió:

—No, señor, estoy en lo cierto. Así que no finja no conocerme; acepte que fui más astuta que usted, lo encontré de nuevo.

Esa seguridad emanada de sus labios dejó al descubierto a Santos, quien sin titubeos reconoció haber perdido. De inmediato a su confirmación, Ludiela saltó sobre él; como leona hambrienta, se aferró a su cuerpo y quiso acariciarle. Santos, conociendo la reacción de su piel a las colonias usadas por ella, trató de evadirla; le recordó ser alérgico a sus perfumes. Dicha advertencia, en vez de interrumpir su erotismo, causó en Ludiela un efecto contrario.

Excitada, comenzó a acariciarle el cuello, para luego susurrarle al oído:

—¡Tranquilo, papi! Me cambié de loción. Y lo que hoy van a saborear tus labios no te causará ninguna clase de alergia.

Enseguida de sus palabras, le recostó su cuerpo contra la pared, y una a una, las prendas fueron cayendo, hasta llevar a cabo su primera faena de sexo. Finalizada esta, no pararon las caricias. Ella, queriendo un orgasmo más, se encarnizó en sus labios, y del pasillo pasaron a la alcoba principal. Allá, instantes antes del clímax, Ludiela le reclamó su indiferencia al fingirle no conocerla. Luego, entre susurros, le preguntó:

—¿Es que ya no me quieres?

En ese momento, a Sotomayor le fue imposible darle una respuesta. Sin embargo, segundos después y aún con su voz agitada, él le respondió:

—¡Claro que sí! Pues a pesar de mi imparcialidad mostrada en aquellos instantes y de tener una que otra amante, siempre te he amado. Debido a esa razón, no quería que me encontrases de nuevo, ya que este amor o tu obsesión hacia mí puede causarte graves problemas con la Justicia; y como en verdad te amo, no deseo involucrarte en nada ilícito. He tratado de evitarte ese posible infortunio de muchas maneras. Por esto, en mis anteriores partidas, siempre te dejé grandes sumas de dinero y propiedades legales: para que realices tus sueños, te radiques y dejes de buscarme, aunque con decepción veo que mi generosidad solo está agrandando tu problema; y no es por tu despilfarro de dinero, pues bien sabes que a eso no le doy importancia. Lo preocupante para mí es que te has convertido en una apostadora compulsiva, llegando al extremo de vender hasta el apartamento, para jugártelo en un casino.

En ese momento, Ludiela, quien se encontraba en una posición pasiva, apoyó las piernas sobre la espalda de Santos. Con esa acción, ella logró encaballarse sobre su cuerpo y tomó el control del apareamiento.

Pensativa y sin argumentos para responder al reproche, acudió de nuevo a las caricias, su arma seductora. Después de callarle la boca a Santos con un ardiente beso, hizo que él se concentrase en sus partes íntimas, para luego ambos iniciar un recorrido morboso por sus cuerpos, que finalizó en sus genitales, en donde los dos enfocaron toda su pasión hasta llegar a un nuevo orgasmo.

Terminado el momento, una fingida sonrisa borró del rostro de Ludiela su vergüenza. Luego, con palabras entrecortadas, ella le susurró al oído:

—Mi amor, te prometo que esta vez todo eso cambiará.

—¡Claro que esto va a cambiar! —argumentó Santos—. Ahora que mi seguridad es menos vulnerable, estarás bajo mi supervisión, y si compruebo que eres capaz de controlar tu adicción al juego por un tiempo indefinido, no solo te cubriré la visa, sino que también te compraré otro apartamento. Además de eso, obtendrás el dinero suficiente para montar tu propia agencia de modelos, y una cantidad extra, sin importarme en qué la derrochas, siempre y cuando no sea en apuestas.

Esa condición, en medio de aquel reproche, le demostró a Ludiela que el amor de Santos, aunque extraño, era un amor verdadero.

El hecho de que Ludiela hubiese podido despejar aquella duda no logró controlar la pasión carnal en ella, quien desnuda en la cama aún esperaba por más sexo. Sin embargo, Santos debía marcharse a supervisar el proceso de la heroína. Así que los dos se despidieron con un apasionado beso, el cual dejaría a Ludiela prendida en el alto voltaje erótico y en espera de que llegase la noche para quemar junto a él todos los voltios restantes.

Antes de desprenderse de sus brazos, Santos le recordó que el tiempo empezaba a correr a partir de ese instante. El recuerdo de la tentadora oferta, en vez de animarla, dejó a Ludiela pensando, ya que no sabía con certeza si sería capaz de controlar su compulsión por el juego.

Al mismo tiempo que ella contemplaba sus posibilidades, Santos se dio una ducha, se cambió de ropa y bajó hasta el primer piso, en donde le ordenó al encargado de la cocina darle a su huésped un trato de reina. Luego de su exigencia, se dirigió al patio y personalmente disminuyó el nivel del agua en la piscina. Santos sabía de sobra que Ludiela, en su afán de lograr su objetivo, se refugiaría en la natación, y ella no era muy buena nadadora, como pretendía serlo. Él, con aquella prevención y la comodidad brindada, quería hacerla sentir en un hotel de cinco estrellas, para que así su estadía se le hiciese agradable y ella pudiese responderle al reto.

Durante el transcurso de ese día, Santos mantuvo el celular apagado, no quiso presionarla con sus llamadas. Concentró su pensamiento en el episodio que se le aproximaba, por lo cual llegaría preparado a casa. Sabía la tarea que le esperaba si Ludiela no había decidido marcharse y continuaba en el pueblo.

En el momento de su arribo, aunque Santos no preguntó por ella, sí la buscó con su mirada, cerciorándose con esta de que Ludiela no se encontraba en ninguno de los salones del primer piso. Él, presintiendo su abandono, subió a la segunda planta y continuó la búsqueda en su alcoba principal. Al no verla allí, se asomó al mirador, con la esperanza de poderla observar en la piscina. No obstante, Ludiela no estaba en casa. Abrumado por su ausencia, Santos dejó caer pesadamente su cuerpo sobre la cama y comenzó a pensar en ella. En ese instante, cuando su mente se saturaba con sus recuerdos, apareció Ludiela, quien luciendo un nuevo *look* en su cabello y vistiendo un seductor vestido, le invitaba al placer. De inmediato a su llegada, ella comenzó a hacerle un *striptease*, hasta dejar su cuerpo tan solo en un diminuto bikini, el cual Santos con su boca terminaría de desvestir. No obstante, la faena de sexo de esa noche iba a cambiar su rutina habitual. Ya no sería con la misma intensidad de los meses anteriores, en que, llegado al clímax, él se alejaba de su vida. Ahora, con más tiempo por compartir, tenía la obligación de bajarle la presión al acelerador.

A medida que en El Paso transcurrían los días, los dos se convertían en la pareja del momento. Así que a sus parroquianos se les volvió normal verles juntos por las noches, visitando los diferentes lugares de esparcimiento del pueblo, incluyendo el Perródromo y la Gallera.

El hecho de verse obligada a visitar estos locales le parecía a Ludiela una gran ironía, por lo cual le reclamaba a Santos su insensatez. Él, sin ofuscarse y aplicando en ella filosóficas palabras, le hacía entender que, si deseaba tener un control sobre su adicción, no lo lograba huyéndole al problema, sino haciéndole frente.

Con aquel método tan contradictorio, según Sotomayor en solo un mes, había efectuado en Ludiela excelentes resultados. Sin embargo, ella le aclaraba que su recuperación se debía al hecho de tenerlo a su lado y a las atenciones que a diario le brindaba; y aunque ese privilegio de reina le contrarrestaba su compulsión por el juego, no la ayudaba a sobreponerse de su estado emocional, ya que la monotonía de aquella pequeña provincia y su inactividad la hacían entrar en el aburrimiento.

Sotomayor, consciente del obstáculo, le propuso tomarse unas vacaciones. Esa propuesta siempre fue rechazada por Ludiela, quien temerosa le advertía que dicha opción podía de ser algo prematuro para su propósito, pues lo más probable era que, estando lejos de él, recayera en su adicción. Debido a su negativa y al temor emanado por ella, Sotomayor se quedaba sin palabras para proceder y dejaba que fuese Ludiela quien tomase la alternativa más viable.

Luego de unos segundos de reflexión, Sotomayor tiernamente al oído le expresó:

—Entonces dime, mi amor. ¿Qué puedo hacer para subirte ese ánimo?

Ludiela, un poco apenada por su terquedad, le respondió:

—¿La verdad? Lo que necesito es una labor que me mantenga la mente ocupada.

Santos, exhibiendo una pequeña sonrisa, le prometió ayudarla, pues si su deseo era trabajar, él le tenía la solución a su problema.

De inmediato al compromiso, los dos subieron a la camioneta y diez minutos después estaban en la hacienda Belo Horizonte. Allí, luego de un acuerdo económico con su propietario, Santos logró que el predio pasara a manos de Ludiela, quien quedó con la autoridad de efectuar sobre el inmueble los cambios que deseara o continuar con la actividad normal, como criadero de caballos paso fino.

Ludiela en aquel momento quedó sin palabras; la idea de lidiar con dichos animales la tenía fascinada. Quiso empezar de una su labor, pero por los trámites del traspaso, le tocaría esperar a la mañana siguiente, hasta que un juzgado de la población efectuase la venta pública.

Ya con el título de propiedad en sus manos, Ludiela inició la supervisión de la hacienda, convencida de que su nueva responsabilidad la iba a tener entretenida por un largo tiempo, aunque eso no le aseguraba a Santos que ella se quedaría.

Transcurridos los primeros dos días, a Ludiela se le notaba un ánimo muy diferente al anterior. El estar cerca de estos nobles animales y de otros que merodeaban en los alrededores le hizo desbordar su amor por ellos. Debido a esa razón, creció su interés en otras especies, así que, al cabo de un mes, tenía la hacienda convertida en un zoológico. Aquel nuevo *hobby* de su amada llenaba de optimismo a Santos, pero ese logro positivo que él observaba en ella causaría un efecto contrario en Tania, quien veía esa permanencia como un obstáculo al que debía colocarle un freno. Para ella, era muy doloroso ver que a Ludiela, por tener a Santos sometido a sus caprichos, todo se le hacía fácil. Basada en esa rivalidad, comenzó a buscar en silencio una estrategia que le contrarrestara a Ludiela sus privilegios; mas Tania, desesperada e impotente, al ver transcurrir los días y no encontrar cómo hacerle daño, se resignó a su suerte.

En esa tónica de angustia, a Tania le pasaron tres meses y con estos también llegarían algunos acontecimientos negativos a la vida de Ludiela; entre ellos, el accidente de Darío, su hermano adoptivo, al cual Tania pensó sacarle ventaja, ya que el infortunio de su rival le brindaría la oportunidad de quedar a solas con Santos. Sin embargo, a Tania le tocaría esperar con impaciencia varios días para alcanzar ese objetivo, pues Ludiela, debido al mal proceder de su hermanastro, al principio no le dio mucha importancia al hecho. Esa reacción que tanto Tania como nosotros esperábamos le llegaría a ella unas semanas después de la noticia, cuando remordida por su conciencia, sintió la necesidad de ayudarle.

Un día antes de la partida de Ludiela, los encargados del control del alucinógeno, Zé Maria y Manamu, portando en su bolso "manos libres" varias muestras de heroína, sorpresivamente arribaron a la casona; su intención era obtener de Santos el visto bueno sobre la calidad de la nueva mercancía. Luego de recorrer el primer piso del inmueble, hablaron con el cocinero, quien les preparó el menú de la casa. Mientras saboreaban aquella deliciosa comida, Manamu observó que la cremallera de su bolso estaba abierta. De inmediato, ambos revisaron su contenido y, al no hallar uno de los pequeños paquetes, se imaginaron que se les había quedado tirado en algún lugar de la casona. Convencidos de que lo recuperarían, se levantaron de las sillas y retrocedieron sus pasos hasta la entrada principal, pero al no producir sus búsquedas el resultado esperado, concluyeron que lo habían extraviado en otro lugar. No valía la pena preocuparse por una cantidad tan mínima; sabían que contaban con paquetes extras y, con esas muestras, era más que suficiente para obtener el veredicto final. Conformes a su suerte, los dos se regresaron hasta la sala de recibo. Al llegar allí, ya Santos bajaba a su encuentro, y al verles les ordenó acompañarlo al sótano, en donde, después de verificar la pureza de la droga, les dio su aprobación. Terminado el proceso, ambos se marcharon a proseguir con su trabajo.

En simultáneo con ese hecho, Tania, en una de las habitaciones de la casona, pensaba qué hacer con el paquete de heroína que Manamu y Zé Maria habían dado por perdido; en aquel momento, no sabía si devolverlo o darle un mejor uso para salir más beneficiada. Luego de varias horas de análisis, llegó a la conclusión de que el contenido del paquete iba a ser la solución a su problema; a conciencia sabía que con esa muestra era suficiente para sacar del medio a su rival. Debido a esa circunstancia y al conocimiento de que Ludiela viajaba en la madrugada, Tania le dio inicio a su plan maquiavélico.

Esa noche, tomó la droga y salió con la intención de camuflársela dentro del carro. No obstante, por encontrar las puertas aseguradas, le sería imposible llevar a cabo su maldad. Decepcionada y llena de ira, sin más opciones se regresó a su habitación, a planear en silencio lo que sería su próxima embestida.

Mientras esto acontecía, Santos vía celular se comunicaba conmigo y me encomendaba la protección de su amada, durante el tiempo que ella estuviese en la capital.

Horas después de aquella exigencia y del fallido intento de Tania, Santos se despediría de Ludiela, con un apasionado beso; en medio de esa caricia, ella le prometió estar de regreso el sábado al atardecer. Por otro lado, Tania desde la distancia observaba el privilegio de su rival, y aunque eso aumentaba su odio, también le producía algo de felicidad. La razón de aquella mezcla de sentimientos era saber que Ludiela estaría lejos por varios días, y esa ausencia para Tania significaba que ella usurparía su lugar en la cama.

La partida de Ludiela, así tan de repente, les causó sospechas a Manamu y Zé Maria, quienes pensaron que, debido a la adicción de Ludiela por el juego, ella se había guardado la muestra de heroína al encontrarla, con la intención de venderla y jugarse el dinero en el casino, así, en caso de perderlo, Santos no se daría cuenta de que ella había recaído nuevamente en el vicio. Esa hipótesis estaba muy lejos de la realidad, ya que Ludiela había logrado mantener el control sobre su compulsión y no pensaba en dar pasos hacia atrás.

Transcurrido el tiempo, llegó la fecha estipulada y Ludiela regresó sin ningún inconveniente. Con su arribo, tanto las cosas en la casona como en la hacienda marchaban a ritmo normal, y si hubo alguna anomalía, Ludiela no se enteraría porque para ella todo continuaba tal como lo dejó, incluyendo a Santos, quien esa noche le hizo el amor igual que la primera vez.

Hasta ese momento, Ludiela tenía todo bajo control, nada le preocupaba; se mantenía tan entretenida en la preñez de las yeguas y en el cuidado de los nuevos potros, que no le quedaba tiempo de pensar en otra cosa. Sin embargo, dos meses más tarde, ella nuevamente estaría planeando viajar a la ciudad; claro que, en esa ocasión, no sería a causa de su infortunio, sino por recomendación del veterinario, quien, al observar un examen de sangre practicado en una de las yeguas, le advirtió que el herpesvirus equino EHV-1 había hecho algunas mutaciones, que lo hacían inmune a la anterior vacuna. Por eso, le solicitó a Ludiela conseguir con urgencia un medicamento más fuerte; ella, basada en su recomendación, salió a buscar la medicina en las veterinarias del pueblo, pero al no hallar la fórmula más avanzada, se regresó a la casona y habló con Santos de la necesidad del momento. Él, preocupado, le recomendó viajar a la capital y llevar consigo una muestra de sangre de la yegua infectada, para así tener una segunda opinión de otros veterinarios. Debido a esta insinuación, Ludiela planeó su salida en las horas del alba.

Aquella emergencia imprevista llegó a oídos de Tania, quien, desde meses atrás, había estado ejerciendo sobre su rival un severo espionaje que la llevó a conocer hasta los momentos más íntimos de la rutina de Ludiela. Por ese motivo, sabía que, para cada viaje, ella usaba un equipaje de diferente color y que, por muy urgente que fuese su necesidad de viajar, siempre hacía sus salidas en las madrugadas del día siguiente.

El tener ese conocimiento en su poder hacía que Tania se anticipara a los hechos, así que, en un local comercial del pueblo, consiguió una maleta y un bolso de mano iguales a los usados por Ludiela. Esa tarde, luego de su obtención, se dirigió hasta la talabartería y le encargó a su operador hacerle a cada uno de los accesorios un compartimiento falso, que pasase inadvertido ante los ojos de los demás.

Yo, el hombre secreto, quien la espiaba desde la distancia, vi aquella compra como algo normal. Lo que sí me pareció extraño fue la modificación mandada a efectuar en el equipaje; pero aun con aquella perspicacia en mí, jamás pensé que esa reforma en los accesorios desencadenaría un complot contra la felicidad de Ludiela.

Ya con el trabajo terminado, Tania regresó a la casona y, aprovechando la ausencia de su rival, quiso de nuevo sacar ganancias. Así que, de su escondite, extrajo el paquete con la heroína, lo dividió en dos y encaletó una parte en cada bolso. En simultáneo con su acción, subió hasta la habitación en donde Ludiela tenía sus carrieles y equipajes de mano, e hizo el intercambio.

Varias horas después de haber logrado el cambio de maletas, Tania dio una ronda por los lados del dormitorio de Santos; su intención era confirmar si Ludiela usaría dichos accesorios en su nuevo viaje. Sin embargo, para poder cerciorarse, le tocaría esperar hasta la madrugada del día siguiente, ya que, esa noche, Santos y Ludiela se encontraban encerrados en el cuarto y de allí solo saldrían al amanecer.

La confirmación de que Ludiela no llevaría consigo el equipaje conspirador le hizo entender a Tania la suerte de su rival, y aunque esa circunstancia echó por tierra su plan del instante, no claudicó en su propósito. Su obsesión en hacerle daño le produciría al final el resultado esperado, pero mientras esto se le daba, Tania tendría que resignarse viendo a Santos desde la barrera.

Aquella salida de Ludiela sería positiva, ya que logró conseguir una vacuna capaz de contrarrestar el virus en la yegua infectada.

Días después de la aplicación, el equino se restableció y el peligro de aborto fue controlado. Superada la crisis, nacieron los nuevos potros; con sus llegadas, a Ludiela se le duplicó el amor por ellos. Esto hacía que ella, en pro de mejorarles su calidad de vida, estuviese siempre a la expectativa de los últimos avances científicos. Ese interés la haría viajar de nuevo a la capital; sin embargo, en aquella oportunidad, viajaría con la intención de participar, como invitada especial, en el seminario internacional de criadores equinos.

Al enterarse Tania de aquella invitación, rebosó de alegría; alegría esta que se desbordaría aún más, cuando vio que Ludiela esa noche acomodaba sus prendas de vestir y maquillaje en los equipajes de mano que tenían la heroína encaletada. Aquello le hizo entender que en esa oportunidad su rival no tendría escapatoria; sus horas de libertad estaban contadas.

La emoción de Tania por saber el episodio que esperaba a Ludiela no la dejaba dormir. Impaciente, daba vueltas y vueltas sobre la cama, y observaba con ironía cómo el reloj lentamente le robaba los minutos al tiempo; cuando este marcó las cuatro de la madrugada, ella emanó un fuerte suspiro. De un salto, alcanzó el ventanal de su habitación; luego, muy suavemente, corrió la cortina y, desde allí, vio a Santos cuando se despedía de su amada.

Tal escena no afectó a Tania como en las otras ocasiones. En ese instante, lo que recorrió su cuerpo fue una sensación de triunfo que le brindó la fortaleza necesaria para esperar hasta que Ludiela se alejase de la casona. En simultáneo con su partida, Tania salió a la calle y, a través de un teléfono público, alertó a la Policía de la carga ilícita portada por su rival en sus equipajes de mano.

Ya con esa información en poder de las autoridades, se efectuaría el operativo. Así que, horas más tarde, al llegar Ludiela al aeropuerto de la capital, se topó con una patrulla policial que de inmediato la detuvo y le exigió una requisa. Luego, el sargento al mando le ordenó extraer de sus equipajes todas sus pertenencias; ya estando los bolsos vaciados, el agente iniciaría la búsqueda del alcaloide en el fondo falso.

Al momento del chequeo, Ludiela no sintió ningún temor, pensó que se trataba de una confusión por parte de las autoridades. Sin embargo, cinco minutos más tarde, con sorpresa observó cómo de sus equipajes extraían dos pequeñas bolsas repletas de heroína.

Ese hallazgo dejó a Ludiela estupefacta; con ojos exaltados, se negaba a creer que eso fuese cierto y se preguntaba a sí misma: "¿Cómo la droga apareció allí?".

Por mucho que buscó en su memoria, no encontró un culpable; la persona más cercana para incriminar era Santos. Sin embargo, estaba segura de que él se había retirado del narcotráfico, ya que, durante su estadía en el pueblo, ella nunca escuchó rumor alguno que lo vinculase con el tráfico de drogas.

Ludiela, basada en su inocencia, alegaba no tener nada que ver con la carga ilícita. Debido a eso, le argumentaba al sargento que la droga fue colocada por ellos para incriminarle. El suboficial, esbozando una irónica sonrisa, con sarcasmo le contestó:

—Esa es la respuesta típica de todas las mulas capturadas. Quieren hacer creer que la droga apareció por obra y gracia del Espíritu Santo.

Terminada su sátira, les ordenó a los agentes capturar a Ludiela y llevarse consigo la heroína y sus equipajes de mano, como pruebas del ilícito.

Yo, el hombre secreto, quien desde la distancia observaba el operativo de la captura, muy cauteloso me acerqué a la escena del hecho. Allí pude advertir a qué se debía el arresto de mi protegida. Además de eso, al ver la pequeña maleta y el carriel en donde la Policía halló la heroína, comprendí el motivo por el cual Tania, meses atrás, había adquirido equipajes similares a los de Ludiela; en ese momento, pude entender la razón que llevó a Tania a mandar hacer en la talabartería aquellas modificaciones.

Ya conociendo los hechos y habiendo descifrado el enigma, proseguí con mi trabajo y, sin pensarlo dos veces, le comuniqué a Santos lo sucedido, indicándole con nombre propio quién era la culpable del complot en contra de su amada.

Terminado el reporte, a Santos lo embargó la tristeza; sus ojos nublados en llanto reflejaron el dolor de su tragedia. Aun así, dudaba de que Tania, a pesar de la rivalidad entre las dos, fuese capaz de hacer tal bestialidad, ya que, durante el tiempo que ella había permanecido en la casona, jamás demostró resentimiento alguno hacia Ludiela. Pero aún menos podía dudar de su hombre secreto. Esa incertidumbre llevó a Santos a efectuarle una pesquisa al cuarto de Tania; mas al no hallar el equipaje de mano que buscaba, llegó hasta el local en donde una de las empleadas le confirmó su compra.

Luego de conocer la traición de Tania y el infortunio de Ludiela, Santos reunió a varios de sus hombres, a quienes les ordenó construir, en puntos específicos de la selva, cuatro pequeños miradores de vigilancia, aclarando que estos debían ser camuflados entre las ramas de los árboles y custodiados las veinticuatro horas al día.

Con aquella estrategia, Santos buscaba la mayor seguridad posible por tierra y, a la vez, evitaba llamar la atención desde el aire, ya que, con la caída de Ludiela y el futuro escarmiento que tenía planeado aplicar a Tania, sería inevitable la arremetida militar por parte de los fiscales Baena y Guerrero.

Finalizadas las instrucciones, Santos se regresó a la casona acompañado de Manamu. Allí, los dos entraron en escena y, en su libreto, Tania sería la protagonista.

Ya con todo listo y sin ninguna malicia que le divulgara, Santos se acercó a Tania y le habló de la secuela dejada en Ludiela por su adicción por el juego. Acto seguido, le insinuó la necesidad de que alguien fuese hasta la capital a indagar por su suerte.

Tania, aparentando no tener nada que ver con lo sucedido, se ofreció de voluntaria. Debido a su intención de impresionarle, quince minutos más tarde tuvo su maleta lista para viajar. Santos, fingiendo estarle agradecido por su generosidad, le endulzó el oído de frases y caricias que la invitaban al placer; pero pensando en dejarla aún más convencida de que su viaje no era una sucia treta, la llevó hasta su cuarto y le hizo el amor.

Mientras allá los dos se revolcaban en la cama, Manamu hizo el intercambio del equipaje. Con ese procedimiento, era suficiente para aplicar a Tania la misma dosis que ella le había aplicado a Ludiela; mas en este caso no sería necesario divulgarla, ya que la Policía del puerto internacional se encargaría de darle un triste final a su episodio.

Esa mañana del desenlace fatal, Tania, después de darse una ducha y cambiarse de ropa, tomó la maleta con la intención de cargarla hasta la cajuela de su coche. Sin embargo, en el instante en que pensó hacerlo, apareció Santos, quien lo haría por ella. Luego de acomodarle el equipaje, la despidió con un beso en la boca.

Transcurridos los minutos, Tania abordaría el *ferry* sin ningún inconveniente. No obstante, al terminar el recorrido, cada coche y su conductor serían requisados, y Tania, por haber parqueado de primera, sería la última en salir.

De inmediato a su turno, un agente le exigió bajar del carro, con documentos en mano. Una vez verificada su identidad, procedió a registrarle el equipaje, encontrando en el fondo de este un kilo de heroína empacado dentro de una bolsa negra. Al hallar la droga, el agente emocionado gritó:

—¡Esta viene cargada!

Aquella frase hizo reaccionar a Tania, quien, llevada por su astucia, salió corriendo sobre la plataforma del *ferry* y, sin pensarlo demasiado, se lanzó al agua. Sabía que al otro lado del río era inmune a la autoridad, por lo cual quiso alcanzar la orilla. Pero aquel no era su día de suerte, ya que, en el preciso instante de su caída, una chalupa arrolló su cuerpo, que se perdió en el fondo del río por unos minutos y que, cuando salió a la superficie, apareció sin vida.

La declaración de Ludiela

Veinticuatro horas más tarde del trágico episodio de Tania, Ludiela en otra ciudad brindaba su indagatoria ante la Fiscalía; y aunque ella negaría cualquier vínculo con el narcotráfico, los fiscales concluyeron que sus viajes a El Paso se debían a que su proveedor se encontraba allá, evidencia circunstancial que a Baena y Guerrero no les dejaba dudas de que Jorge Sotomayor, en ese municipio, continuaba con su tráfico ilícito. Mas en esta oportunidad, sabían con certeza que, por los dos kilos de heroína decomisados, él había cambiado de modalidad.

Aunque fue un gran avance de los investigadores, aquella teoría no era nada concreto, porque ellos tenían que capturar a Sotomayor y comprobar su participación en el hecho, y así los fiscales tuviesen a la mula traficante bajo su custodia, lo veían muy difícil, ya que, como las cuatro anteriores, esta última no estaba dispuesta a hablar.

Algo parecido sucedía con los habitantes del municipio, quienes conservaban un hermetismo total sobre los hechos que allí acontecían. Debido a esa razón, a la Fiscalía aún no le había llegado un rumor certero del naciente Cartel de la Amapola; solo contaban con su hipótesis y, con esta, debían lograr convencer a sus homólogos del Brasil.

Una semana después, los dos países, basándose en la heroína incautada, acordaron iniciar un acoso permanente de todo producto que saliese de la población. Sin embargo, hasta no tener una prueba contundente de ambos gobiernos, los fiscales descartaron un despliegue militar en la zona, porque eso podía ser tomado como una violación de soberanía y provocar un conflicto internacional. Así que, como la idea era hallar la evidencia y efectuar un allanamiento en el municipio, cada país involucrado envió sus helicópteros y aviones de reconocimiento a sobrevolar el lugar. Luego de tomadas las fotografías satelitales, los pilotos de reconocimiento quedaron perplejos al observar que era el único perímetro de la selva en donde no se hallaba un solo bache deforestado. Durante la inspección, los ojos de los pilotos permanecieron sorprendidos al ver miles de nuevos árboles, pero por ningún lado los cultivos de amapola.

La respuesta negativa obtenida en el reconocimiento del lugar no desanimó a las autoridades; en cambio, exaltó los ánimos, y las requisas se hicieron más constantes y rigurosas, por lo cual las sospechas recayeron en los viajes de madera y quesos. Debido a eso, todos los embarques serían sometidos a minuciosos chequeos.

A medida que las autoridades incrementaban las pesquisas, la esperanza de hallar una prueba contundente se desvanecía, ya que Santos, con sus estrategias, se las ingeniaba y mantenía a los pobladores de El Paso con la boca cerrada.

En esos días, Jorge Sotomayor, aprovechando que la Alcaldía había regalado lotes a todo aquel que no tuviese casa propia, corrió con los costos de la construcción. Así que el nuevo beneficio otorgado a los habitantes hacía inmune su secreto ante el acoso de la autoridad; razón por la cual, al pasar varios meses sin un resultado positivo, los fiscales Baena y Guerrero se vieron obligados a buscar otra estrategia.

En su alternativa, los dos retrocedieron hasta la investigación preliminar y se enfocaron de nuevo en las cinco mujeres sindicadas de narcotráfico. Luego, a cada una de las acusadas le revisaron sus enlaces familiares, encontrando en cuatro de ellas que todos sus parientes estaban radicados en el vecino municipio, a excepción de Ludiela, la última del quinteto, quien, a pesar de tener un hermano de crianza, aparecía en el expediente con estatus de hija única y de padres fallecidos. En conclusión, los fiscales dedujeron que Ludiela tenía el perfil ideal para insistirle y plantearle un nuevo trato.

Con la finalidad de que se decidiera a hablar, su hipótesis les llevaría a agotar en ella todas las opciones y así lograr que les sirviese de testigo en una futura condena en contra de Jorge Sotomayor. Por esa razón, los fiscales descartaron a las otras cuatro detenidas. De antemano, sabían que les sería imposible hacerlas cambiar de opinión, ya que estas mujeres sin duda también tenían un trato con Sotomayor, que consistía en que si ellas no soltaban la lengua durante el tiempo que estuviesen detenidas, tanto a su persona como a sus familias no les faltaría nada; ese convenio las hacía inmunes a cualquier negociación con la Fiscalía. Pero con Ludiela, según el pensar de Baena, las cosas les serían más fáciles; ella no tenía nada que perder y sí mucho que ganar. Así que, esa mañana, Ludiela fue sorprendida por una de las guardianas, cuando esta le anunció que tenía una visita. Su asombro no era para menos: a conciencia ella sabía que, a excepción de su hermano de crianza, no había nadie en su vida. No obstante, aunque el bastardo supiese que ella estaba en prisión, jamás la visitaría.

Ludiela, con la incógnita de saber quién era aquel misterioso personaje, le siguió los pasos a la guardiana.

Luego de diez minutos, las dos arribaron a la oficina de la directora, en donde la esperaba un hombre con su rostro cubierto por un pasamontañas; de inmediato, al verle, ella advirtió que se trataba de uno de los llamados "fiscales sin rostro". Instantes después de su llegada, él se presentó como el fiscal Baena; terminado su protocolo, el hombre fue directo al asunto, le explicó cuál era el motivo de su visita y, acto seguido, le advirtió de los beneficios que ella obtendría si accedía a atestiguar en contra de Jorge Sotomayor. La respuesta de Ludiela no se hizo esperar, y con la misma negativa de meses atrás, le dio a entender al fiscal que no estaba dispuesta a hablar, ni mucho menos con una persona que ocultaba su rostro tras una máscara.

No habían pasado tres horas de la partida del fiscal, cuando nuevamente Ludiela fue llevada al salón de entrevistas; pero en esa ocasión no sería por solicitud de la Fiscalía, sino a petición de un prestigioso abogado, quien, supuestamente, había sido enviado por Darío, su hermano de crianza. Transcurrida la presentación de los dos, y ya conociendo el nombre de la persona interesada en su libertad, Ludiela quedó perpleja; ella se negaba a creer que fuese cierto ese interés tan repentino del bastardo de su hermano.

Instantes después de la presentación, su abogado entró en materia y le habló de los beneficios obtenidos si aceptaba el trato del fiscal. Con argumentos, le explicó que estar dispuesta a atestiguar en contra de Sotomayor era la opción más viable, por lo cual le recomendó declarar sin miedos y brindarle a la Fiscalía todos los datos que conociera del sindicado, para que con esto ella accediera a la protección de testigos y así su permanencia como reclusa fuera más confortable.

De inmediato a la propuesta, Ludiela le dio un no rotundo y hasta renunció a sus servicios. El abogado, al verle la ofuscación, trató de calmarla, aclarándole que, si lo pensaba mejor, iba a entender por qué se lo decía. Luego de la recomendación, extrajo de su portafolio un fino perfume de mujer y se lo colocó en las manos a la detenida. Ludiela, al ver aquel obsequio, comprendió que la visita del abogado no había sido a petición de su hermanastro, hipótesis que comprobó cuando su defensor, con ironía, le advirtió no usar la loción en su presencia porque él era alérgico a sus componentes químicos.

En aquel momento, Ludiela pudo entender que todo ese montaje era parte de una estrategia planeada por Santos, la cual significaba su aprobación para que ella aceptase el trato del fiscal. Logrado su cometido, el abogado no regresaría a visitarla, ya que aceptar su renuncia al caso era parte del plan.

Con aquella decisión tan contradictoria, Sotomayor le comprobaba a Ludiela que su amor por ella, aunque extraño, era amor sincero. Por otro lado, les daba a entender a sus perseguidores que, así estuviesen muy cerca de él, ellos jamás le encontrarían.

Pasada una semana de su última visita, el fiscal Baena regresó de nuevo a la prisión y se entrevistó por segunda vez con Ludiela, pero, en esta ocasión, el letrado ya no ocultaba su rostro, razón por la cual ese cambio de actitud en él inspiró un poco de confianza en ella. Así que Baena, al percibirle aquel interés, le replanteó la nueva condición y en esta le ofreció una solución viable, en donde ambos saliesen favorecidos.

Luego de varias horas de conversación y de modificar ciertos puntos, los dos llegaron al acuerdo; este consistía en que Ludiela, días antes de brindar su indagatoria, sería sacada de la prisión y puesta en un programa de protección de testigos en otro país. Allá obtendría otra identidad y estaría durante cinco años protegida por ese Gobierno con todas las garantías como ciudadana. Terminado ese lapso de tiempo, ella quedaría en libertad de continuar allí o de regresar a su país de origen.

El fiscal, sin tener ni idea de que la decisión tomada por Ludiela había sido a sugerencia de Sotomayor, tomó extremas medidas de seguridad y estipuló que la salida de la reclusa se llevaría a cabo con mucho hermetismo; esa prevención, según él, evitaría que la información se infiltrase y alertase a Sotomayor.

Debido a aquella posibilidad, las autoridades, en complicidad con la directora del reclusorio, idearon un plan, al cual le darían inicio un día después.

Esa mañana, siguiendo lo acordado y luego de recibida la orden, una de las guardianas condujo hasta el patio número tres de la prisión a Jazmín, la fiscal encubierta a quien las autoridades hicieron pasar por una peligrosa criminal.

Ella, con todo un montaje fraguado, desde el momento en que pisó el patio del penal inició su actuación. Así que, al observar a Ludiela como la única mujer de color entre las prisioneras, la miró con recelo; recelo este que aumentó cuando la guardiana le informó que las dos compartirían la misma celda. Jazmín, llevada por un supuesto racismo, de inmediato alegó que odiaba a los negros. Esa expresión emanada de la recién llegada alteró los ánimos a varias de las reclusas, y aún más a la ofendida, quien de un giro retrocedió su cuerpo, dispuesta a responder la agresión. Pero al instante en que llegó frente a la agresora, una de las guardianas evitó su embestida. Debido a esa razón, Jazmín por unos minutos hizo silencio, e impaciente esperó hasta ver que la guardiana se retiraba. Luego, se regresó frente a Ludiela y, en un tono desafiante, le expresó:

—¡Oye, negra! No te ofendas con mis palabras. Y lo mejor es que te acostumbres a ellas, porque mientras esté presente en el patio, tú vas a ser mi esclava.

Ese comentario saturó la ira de Ludiela, quien se abalanzó contra ella y, siguiendo lo acordado entre las dos, se fueron a los golpes.

Segundos después de iniciada la gresca, ellas fueron separadas por la guardiana y llevadas a la celda de castigo. Con ese acto, ambas dieron por terminada la primera etapa del plan. Sin embargo, su actuación continuaría el día siguiente, cuando supuestamente fueron relevadas de sus sanciones.

Esa tarde, minutos después de estar en el patio, las dos pusieron en funcionamiento el plan B, así que la falsa prisionera, pretendiendo provocar un nuevo enfrentamiento, se acercó a Ludiela y le propinó una bofetada. En respuesta a su embestida, la agraviada desenfundó de su cintura un chuzo de utilería y le asestó varias puñaladas. Aparentemente en ese momento, para todos los presentes el cuerpo de la agresora se bañó en sangre, razón por la cual se suponía que Jazmín sería llevada de urgencia a un centro hospitalario, mientras que a Ludiela, esa misma tarde, las guardianas fingieron trasladarla a un reclusorio de mayor seguridad. Terminadas sus actuaciones, cada una de ellas se presentó en la Fiscalía. Allá, la supuesta herida rindió el reporte de su trabajo y Ludiela quedó bajo la tutela del fiscal, a quien le divulgó la participación de Sotomayor en anteriores carteles, sus rasgos físicos, sus alias, la dirección de la casona en El Paso y la fachada de su nuevo negocio como exportador de madera.

En este último párrafo de su reporte, Ludiela no mencionó nada referente al tráfico de heroína, ya que, hasta ese momento, ella desconocía el vínculo de Sotomayor con el naciente Cartel de la Amapola.

Horas más tarde de juramentada su declaración, Ludiela sería sacada del país, bajo el programa de protección de testigos.

El fiscal Baena, contando con la declaración de Ludiela y luego de llegar a un acuerdo con las autoridades del Brasil, ordenó desplegar en la zona un operativo militar denominado "*Hot dog*".

La embestida del fiscal Baena

Sin tenerlo planeado, el día de la embestida de Baena contra Sotomayor iba a coincidir con la fecha en que los contratistas le entregarían a Zeledón la obra totalmente terminada. Por esta razón, ese sábado, ingeniero y albañiles le daban los últimos retoques a la edificación. En medio de esta verificación, el maestro constructor, en reconocimiento al buen trabajo de sus hombres, les hizo un pequeño agasajo; a su manera, les agradeció con un obsequio muy especial que estaba seguro que sería el deleite de todos. Así que esa mañana se fajó con dos cajas de cerveza bien fría, pero terminadas estas, los obreros siguieron con el pedido por su cuenta. Ya acabada la tarde, a cada cual se le canceló su quincena y tomó rumbo a casa. Entre ellos, Sertino, el oficial constructor de la obra, quien quiso salir por la puerta trasera de la edificación, pero en el instante en que lo intentaba, observó a su esposa Roberta, así que se devolvió y se escondió en el cuarto donde se encontraban almacenados todos los escombros. Luego él, pensando que su esposa le buscaba, se extendió sobre el piso y cubrió su cuerpo con bolsas de papel; en ese instante, decidió permanecer allí por unos minutos, para así darle tiempo a su compañera de que comprobase que él se había marchado. Pero por ser Sertino un asiduo bebedor y de constantes trasnochadas, fue doblegado en ese momento por el sueño y se quedó dormido. Así que, como todos los presentes en la edificación habían observado su intento de salir y no le vieron regresar, estaban seguros de que él se encontraba consumiendo licor en algún lugar del pueblo. Esa versión de sus amigos haría que Roberta, su mujer, continuase en su búsqueda.

Varias horas más tarde de la supuesta partida de Sertino, arribaron a la construcción el ingeniero y el maestro constructor, acompañados de Zeledón. Ellos, después de verificar que todo estaba tal como lo estipulaba el plano, procedieron a la entrega de las llaves y se marcharon sin tener ni idea de que Sertino continuaba durmiendo en el cuarto de los escombros.

Mientras eso acontecía en el pueblo, allá en varios puntos de la selva, el silencio nocturno era interrumpido por el ruido de cuatro motocicletas conducidas por los hombres custodios de Santos, quienes llegaban a relevar a sus colegas de seguridad. Esa noche, cada uno de estos centinelas, desde miradores ubicados en sitios estratégicos y camuflados entre las copas de los árboles, prestaría su labor de vigilancia.

Dotados de visores nocturnos y un moderno sistema de comunicación, estos hombres poseían el dominio visual del perímetro las veinticuatro horas del día; razón por la cual, a la una y cinco de la madrugada, los teléfonos celulares de Jorge Sotomayor sonaron en simultáneo. Sus llamadas llegaron desde diferentes puntos cardinales, comunicándole lo que estaba por venir. La advertencia de los vigías de la selva alteró un poco a Santos, pero el informe que le causó más preocupación fue el que recibió de su escolta más escrupulosa, quien de inmediato le avisó que, río arriba, una guardacostas de la Policía Nacional desmovilizaba en botes salvavidas a una cantidad considerable de hombres armados, quienes, sin duda alguna, se dirigían a El Paso.

Instantes después de sus reportes, Santos les comunicaba a Helmer Gutiérrez, David Salamanca y Toniño Cerezo el evento que se les aproximaba, advirtiéndoles, a la vez, que tan solo contaban con escasas horas para borrar las evidencias.

Mientras aquella charla se llevaba a cabo, desde el otro extremo del río, pensando en la seguridad de Santos, Manamu le dio encendido a su moto y retornó a toda velocidad al pueblo, llegando a la casona antes de que el patrón reuniese al resto de sus escoltas.

Segundos más tarde de su arribo, se inició una charla de varios minutos, en donde Santos decidió que nadie, sin excepción, se ausentaría del municipio y que, por su seguridad, todos permanecerían dentro de su perímetro. Acto seguido, Santos ordenó que cada uno de sus custodios se dispersara por el pueblo y, desde sitios estratégicos, controlara una posible fuga de información.

Retirado su personal de seguridad, Santos les hizo una llamada a sus tres hombres claves, Manamu, Zé Maria y Paulo, a quienes les ordenó que el dinero y la heroína procesada fuesen encaletados en un lugar seguro, indicándoles que la opción más viable para él era la edificación propiedad de Zeledón. Así que, como el tiempo era apremiante, los tres hombres claves tomaron la heroína y la dividieron en varias bolsas; luego, con el dinero depositado allí, efectuaron el mismo procedimiento, pero antes de su retirada pesaron cada paquete y calcularon que, en cada bolsa, había un promedio de mil quinientos millones de cruceiros.

Realizado el primer paso, los tres subieron los sacos a la camioneta y se dirigieron a la residencia de Zeledón, a quien esa madrugada ellos sorprenderían con su exigencia. Él, sin más opciones, accedería a lo solicitado; así que, sin ninguna objeción, les entregó las llaves del establecimiento, que ese día pensaba inaugurar. Ya con las llaves en su poder, los hombres de Santos procedieron a encaletar el dinero y la droga. Simultáneamente al momento en que los tres llegaban a la edificación, Sertino despertaba de su sueño; sorprendido, pensó en marcharse de inmediato, pero al instante de levantarse del piso, escuchó que alguien abrió la puerta de la entrada principal. El oficial constructor, extrañado, le echó una ojeada a su reloj y, al observar que este marcaba la una y cincuenta de la madrugada, consideró que ese hecho era bastante sospechoso, así que, invadido por el temor, de nuevo se extendió en el piso y cobijó su cuerpo con bolsas de papel.

Segundos después, Sertino escuchó cuando los tres hombres de Santos encaletaban la droga e introducían dentro del clóset los sacos de fique repletos de dinero; por boca de ellos, se enteró de que solo cinco personas sabían de la fortuna dejada en el lugar y del capital depositado allí.

Cumplida la tarea encomendada por Santos, los tres hombres se marcharon a entregarle las llaves y el reporte de lo encaletado. Al mismo tiempo que eso acontecía, Sertino verificaba el contenido en uno de los sacos. Pero, al comprobar que se trataba de dinero, su mente entró en la tentación y comenzó a deliberar en medio de una difícil decisión; no sabía qué hacer, si aprovechar la oportunidad o marcharse a casa con las manos vacías. Por esa razón, a medida que pasaban los minutos, él se convencía de que no tomar una porción del dinero sería una gran estupidez de su parte, ya que nadie tenía conocimiento de que él estuviese allí. Después de pensarlo y pensarlo, abrió uno de los sacos y trasladó su contenido a bolsas de papel; luego de rellenar de basura el costal vacío, con mucha mesura salió por la puerta trasera y se marchó.

A medida que transcurrían los minutos de su caminar, Sertino analizaba que llegar sobrio a su casa y en horas de la madrugada sería muy difícil de explicar para él, así que actuó como si estuviese borracho. Tomó las bolsas, las tiró sobre la cerca y se dedicó a convencer a su esposa. Ya persuadida esta, Sertino se echó a la cama y esperó que su mujer se quedase dormida.

Minutos más tarde, se levantó de nuevo y se encaminó hasta el gallinero; allí, sin que nadie lo viese, excavó un hoyo, en donde enterró aquella fortuna. Acto seguido, se prometió a sí mismo no hacer uso del dinero hasta no conocer el desenlace que su acción causaría.

Mientras aquello acontecía, los hombres custodios de Santos se ubicaban en diferentes partes de la población. Por otro lado, Santos se refugiaba en casa de Fernanda, la estilista profesional que, con su ayuda, esa madrugada lo transformaría en un doble de su progenitor, Ulises. Al tiempo que ellos efectuaban aquel cambio físico, Fernanda le hacía prometer a su padre que, mientras durase la toma militar, permanecería oculto en su residencia.

A medida que se efectuaba la metamorfosis de Santos, cientos de policías, a cargo de los fiscales Baena y Guerrero, tomaban la población. Así que, cuando sus moradores iniciaban sus labores diarias, se encontraron con un pueblo acordonado de fuerza pública. De inmediato, los policías colocaron retenes en entradas y salidas del poblado, iniciaron sus requisas y exigieron la cédula a todo transeúnte que tuviese algún parecido con la fotografía de Sotomayor. De inmediato que obtenían la identificación de la persona, le tomaban la huella dactilar y la introducían en una base de datos, que mostraba la verdadera identidad y los antecedentes del portador.

A través de este método, caería en la primera redada un hombre llamado José Lemus, apelativo con que todos le conocían en el pueblo, aunque su verdadero nombre era Gustavo Espino, quien, desde hacía nueve años, tenía una orden de captura por el supuesto asesinato de su esposa.

Gustavo, confundido por tal falsa acusación, se resistía al arresto; alegaba que su mujer había muerto de cáncer y, como prueba de la verdad, portaba consigo el acta de defunción.

Instantes después de su ilegal captura, el fiscal Baena fue informado del episodio. Al escuchar el nombre del detenido, ordenó quitarle las esposas y llevarlo hasta el colegio; allá, Baena le explicaría la causa de su medida de aseguramiento y le recordaría que lo hecho por los fiscales en aquel momento había sido solo con la intención de protegerle. Sin duda, sabían que en realidad era inocente y, en prueba de que él le hablaba con honestidad, Baena entró en la página de la Fiscalía, limpió su expediente y lo exoneró del cargo que se le imputaba. Con esto, le dejó en libertad de marcharse, pero, debido al infortunio de haber sido testigo de una matanza nueve años atrás, estaba en la obligación de declarar para esclarecer el caso que los fiscales habían mantenido congelado, en espera de que él apareciese.

Gustavo, sorprendido por sus palabras, palideció por unos instantes; el pánico de aquella noche se dibujó en su cara. Baena, al verle tal actitud, lo tomó por los hombros y le dijo:

—No tenga miedo, de momento solo quiero escuchar lo que sucedió aquella noche; mas esto no será una versión que lo comprometa a declarar frente al juez: todo depende de lo que haya visto o escuchado, para considerarlo como un testigo clave. Así que lo único que quiere es oír la verdad.

Ya Gustavo un poco calmado, comenzó a narrar lo acontecido. Contó que, ese domingo del homicidio, se encontraba sobre el cielo raso que, en aquella mansión, dividía el piso principal del ático. Allá, muy concentrado en su trabajo, esperaba por la pareja de mapaches, cuando de pronto escuchó un leve ruido sobre la puerta de la terraza. Ese sonido, por lo silencioso, le pareció extraño y pensó que se trataba de los dos animales camino a su madriguera. Así que miró la hora en su celular y, al confirmar que eran las nueve y cuarenta y seis, descartó que fuesen los huéspedes furtivos. Era muy temprano y estos roedores tienen por costumbre encuevarse pasada la medianoche.

Dos minutos más tarde, antes de que llegase aquel fatídico momento, Gustavo sintió un ruido de pasos dirigiéndose a las distintas habitaciones de la mansión; pudo constatar que se trataba de tres personas. Segundos después, escuchó cuando los cuatro cuerpos cayeron pesadamente contra el piso. Luego de ese episodio, prosiguió una llamada, en donde el sicario de nombre Vadinho le confirmaba a su jefe que los traidores y sus dos escoltas estaban muertos.

Veinte minutos más tarde, se produjo una nueva llamada, en la cual los sicarios le reafirmaron a su jefe que todo estaba bajo control. Al parecer, la persona al otro lado de la línea no estaba muy segura de que hubiesen hecho el trabajo a la perfección, por lo que Vadinho le advirtió:

—¡Claro, señor Tancredo, los cuatro no serán un obstáculo para sus futuras negociaciones! Ya ellos cerraron sus bocas para siempre.

Después de esa charla, lo que siguió en la mansión fue un ruido de varios minutos: objetos, vasijas y muebles fueron esparcidos por todo el piso. Ya en la última conversación, los sicarios le dijeron a su jefe que, con el botín del robo, harían que la Policía encontrase un chivo expiatorio a quien culpar. Instantes después, repitiendo el nombre del señor Tancredo, terminó la llamada y se marcharon.

Con esto, Gustavo finalizó su indagatoria, confirmando que eso fue todo lo que sucedió en esa edificación en donde él no pudo ver a nadie, solo escuchar. La declaración le hizo entender al fiscal que no contaba con argumentos nuevos como para reabrir el caso; el avance de saber que el autor material de los hechos se llamaba Tancredo no le ayudaba en nada, ya que, en el Brasil, hay millones de personas con el mismo nombre. Esa circunstancia obligó a Baena a dejar a Gustavo como un testigo suelto; su versión se haría oficial, en caso de encontrar una nueva evidencia, mas esto no lo dejaba libre del todo, ya que él quedaba comprometido a colaborar con la Justicia si Baena lo consideraba necesario. El fiscal, apoyado en esa condición, le exigió al testigo su dirección en El Paso y un número de teléfono en donde poder contactarlo. Después de esto, Gustavo se marchó, y los hombres del fiscal continuaron con las requisas.

Pasado el primer día de redadas, y al no darle resultados la captura de Sotomayor, el fiscal ordenó inundar toda la ciudad de panfletos, en donde ofrecían una recompensa de quinientos millones de pesos a la persona que delatara a Sotomayor.

Sin embargo, Baena estaba realizando las pesquisas sobre una descripción equivocada, ya que Sotomayor, en aquellos instantes, se hallaba transformado en un anciano irreconocible a la vista de los demás. Por tal razón, él se paseaba por el pueblo sin la más mínima preocupación, al saber que las únicas personas conocedoras de su disfraz éramos la estilista Fernanda, su padre Ulises, Manamu y mi persona, sus más leales servidores, y ninguno de nosotros sería capaz de traicionarle, por muy alto que fuese el precio a su cabeza.

El segundo día de la invasión militar transcurrió en El Paso sin ninguna novedad; y aunque la prioridad para Baena era encontrar a Santos, también debía hallar dónde albergar a todo el personal bajo su mando. Por suerte, ellos habían arribado en época de vacaciones estudiantiles, así que los colegios y escuelas quedaron a su disposición, razón por la cual parte de ese día, la mitad de sus hombres se dedicaron a adecuar lo que serían sus cuarteles de operaciones; esas actividades hicieron que el acoso del momento no fuese tan persistente. Sin embargo, Santos era consciente de que este iría en aumento, y a pesar de que allí se sentía seguro, quiso tener otra opción de refugio, por si las cosas en el pueblo se complicaban; basado en esa circunstancia, le ordenó a Manamu viajar al vecino país y buscarle, en los alrededores de la capital, una nueva caleta como alternativa.

Mientras Manamu regresaba, Santos se hacía pasar por el padre de Fernanda y se establecía en su residencia, a escasos metros de la casona; lo estratégico de aquel lugar le mantenía informado de todos los avances de los fiscales. No obstante, él quiso conocer de cerca qué tan seguro estaba, por lo cual esa tarde, junto a Fernanda, caminó por los alrededores de la población y hasta compartió con otros ancianos un almuerzo en la sede comunitaria en donde, ese día, Baena y Guerrero, ofreciendo una fuerte recompensa, invitaban a los presentes a que delatasen a Sotomayor.

Transcurrida la charla, Santos y Fernanda se despidieron del lugar y tomaron el camino a casa. Con esto, los dos confirmaron que, durante su larga caminata, nadie dudaba de que este nuevo personaje fuese en verdad Ulises.

Por otro lado, Baena y Guerrero no claudicaban en su empeño, sino que continuaban recorriendo las calles y locales del pueblo, en busca de información. En sus investigaciones preliminares, descubrieron que la casona y las bodegas donde supuestamente se almacenaba la madera aparecían como locales rentados. Algo similar ocurría con la hacienda: aunque figuraba a nombre de Ludiela, había sido adquirida en hipoteca, por lo cual el banco era su verdadero dueño.

La evidencia conseguida hasta ese momento no les servia para nada, ellos necesitaban una prueba más contundente, y pensaron encontrar esa información en las únicas autoridades civiles de El Paso. Así que cada uno de los fiscales, en simultáneo, interrogó al alcalde y a su inspector, quienes basados en su conveniencia declararon conocer a Santos como un exportador de madera. Aquellos testimonios, aunque similares a todos los anteriores, no les dejaba convencidos y, en busca de esa verdad, Baena y Guerrero, con un centenar de hombres, llegaron hasta la empresa maderera. Allí, efectuaron la requisa más rigurosa de todo el operativo, en donde uno a uno, los bancos y troncos de madera fueron inspeccionados. Pero al no hallar ninguna evidencia superficial, los fiscales efectuaron en ellos varios cortes simétricos, buscando una posible caleta; terminado su arduo trabajo, el resultado continuó siendo negativo. Debido a eso, ambos se trasladaron a las oficinas y puestos de operarios, a tomarles sus declaraciones. En su indagatoria, Helmer Gutiérrez coincidía con el resto de sus empleados en que Santos era un exportador de madera independiente, y afirmaba que la empresa maderera no tenía ningún vínculo con él. Sin más opciones, Baena y Guerrero dejaron el lugar y se encaminaron rumbo a la quesera de Toniño. Allá, expertos en química hicieron un minucioso chequeo de laboratorio a toda la leche procesada y en cada uno de los quesos. Por otro lado, fiscales con perros antidrogas recorrieron la edificación de arriba abajo; aun así, en el local no encontraron nada ilícito.

Esas nuevas frustraciones de los dos fiscales le daban fortaleza y seguridad a Santos; por esa razón, al regresar Manamu de Teresópolis y después de haber dejado el nuevo refugio con todo listo, su jefe decidió no trasladarse a otro lugar, ya que en El Paso, aunque continuaba el acoso militar, no se había producido ninguna eventualidad en su contra. Manamu, aprovechando la circunstancia de que todo estaba bajo control, le comentó a Santos que, durante la búsqueda del refugio, él se había encontrado con su ex esposa Raica, con quien se reconcilió después de una larga charla; debido a este motivo, él necesitaba pasar unas semanas con ella en la capital, para tratar de convencerla de que se regresase al pueblo. En aquel instante de la petición, hubo un silencio prolongado y el ambiente en aquel salón se puso tenso, pero luego de unos segundos de meditación, Santos le dio una respuesta positiva. Inmediatamente, Manamu se retiró y horas después tomaría rumbo a Río de Janeiro.

Aquella tarde en que Manamu llegó a la capital, el destino comenzó a fraguarle una irónica sorpresa; irónica, porque dicha sorpresa terminaría en muerte. Su fatal desenlace se iniciaría en un local del aeropuerto, cuando al comprarle un arreglo floral a su amada Raica, la encargada no poseía menudo para el cambio. Debido al inconveniente, Manamu invirtió el resto del dinero en un tiquete de la balota, lotería esta que en aquel instante tenía un acumulado de miles de millones de cruceiros.

Transcurrido su primer día de romance, Manamu continuó con el segundo en la misma tónica. Su estrategia en pro de lograr una decisión radical en su amada le habría de mostrar sus primeros resultados positivos, cuando esa noche, después de una cena romántica, Raica le sugirió seguir la celebración en su apartamento; por tal razón, entraron a una tienda de licores y compraron varias botellas de champaña.

Segundos después de efectuar el pago con su Visa, Manamu concentró su mirada en la TV frente a él, ya que en ese instante se transmitía en diferido un encuentro de fútbol local, así que mientras observaba el gol en cámara lenta, en la parte baja de la pantalla apareció el número de la balota ganadora de la noche anterior. Aquel pequeño anuncio publicitario recorrió la pantalla junto a otros comerciales, por lo cual, en el primer recorrido, Manamu no alcanzó a captar la cifra completa; pero sí percibió que los cuatro últimos dígitos coincidían con el tiquete que tenía en su poder. Debido a esa casualidad, esperó una segunda aparición y en esta comprobó que le había acertado a todo el número; sin dudas, su tiquete era el ganador. En aquel instante de emoción, Manamu no pudo contenerse y excitado expresó:

—¡Bravo, bravo!, le acerté, le acerté al resultado.

Aquel grito emanado de su boca fue normal para los presentes en el establecimiento, incluyendo a su esposa Raica, quienes pensaron que su euforia se debía a que el encuentro había terminado y el resultado le favorecía. Luego de la expresión de victoria, ellos como pareja tomaron el pedido y se marcharon al apartamento; allá los dos se emborracharon e hicieron el amor hasta saciar sus cuerpos de pasión. Transcurrido aquel derroche de energías, Raica fue dominada por el sueño, por lo cual sería la primera en despertar. Así que, cuando Manamu despertó, ella ya tenía tomada una decisión: le hizo saber a su marido que estaba convencida de su amor por él, pero que, a pesar de su convicción, no regresaría al pueblo, aunque eso le significara perderlo para siempre, y que si en verdad la amaba como decía, debía quedarse a su lado.

Aunque Manamu le expuso a Raica su sentimiento como la razón más poderosa para que se regresase con él a El Paso, de momento no llegaron a un acuerdo unánime, y ambos terminaron hablando de otro tema. Manamu le hizo conocer a su amada el pacto de muerte que tenía firmado con el naciente Cartel de la Amapola; sin embargo, jamás le mencionó en su conversación el golpe de suerte recibido.

Llegada la mañana siguiente, Manamu arribó hasta la agencia de lotería y presentó el número ganador; acto seguido, el gerente le otorgó un cheque por la cifra estipulada, y luego de la firma y los trámites de protocolo, el dinero le fue depositado en una cuenta corriente. Pero a pesar de su fortunio, la dicha para Manamu no era completa, ya que Raica, la mujer que amaba con locura, lo tenía presionado entre la espada y el abismo, motivo por el cual debía tomar una decisión inmediata entre perderla para siempre o desertar de la mafia.

Su situación en aquel momento era bastante difícil, porque no podía deshacer el pacto de lealtad firmado con la organización sin enfrentar un juicio que probablemente le conduciría a la muerte. Así que la solución más viable para Manamu sería proponerle a Raica huir juntos donde nadie les conociera. Sin embargo, consciente del peligro al que se enfrentarían, habló con su amada de las consecuencias que sus fugas acarrearían; ella, después de escuchar la versión, aceptó sin importarle el precio que hubiese de pagar, ya que su ilusión era estar junto a él. Tomada la decisión, Manamu le recomendó que tanto ella como él, por un tiempo prudencial, no tuvieran contacto telefónico con amigos ni familiares; luego del consejo, borró toda información de sus celulares y los dejó tirados sobre una banca del parque.

Aquella mañana, antes de partir de la capital, Manamu regresó al lugar donde días antes había comprado el tiquete de la balota. Como la joven empleada ya estaba informada de que el número ganador había sido vendido en ese sitio, conservaba la esperanza de que el afortunado compartiese con ella una mínima parte de su suerte. Así que la vendedora, al verlo llegar, se imaginó de una quién había sido el ganador; confirmó su predicción cuando Manamu se aproximó y le obsequió un pagaré al portador por una cantidad considerable de dinero. La joven, al observar la gratificación, no pudo controlar su impulso; emocionada, lo abrazó y hasta lloró sobre su hombro. Luego del sentimental episodio, Manamu continuó su recorrido por otros lugares, en donde donó sumas menores a organizaciones y centros de beneficencia. Terminada su gestión, regresó al apartamento a acordar con su mujer en dónde vivirían, pero hallar el lugar perfecto para su refugio les costó una larga jornada de trabajo, que terminó después de horas de opiniones y advertencias mutuas. Ya llegados al acuerdo, Raica y Manamu por su seguridad se radicarían en Porto Velho, una ciudad ubicada al otro extremo del país.

Dos días más tarde de sus arribos, Manamu se hizo pasar como el representante financiero de Raica y, secretamente bajo su nombre, compró varios locales comerciales en el centro de la localidad. Sin embargo, pensando en una posible arremetida del cartel y en el estatus de su nueva vida, por prevención decidió que se trasladaran a vivir en una pequeña villa a las afueras de la población, y contrataron media docena de escoltas personales.

En simultáneo con que esto acontecía en la vida de Manamu, las cosas al fiscal Baena se le empezaban a complicar allá en El Paso, pues el tiempo pasaba y aún ni él ni sus hombres lograban un resultado que les condujese a la captura de Sotomayor. El acuerdo firmado con las autoridades del Brasil le recordaba que le quedaba menos de una semana, así que, en procura de ese imposible, les exigió a sus hombres redoblar esfuerzos en la búsqueda.

Los fiscales, con la esperanza de que alguien delatase a Sotomayor, recorrieron todo el municipio, puerta a puerta, e invitaron a sus gentes a ganarse la recompensa. Su ingenio les llevó a los parques y cafeterías del pueblo, en donde estaban seguros de que encontrarían a más de una persona desempleada que, urgida por su necesidad de dinero, fuera un futuro delator. Santos, al observar la estrategia usada por sus perseguidores para tratar de conseguir información, contactó a su gente por intermedio de Fernanda y le ordenó continuar con la ayuda mensual a los discapacitados y darle inicio a la compra, para que todos aquellos que estaban desocupados a causa del paro volviesen a la selva a seguir con los cortes de los bulbos como si nada estuviese pasando. También por recomendación de Santos, Fernanda les hizo saber que, en pro de esquivar una posible captura de cualquier miembro indirecto del cartel, el jugo lechoso de la amapola sería transportado desde la selva hasta los puntos de compra, en las nuevas cantimploras de doble fondo que estaban a disposición en la sede comunitaria. Además de esto, les advirtió a los hombres claves que, terminado el proceso del alcaloide, debían llevarlo a la quesera de Toniño.

Transmitido el mensaje, Fernanda se retiró y ellos hicieron cumplir sus exigencias.

Mientras sus hombres se ocupaban de aquel asunto, Santos se contactaba vía celular con sus socios David Salamanca y Helmer Gutiérrez, a quienes les exigió no parar por ningún motivo los envíos de madera al exterior. Luego, le recomendó a Toniño continuar haciendo la entrega semanal de los quesos, pero en esa ocasión no llevaría las escoltas de costumbre; su seguridad en el viaje estaría a cargo de vagos que merodeaban por los antros del pueblo.

Al día siguiente, cuando los fiscales regresaron a los diferentes lugares con el fin de seguir en sus acosos de información, tanto los parques como las cafeterías de El Paso permanecieron vacíos. Aquella evasión les hizo entender a Baena y Guerrero que el hermetismo de sus habitantes acerca de Sotomayor era total; razón por la cual, antes de la fecha estipulada, se retiraron de la población, sumando con sus partidas un fracaso más a su larga lista de intentos por capturarle.

En simultáneo con que este hecho acontecía en El Paso, allá en Panamá, en uno de los refugios para protección de testigos, Ludiela era invadida por la nostalgia, y aunque el lugar en donde se encontraba tenía todas las comodidades de un conjunto residencial, era también un área de máxima seguridad. Su custodia era ejercida por agentes federales que, en procura de controlar la más mínima fuga de información, tenían restringidas las llamadas salientes y entrantes al *resort*. Ese hecho de estar incomunicada mantenía a Ludiela preocupada pensando en Santos. Ella deseaba de corazón que él hubiese esquivado la embestida de los fiscales; no quería sentirse culpable de que, por su anhelo de hacerla sentir bien, su vida terminase en una tragedia. Aun con ese sentimiento recorriéndole el cuerpo y la mente, Ludiela no podía llamarle; los teléfonos del lugar eran tan solo extensiones para comunicarse entre los residentes.

El hecho de no tener noticias de lo que acontecía con Sotomayor en El Paso mantenía a Ludiela desvelada, pendiente en todo momento de la radio y la televisión. Sabía por lógica que, de llegar a producirse su captura, o en caso de que le sucediese algo peor, la primicia sería transmitida en los noticieros.

Transcurridas las semanas y al no escuchar de los reporteros comentario alguno, entendió que nada malo le había sucedido. El pensar así le confortaba a Ludiela el alma durante el día, ya que al llegar la noche, perdía de nuevo el control y recaía en su tristeza. Sin embargo, a ella no le llevaría mucho tiempo recuperar la alegría total. Su pena sería aliviada por Baena, quien al terminar el operativo en El Paso viajaría a Panamá; él, al comentarle su fracaso, le confirmó que Sotomayor continuaba en libertad.

Al mismo tiempo que el fiscal visitaba el refugio de Ludiela, el congresista Tancredo Moreira se enteraba de una extraña movilización de tropas combinadas, en la zona fronteriza del

Brasil y Colombia. El político, intrigado por conocer detalles, comenzó a investigar qué había motivado aquel despliegue militar. Sin embargo, el hermetismo con que se llevó a cabo el operativo no le permitió saber los pormenores de la causa, y la única información que logró obtener fue el nombre de los dos fiscales a cargo de las maniobras. El hecho de que ellos estuvieran vinculados con la agencia antidrogas le hizo suponer a Tancredo que el operativo estuvo relacionado con el narcotráfico. El político, luego de analizar lo estratégico de la zona, consideró que ese refugio era propicio para Sotomayor, la persona que se había convertido en su mayor pesadilla. De ser factible su hipótesis, sus sicarios se encargarían de darle un final feliz a la frustrante persecución de años; por eso, necesitaba saber con urgencia si el despliegue en la frontera había sido en busca de su enemigo Sotomayor.

De inmediato a su teoría, Tancredo pensó en sobornar a los fiscales y así obtener de ellos la información precisa. Pero al ver sus hojas de vida, comprendió que eso sería muy difícil, y aunque les veía incorruptos, también sabía que lograr que uno de ellos estuviera a su favor no era imposible, pues todos, como humanos, tenemos un punto débil, y este lo encontraría en el fiscal Guerrero, a quien su debilidad por las mujeres lo hacía el más vulnerable de los dos; esa razón llevó a Tancredo a concentrar toda su atención en él. No quiso darle tregua a su prioridad, y esa misma tarde, envió a una mujer llamada Maica al encuentro con su víctima. Esta experta y seductora mujer entraría de una manera fácil a su vida, y días después serviría de empalme entre Guerrero y el político.

El descubrimiento del robo

Veinticuatro horas después de terminada la toma militar en El Paso, todos los miembros del cartel, incluyendo al jefe, entraron en un compás de espera, por lo cual las escoltas personales continuarían guardando sus posiciones.

Lo mismo sucedía con los hombres claves, Zé Maria y Paulo, quienes en otro lugar, a cientos de kilómetros de El Paso y aun teniendo confirmada la salida del guardacostas de la zona fronteriza, no se regresarían al pueblo el mismo día. Los dos se mantuvieron a la expectativa, en espera de una nueva orden.

Por otro lado, yo, el hombre secreto, después de asegurarme del desembarco de las tropas en territorio colombiano, por estrategia dejaría transcurrir un día para entablar una comunicación con mi jefe, quien, impaciente en aquel dormitorio, esperaba una confirmación para emitir un comunicado.

Minutos más tarde de recibido mi mensaje, Santos, a través de Fernanda, les hizo un llamado a todas sus escoltas de El Paso, a quienes les expuso como prioridad restablecer el orden en la casona.

El hecho de no haber ningún peligro por evitar les hizo pensar a los presentes en aquel inmueble que Santos llegaría allá esa tarde. Sin embargo, al ver que transcurrió ese día y él no regresaba ni emitía señal alguna, entraron en alerta máxima y planearon una búsqueda masiva, puerta a puerta.

La primera persona en ser visitada sería Fernanda, quien, al ver en ellos los ánimos encandecidos, les calmó advirtiéndoles no preocuparse por Santos, que ella sabía con certeza en dónde se encontraba y que estaba bien.

A la mañana siguiente, Ulises, el padre de Fernanda, partió del pueblo, y Santos apareció como por arte de magia. De inmediato a su llegada, cada cual se reportó y todo, por el momento, retornaría a la normalidad.

Transcurridas las primeras horas de aquel día, llegó la tarde, y, con esta, se inició el pago del jugo lechoso, pero la inmensa producción hizo que se agotara el dinero de la caja menor. Ese imprevisto llevó a que Santos suspendiera los pagos del instante y les ordenara a sus hombres recoger la heroína encaletada en el local y llevarla a la quesera de Toniño. De paso, les recomendó entregarle las llaves a Zeledón y traerse consigo el dinero encaletado, para continuar con la compra.

Emitida la orden, Zé Maria y Paulo tomaron las llaves y partieron a ejecutar la petición. Diez minutos después, ya dentro del local, las luces fueron activadas y ellos procedieron a extraer el dinero, llevándose los dos una gran sorpresa al observar que uno de los sacos, en vez de dinero, estaba lleno de basura y bolsas de papel. De inmediato a la verificación, le comunicaron a Santos lo sucedido, para que él conviniese las medidas a seguir.

Conocer aquel *impasse* no le alteró a Santos la personalidad; sereno, les pidió cumplir con lo estipulado y regresarse a la casona con el resto del dinero.

Mientras ellos iban y volvían, Santos aprovechó los minutos y elaboró una lista de sospechosos, entre los cuales incluyó al ingeniero de la obra, al maestro constructor, Fernanda, Ulises, Zeledón, Manamu, Zé Maria y Paulo, las únicas personas que habían tenido un contacto, directo o indirecto, con las llaves del local; por lógica, uno de ellos debía ser el culpable. Él secretamente, basándose en esas circunstancias, sacaría sus propias conclusiones.

Horas más tarde, cuando sus hombres claves regresaron, traían consigo el temor dibujado en su cara; pensaban que Santos les sometería a un cuestionario de preguntas. Sin embargo, con sorpresa los dos observaron que, al llegar, el ambiente del lugar era normal, como si nada hubiese pasado. Santos, en un relax total, recibió el dinero restante y no habló nada referente al tema, solo se limitó a recomendarle a cada cual su rutina diaria.

Transcurrido el primer día de su investigación preliminar, ya Santos tenía eliminados a varios en la lista de sospechosos. Los descartados eran Fernanda, Ulises, Zé Maria, Paulo y el maestro constructor, aunque a este último, por haber dejado el pueblo la noche del robo, le señalaba como el principal sospechoso. Pero Santos, al conocer que su partida se debió a que había intentado asesinar al amante de su esposa, le dejó libre de toda culpa.

Concluida la etapa preliminar, Santos me comunicó lo sucedido, para que mi gente y yo les hiciéramos un seguimiento financiero a Zeledón y al ingeniero de la obra, y a la vez, para que yo investigara el motivo por el cual Manamu había incumplido con lo acordado.

Aunque la investigación de los tres se inició en simultáneo, a mis detectives les demandaría varios meses concluirla, ya que encontrar el paradero de Manamu y su esposa Raica se les dificultó demasiado. Sus frustradas búsquedas en Brasilia y Teresópolis los llevarían a recorrer todo el país, en sus cuatro puntos cardinales, hasta hallarles en una pequeña villa de Porto Velho.

Mientras mis hombres efectuaban el seguimiento a las finanzas de Manamu, yo, el hombre secreto, investigaba al ingeniero de la obra y a Zeledón. Descubrí que el primero de ellos, un mes atrás, había consignado grandes sumas de dinero, pero a la vez también comprobé que ese capital se debía a contratos fraudulentos, por lo cual él sería descartado.

En la investigación sobre Zeledón, yo incluiría en mi pesquisa la cuenta bancaria de su esposa y le efectuaría a Olmeda un seguimiento personal, aunque me llevaría una gran decepción. Sin querer, descubrí que Zeledón estaba siendo presa del engaño y que su mujer era una prostituta con apariencia de señora. Ella, mensualmente, le estaba girando una cantidad de dinero a su joven amante, para mantenerle atado a sus deseos sexuales.

Aparte de los bajos instintos de Olmeda, no hallé nada que de momento comprometiera a ambos con el robo. No obstante, por el hecho de haber vendido el almacén y colocar la bodega en venta, no podía descartar a Zeledón como sospechoso.

A medida que transcurrían las semanas, en el otro extremo del país, mis hombres descubrían que Manamu, a través de su esposa Raica, tenía comprados varios hoteles y apartamentos en la zona turística de Porto Velho, y que sus capitales invertidos ascendían a más de mil trescientos millones de cruceiros.

Con esa información y su incumplimiento con lo acordado, a Santos no le quedaba duda de la culpabilidad de Manamu. Aun así, quiso estar cien por ciento seguro antes de emitir un veredicto, por lo cual me ordenó encargarme de verificar personalmente la versión de mis hombres.

Dos días después, yo, Dirceu Figuereiro, con copias del registro notarial, le confirmaría a Santos las compras efectuadas a nombre de Raica. Aquel nuevo acontecimiento hacía que Zeledón quedase libre de toda sospecha.

Verificadas las pruebas, Santos reunió a todos los integrantes del cartel y les enteró de lo ocurrido; luego, les recordó el pacto hecho años atrás, en donde todos los presentes se habían comprometido a ser leales a su causa y aquel que la traicionase lo pagaría con la muerte. Eso significaba para ellos que Manamu debía morir. No obstante, Santos, con la tristeza reflejada en su rostro, les aclaró que esa sentencia no era su veredicto personal, ya que esta fue dictaminada con anticipación por todos los firmantes, quienes aparecían al final del documento, incluyendo a la futura víctima.

Conocer el inevitable futuro de su hermano gemelo fue un duro golpe para Zé Maria, y aunque por un instante quiso apelar el veredicto no lo hizo, ya que sabía que era en vano interceder a su favor. Así que lo aceptó con resignación y no se rebeló en contra de nadie; fue consciente de que un trato entre hombres se respetaba, por lo cual solo le pidió a Santos advertirles a los encargados de aquel fatal desenlace que no hicieran desaparecer el cuerpo ni tomaran represalia en contra de su cuñada Raica.

Zé Maria, impotente ante aquel obstáculo, dejaría a su hermano gemelo abandonado a su suerte, mas no perdió la esperanza de que Manamu pudiese repeler el ataque, e ileso lograse huir.

Al parecer, aquel pensamiento de Zé Maria fue captado desde la distancia por su hermano gemelo, quien, en ese instante, tuvo el presentimiento de que sería asesinado. El inminente peligro transmitido se apoderó de su mente, por lo cual él, basado en esa advertencia telepática, les ordenó a sus hombres estar alertas a un posible atentado.

No habían pasado unos minutos de aquella extraña premonición, cuando Manamu, al salir a tomar su carro particular, fue sorprendido por varios proyectiles, impactados sobre el espejo retrovisor de su coche. De inmediato a los estruendos, tres de sus hombres repelieron el ataque y entraron en una persecución en contra de los sicarios.

Mientras ellos trataban de darles alcance, Manamu, Raica y el resto de sus escoltas se alejaron de la villa y buscaron refugio en otra población.

Una semana más tarde de su huida, los sicarios del cartel les localizaron de nuevo y repitieron su accionar, pero en esa ocasión efectuarían algunos cambios a su plan original:

llegado el momento del ataque, usarían un francotirador como segunda opción.

Aquel día de la emboscada, dos de los sicarios hostigaron a las escoltas y provocaron una escaramuza que confundió tanto a Manamu como a sus hombres, quienes en ese instante estaban enfocados en repeler el ataque. Con esa estrategia, los matones lograron que los custodios de Manamu descuidaran su retaguardia, para que el sicario apostado desde la azotea le propinara a su protegido dos tiros en el pecho. Aquella balacera alarmó a la Policía local, quien de inmediato se hizo presente en el lugar para brindarles apoyo a las escoltas. Con su arribo, las autoridades hallaron todo en calma, en medio de un silencio absoluto, que segundos después de sus llegadas sería interrumpido por el llanto de Raica, al ver a su esposo muerto.

Luego de asegurar el perímetro, la Policía acordonó la zona, y un médico forense procedió al levantamiento del cadáver, que permanecería consignado en la morgue hasta tener un reporte completo de los hechos.

La noticia del intento de secuestro y la posterior muerte de Manamu se dio a conocer en El Paso, a través de la televisión regional. De inmediato que Zé Maria escuchó el nombre de la población en donde fue dado de baja su hermano gemelo, emprendió el viaje hacia el lugar. Al llegar allá, buscó a Raica y juntos reclamaron el cadáver de Manamu; con este en su poder, se trasladaron hasta El Paso, en donde le darían cristiana sepultura. Terminado el sepelio y después de recibir las condolencias de familiares y amigos, Raica se regresó a Río de Janeiro, pero antes de su partida hizo que su cuñado Zé Maria se comprometiera a visitarla.

Con la muerte de Manamu, al cartel le quedaba un gran vacío, y Santos debía llenar de inmediato esa deficiencia, por lo cual tanto él como todos los miembros de la organización iniciaron la búsqueda del posible candidato.

Escoger un nuevo hombre clave, que tuviese la eficiencia del difunto Manamu, no les sería fácil. No obstante, de los muchos que se presentaron, debían elegir a uno; salió favorecido un ex agente federal de Panamá, descendiente de padres brasileños y radicados en El Paso, llamado João. Esta persona, según los miembros del cartel, era quien más se aproximaba a las cualidades de Manamu.

Terminada la escogencia, Santos y sus hombres le explicaron las cláusulas e hicieron un énfasis sobre la sentencia de muerte para el integrante que traicionase la organización. João, luego de escuchar las condiciones, ejerció su juramento de lealtad y sobre un folio estampó la firma que lo acreditaba como el nuevo hombre clave. Con su llegada, se solucionó el problema administrativo en el cartel. Aun así, Santos extrañaba las virtudes de su difunto amigo Manamu y entraba en la tristeza; pero no solo ese recuerdo le embargaba el alma, había uno más poderoso que mantenía vacío su corazón. Este era su amor por Ludiela, de quien hacía tiempo no sabía nada. La ausencia de su amada, poco a poco, le estaba quitando el sentido a su vida. Por momentos, aquella mezcla de pensamientos nostálgicos le hacían perder a Santos el control de su fortaleza y, en medio de esa crisis, sus ojos nublados por los recuerdos terminaban en llanto.

A medida que transcurrían los días en El Paso, João, través de sus colegas, conocería la principal causa de la melancolía de su jefe. Enterarse del dolor de Santos le permitió al nuevo integrante buscar con él una estrecha amistad y, como amigo, ofrecerle una posible solución. En sus conversaciones, le habló de su conocimiento de refugios para la protección de testigos en Panamá, a los cuales João comparó con un hotel de cinco estrellas dentro de un conjunto residencial, pero sin bebidas alcohólicas, Internet ni señal telefónica. En contraste con esa prohibición, la persona tenía acceso a otros locales del lugar, en donde el Gobierno se encargaba de cubrir todos sus gastos. Terminadas estas palabras, el nuevo hombre clave de Santos le hizo saber que, por haber sido miembro del Servicio Secreto panameño, tenía muchos contactos y conocía todo lo relacionado con el tema. João, por su facilidad de acceso a este programa federal, se ofreció de enlace para contactar a Ludiela. Esa oferta y la posibilidad de que ella hubiese sido llevada a uno de estos lugares le confortaron a Santos el alma; sin embargo, por el exceso de trabajo del momento, la opción solo podía ser posible en un futuro.

El ocaso del cartel

A medida que el tiempo transcurría en la vida de Sotomayor, desde una ciudad fronteriza en Colombia el destino le fraguaba una nueva sorpresa, y el vínculo para que esta se diese sería Maica, aquella atractiva mujer enviada por Tancredo a buscar la conexión con el fiscal. Ella, desde el instante en que fueron presentados, comenzó a obtener los primeros resultados de manos de Guerrero; en pocos días, Maica le fue envolviendo en su juego seductor, hasta convertirse en su amante secreta. Luego, en uno de sus encuentros furtivos, en un club privado del Amazonas, con mucha astucia ella introduciría al fiscal en la vida de Tancredo. La influencia de su nueva amistad y la presión silenciosa ejercida por su amante hicieron que el fiscal entrase rápidamente en confianza con el político.

Transcurridas las dos primeras semanas, ya Guerrero había visitado a Maica en más de una oportunidad. Aunque estas citas amorosas se llevaban a cabo en ciudades diferentes y con mucho hermetismo, Tancredo, como de casualidad, siempre estaba allí. Esa coincidencia hacía que los tres terminaran compartiendo la misma mesa, en hoteles y lugares de esparcimiento; sus "casuales" encuentros fortalecían la amistad entre los dos y les llevaban a compartir secretos en ambos mandos. Una noche en que los tres estaban pasaditos de copas, Tancredo, aprovechando la confianza, le realizó al fiscal una extraña y jugosa propuesta: le ofreció cien millones de cruceiros si le contaba en detalle a qué se debió el operativo en la frontera. Esa propuesta, por no ser información de máxima seguridad, le hizo pensar a Guerrero que se trataba de una estrategia política, y aunque le vio un poco de malicia, no consideró la oferta como un soborno. Sabía que no colocaría en riesgo la vida de nadie al revelar el secreto, por lo cual, con aceptar el trato, no estaba traicionando a la institución.

Luego del análisis, Guerrero tomó la decisión de hablar, pero le puso como condición a Tancredo que solo conocería la versión de lo sucedido en el *resort* en donde se hospedaban y cuando el dinero fuese depositado en su caja de seguridad.

De inmediato a la petición del fiscal, Tancredo se comunicó con los hombres que le escoltaban desde las mesas cercanas y les ordenó llevar el dinero a la *suite* 104. Ya en la privacidad del lugar y superado el obstáculo de lo acordado, el fiscal le reveló que el despliegue militar fue con el consentimiento de las autoridades del Brasil. En ese operativo conjunto, participaron tropas regulares y agentes de la Fiscalía, y aunque las maniobras abarcaron toda el área fronteriza, la población específica a registrar fue El Paso, lugar en donde supuestamente se encontraba refugiado un desconocido narcotraficante de apellido Sotomayor. Sin embargo, por su astucia, a ellos les fue imposible capturarlo. Aquel operativo, pese a ser bastante frustrante para sus carreras, no había sido del todo inútil, pues en una de las redadas hallaron a un hombre que se hacía llamar José Lemus, mas su verdadero nombre era Gustavo Espino, testigo secreto de una matanza ocurrida nueve años atrás, en la mansión del señor Melquiades. Con esto, tenían la posibilidad de reabrir el caso, hallar un culpable y compensar en algo aquel despliegue militar. No obstante, esta persona, por no haber en su contra ninguna orden de aseguramiento, continuaba en El Paso dispuesta a colaborar, siempre y cuando la Fiscalía se lo exigiese.

Escuchar aquella inesperada sorpresa hizo que por la garganta de Tancredo pasara una gruesa saliva que le produjo una fuerte carraspera, seguida de un sudor frío que le invadió todo el cuerpo. Él desconocía por completo la existencia de este nuevo obstáculo, el cual debía eliminar de su camino.

La confirmación del fiscal llenó a Tancredo de optimismo y, en medio de su borrachera, les ordenó a cuatro de sus más expertos sicarios ir en busca de su escurridizo enemigo. Luego, le encomendó a Vadinho encargarse de José Lemus, su otro enemigo oculto.

Esa prioridad del momento hizo que el político actuara rápido, ya que no quería darle tiempo a Sotomayor a alejarse de la zona, o que el supuesto testigo en su contra se perdiera de El Paso.

La fugaz arremetida de los sicarios de Tancredo iba a ocurrir justo dos meses después de transcurrida la muerte de Manamu. Con aquel nuevo desenlace que se aproximaba, el cartel interrumpiría su rutina habitual y todos sus miembros entraríamos en una alerta máxima. El motivo de esa prevención fue la llegada al pueblo de cinco hombres con apariencia ejecutiva, que decían vender seguros de vida; sus arribos me causaron sospecha desde el momento en que hicieron la reservación en diferentes hoteles, habiendo vacantes en el primero que consultaron.

Otra de las cosas que me causó recelo fue enterarme de que ambos exigieron habitaciones con vista a la casona y que su estancia en el pueblo solo sería por tres días, cuando cada uno de ellos traía un supuesto equipaje demasiado grande para una visita tan corta.

Llegada la tarde, cuatro de los foráneos, vía telefónica, acordaban reunirse en las afueras de El Paso, en donde aparentemente trazarían una ruta de trabajo y, desde allí, le darían inicio a su objetivo.

Por otro lado, Vadinho, después de un recorrido de varias horas y unas cuantas preguntas a los transeúntes, tenía localizada la casa en donde supuestamente estaba viviendo José Lemus.

Ya él conociendo su dirección, decidió esperar la noche para cometer su atentado, pero tres días atrás su futura víctima había abandonado con sigilo la residencia, por lo cual nadie sabía de su partida, a excepción del dueño y de Ernesto, la persona beneficiaria de sus pertenencias.

Llegada la hora propicia para el asesinato, Vadinho muy solapado se acercó al lugar a ejercer su cometido. En su arribo, se encontró a un hombre que trasteaba los enseres y muebles de la vivienda; esa acción no le dejaba duda de que era José Lemus. El sicario, basado en aquella casualidad, al ver al supuesto José que bajaba las gradas con un pesado objeto sobre su hombro, no lo analizó demasiado y le disparó un tiro a quemarropa. La bala le perforó la oreja y le hirió en el rostro, y el hombre se precipitó escaleras abajo, cayéndole el pesado objeto precisamente sobre la herida que le había causado el proyectil.

Este hecho, por lo silencioso del disparo, en un principio fue confundido con un accidente, en el cual aparentemente José Lemus había perdido la vida, ya que ninguno de sus vecinos escuchó el estruendo del balazo ni la trayectoria del proyectil al incrustarse en la pared. Solo minutos más tarde se darían cuenta de que el hombre estaba muerto.

Todos supusieron que aquella herida en su cara, aunque mostraba una perforación entre la piel y el hueso, fue provocada por la caída, y así sería estipulado en el reporte inicial de la Policía.

Al mismo tiempo que este fatal episodio acontecía, los otros cuatro sicarios terminaban la conversación en sus respectivos hoteles. Luego, cada uno de ellos tomó su portafolio y bajó a la recepción, en espera del taxi que lo llevaría al lugar del encuentro.

Mientras los vehículos arribaban, ellos pudieron observar que hombres armados custodiaban la casona, tanto en el frente como en su parte trasera. Esa anomalía, aunque les intrigó un poco, no interrumpió su prioridad del momento.

Transcurrido el encuentro, los sicarios se dividieron en dos grupos, cada uno de los cuales se adjudicó una ruta e inició un recorrido por locales comerciales de El Paso, en busca de posibles clientes para sus seguros de vida.

En todo lugar donde llegaban ofrecían su mercancía, y luego de una larga charla con el interesado, le mostraban una fotografía de Sotomayor, que ambos grupos hacían pasar por la foto de Aurelio, un compañero de trabajo desaparecido a quien desde hacía tiempo buscaban por la zona.

A ninguno de los consultados le resultó conocida dicha imagen, ni nadie la relacionó con los panfletos de recompensa colocados por los fiscales meses atrás; menos aún la vincularon con la fisonomía de Santos, ya que su parecido estaba muy lejos de la realidad.

A medida que recorrían la ciudad, los sicarios escuchaban el comentario de un muerto hallado en la casa de José Lemus. Esa distorsionada noticia hacía pensar a la mayoría de los pobladores que, en realidad, el difunto era José; con esto, Vadinho quedó convencido de haber ejecutado un excelente trabajo, por lo cual el sicario no verificaría su muerte.

Horas más tarde de la frustrada búsqueda de Sotomayor, los cinco sicarios, incluyendo a Vadinho, regresaron a sus respectivos hoteles, en donde analizaron otra posibilidad; optimistas, enfocaron toda su atención en el dueño de la casona, ya que sabían por experiencia que la apariencia física de Sotomayor siempre los había confundido. Por esa razón, no podían descartar a Santos.

Aun con su cambio de estrategia, los sicarios en ese momento no lograrían conocer mucho acerca de Sotomayor, pero la poca información con que contaban les sería suficiente para descubrir que su empresa maderera era una fachada para lavar dinero ilícito.

Ese primer paso positivo les animó a proseguir en su investigación. Acto seguido, desde sus cuartos de hotel, los cinco le tomaron videos y fotografías a Santos, y se los enviaron a un experto en computación de la capital. Esta persona procesaría con un *software* una fotografía de Sotomayor de años atrás, a la cual, después de hacerle un seguimiento de tiempo, se le diseñó sobre un holograma al posible Sotomayor actual. Luego de esta imagen virtual, el especialista le colocó los ojos verdes de Santos, su tupida barba, una extensión de cabello, un abultado estómago, su sombrero y lo vistió de esmoquin, dando como resultado un doble perfecto. Sin duda alguna, para el experto en computación, Santos y Sotomayor eran la misma persona.

Confirmada su identidad, los sicarios de Tancredo le iniciaron un seguimiento de tres días, con el cual supieron que Santos salía por las mañanas a verificar los cultivos de caobo. También comprobaron que él y sus escoltas tomaban siempre la misma carretera en esos recorridos, hasta una pequeña colina llamada La Ye, en donde se desviaban de su ruta para internarse en la selva.

Los sicarios, basados en la rutina habitual de Santos, desecharon el plan original y decidieron que el ataque se llevaría a cabo al amanecer del día siguiente, en las afueras de El Paso. Convencidos de que en esa oportunidad no se les escaparía, llamaron a su jefe y le aseguraron que, después de tantos años de persecución, Sotomayor tenía las horas contadas.

A medida que los cinco foráneos finalizaban su investigación, yo, el hombre secreto, reconocía a uno de ellos: este era el supuesto campesino que años atrás, en Ipiranga, había conducido a Vinicio y a mi persona hacia una trampa mortal. En aquel momento, comprendí que su objetivo era acabar con la vida de Sotomayor. De inmediato a mi hipótesis, alerté a Santos del peligro, pero también le recomendé que, al enviar a sus escoltas a la verificación, les advirtiera actuar con mucha cautela; la razón de mi preocupación era que estas personas eran asesinos profesionales. Además de mi consejo, le insinué efectuar el allanamiento entre las seis y las siete y treinta, la hora de menos riesgo para sus pesquisas porque, en ese lapso de tiempo, los sicarios estarían en la salida del pueblo, dándole los últimos retoques a su plan.

Santos, siguiendo mis instrucciones, le hizo una llamada a João, su hombre clave más experimentado, quien al mando de una docena de escoltas tomó todas las precauciones y saldría a cumplir con la misión.

Al llegar a los hoteles, sus hombres se dividieron en grupos de tres; dos de ellos embolataban a la recepcionista, mientras un tercero registraba la habitación correspondiente.

Sin ningún obstáculo, los cinco encargados del espionaje alcanzaron el objetivo, encontrando en sus inspecciones oculares varios estuches que contenían pistolas Sauer y poderosos rifles Barrett, cada uno de estos dotado de silenciadores y miras láser.

Llevada a cabo la confirmación, las escoltas dejaron los hoteles y regresaron a la casona, en donde le reportaron a Santos la presencia de las armas. Con esto, ellos sustentaban mi teoría, por lo cual Santos decidió que los sicarios debían morir. Pero sus decesos no los ejecutarían sus escoltas ni sucederían dentro del pueblo; él no quería causar el pánico ni llamar la atención de las autoridades de ambos países. De sus asesinatos se encargarían los hombres emergentes, al otro extremo, en territorio del Brasil.

João, basado en las salidas continuas y en los rifles de largo alcance que aquellos sicarios tenían pensado utilizar para el futuro ataque, dedujo que su plan era emboscar a Santos en las afueras de El Paso, cuando él saliese a inspeccionar los cultivos de caobo. Su experiencia en la protección de testigos le hizo advertir que el punto estratégico para un posible ataque era La Ye, por lo cual, con anticipación, asegurarían su perímetro. Luego del análisis, João desplegó sus hombres sobre la parte trasera de la colina y dispuso un operativo sorpresa.

En grupos de dos en dos y guardando una distancia entre sí de diez metros, se camuflaron entre la maleza, a la espera de que los matones de Tancredo arribaran a tomar sus posiciones.

A las doce y cuarenta y cinco de la madrugada, los sicarios en dos taxis llegaron a La Ye. Allí, después de sacar su equipaje y de cancelar la carrera, se dirigieron a la pequeña montaña, a preparar la emboscada. Pero en el instante en que comenzaban a colocar los rifles, fueron sorprendidos por una docena de hombres salidos de todos los flancos, quienes en cuestión de segundos les sometieron a su voluntad.

Producida su captura, los cinco fueron esposados y conducidos al medio de la selva, donde, a medida que se les presionaba con el interrogatorio, soltaban la lengua.

Sus confesiones, a excepción de la supuesta muerte de José, quedaban grabadas en una cámara digital. Terminada la indagatoria, las escoltas conocerían de ellos su participación en numerosos asesinatos, incluyendo la muerte de Vinicio, la de Falcão y sus hombres, y el lugar en donde fueron sepultados. También descubrieron que todos estaban registrados con nombres falsos y que los cinco pertenecían al brazo armado de Los Cariocas, cartel dirigido desde la clandestinidad por un alto político llamado Tancredo Moreira, autor intelectual de sus crímenes, y la persona que desde hacía años atrás venía ejerciendo una persecución de muerte en contra de Sotomayor.

La información obtenida de los sicarios fue transmitida a Santos, quien ordenó a sus hombres retenerlos allí hasta entrada la medianoche, hora en que serían transportados y abandonados en la orilla del río. Cumplida la misión, las escoltas volvieron a la casona.

Mientras ellos se alejaban, los sicarios se liberaban de sus esposas y, por un momento, pensaron en regresarse a tomar venganza, pero analizaron que, desarmados, incomunicados y sin vehículos, hacerlo sería caminar al encuentro con la muerte. Sin más opciones, lo mejor para ellos era huir, por lo cual esperaron que los pescadores les transportasen en canoa hasta el muelle de Bahía.

Esa madrugada, al llegar al puerto fluvial, su arribo alarmó a la Policía, quien al encontrarlos indocumentados los sometió a un exhaustivo interrogatorio; en este, ellos alegaban ser escoltas personales del senador Tancredo Moreira.

Los cinco declararon que su situación del instante fue a causa de un desliz sexual, en donde un grupo de mujeres, a quienes contactaron en una discoteca para tener sexo, les había suministrado burundanga y robado todas sus pertenencias.

La Policía, luego de escuchar su versión, tomó el número de teléfono y verificó la declaración.

Diez minutos después de la llamada, los cinco serían puestos en libertad; de allí, salieron en busca de un taxi que los llevase hasta la capital. No obstante, al llegar a la calle principal, sonaron varias ráfagas de fusil, que acabaron con sus vidas. Los argumentos de horas antes, expresados por las supuestas escoltas ante la Policía del puerto, harían que las autoridades desvincularan sus muertes de cualquier proceso de narcotráfico.

La noticia del asesinato de cinco de sus hombres, aunque alteró el ánimo de Moreira, haría que no insistiera en un nuevo ataque. Él sabía que, en aquel momento, cualquier represalia sería inútil y no querría desviar la atención de su campaña política con un par más de sus escoltas muertas; y así Sotomayor fuese su prioridad, las circunstancias le obligaban a darle una tregua. Además, aquellos cinco asesinatos, aunque eran para él un duro golpe, no fueron en vano porque, según su pensar, ellos habían logrado eliminar a José Lemus, una de sus potenciales amenazas. Pero Tancredo estaba equivocado, pues esa persona a quien creía muerta, dos días antes del arribo de sus sicarios y semanas después de que este hombre le había divulgado el secreto al fiscal Baena, se dejó llevar por su delirio de persecución y, desde aquel instante, estaba huyendo de nuevo.

Horas más tarde en que los sicarios del político fueron dados de baja, Sotomayor, vía celular, me invitaba a la casona y personalmente me agradecía por haberle salvado la vida. En su charla, me confesó que, por primera vez en tantos años, estaba preocupado, pues su enemigo más peligroso había estado a escasos metros de él y eso significaba que su perseguidor, poco a poco, le estaba acortando la ventaja. Sabía que, en la próxima embestida, su enemigo podía tener una mejor suerte, por lo cual contemplaba la posibilidad de entregarse a la Fiscalía o radicarse en otra ciudad con un nuevo personaje.

Yo, su hombre secreto, con optimismo le expresé que, mientras él continuara dentro de El Paso y mantuviera su liderazgo en la organización, nada pasaría. Sus moradores y escoltas seríamos una barrera de protección en contra de los posibles asesinos. Nadie, por profesional que fuese, trataría de matarlo dentro del pueblo; sabían que, al hacerlo, serían linchados. Con mi análisis, le hice entender que su punto débil era fuera de su perímetro, por lo cual lo único que él debía hacer era cambiar la rutina y dejar esa responsabilidad en uno de sus hombres. Luego, le recomendé no preocuparse de momento por los sicarios; ellos estaban muertos y, con eso, los próximos que quisieran hacerle daño lo pensarían dos veces antes de intentarlo.

En aquel instante, Santos quiso seguir con la conversación, pero esta fue interrumpida por el timbre de una nueva llamada; eso hizo que él se despidiera de mi persona y se concentrara en la prioridad de Toniño, quien le advirtió que los barcos estarían zarpando en dos días y que aún los viajes de madera estaban incompletos: se necesitaban cien troncos más, entre estos, cinco que tuviesen menos de seis metros, para encaletar en uno de ellos los veinte kilos de heroína restante. Esa petición haría que Santos hablase con Helmer Gutiérrez y este, a la vez, les exigiera a sus aserradores aligerar los cortes.

El escaso tiempo para el envío los llevó a cortar todos los troncos de la misma medida, incluyendo árboles que de momento daban la talla, pero, que por estar demasiado verdes, aún no estaban aptos para ese proceso. Llegada la fecha, supuestamente se cubrió el déficit y se dio inicio al viaje.

Con la salida de las embarcaciones, yo retornaría a mi habitual tarea de hombre secreto, siempre pendiente de la seguridad de Santos. Mi trabajo era analizar a toda persona nueva llegada al pueblo, por lo cual ingresé en la bodega de Zeledón, saludé a los presentes y proseguí con el objetivo. Con mi arribo, interrumpí por unos segundos el negocio que Zeledón le planteaba a un comerciante. Después de aquella interrupción momentánea, ambos retornaron a su charla original. Uno pedía y el otro ofrecía; Zeledón le señalaba que el inventario de los artículos y la prima comercial de la bodega ascendían a más de trescientos millones de cruceiros. Sin embargo, como su prioridad era vender, le dejaba todo en doscientos ochenta millones.

El comerciante, plantado en su propuesta, le alegaba que si le rebajaba el veinte por ciento del precio inicial, se quedaba con el negocio. Pasados los minutos y al no llegar Zeledón a un acuerdo, el hombre decidió marcharse; mas no lo haría sin antes realizar una última propuesta, en la cual le ofreció al dueño de la bodega doscientos cincuenta millones. Con esa cantidad, aunque era bastante aproximada a lo que él quería, Zeledón no se dejó seducir y de momento le dijo que lo pensaría.

Disuelta la negociación, yo tomé la canasta y llegué hasta el escritorio de Zeledón. Ya él menos ocupado, me brindó un trato más cordial y los dos entramos en una amena conversación, oportunidad que aproveché para preguntarle:

—¿Cuál es la razón por la que usted está pensando en vender la bodega?

Zeledón, un poco nostálgico, me respondió que el principal motivo era que amaba a su esposa y extrañaba demasiado a sus hijos, pues las pocas veces en que pudo verles, siempre le estaban reprochando su abandono. Sus frases de tristeza le carcomían el alma; sabía a conciencia que ellos necesitaban de un padre y esposo para llevar una vida normal. Además de eso, como tenía una deuda por cubrir, se veía en la obligación de vender la bodega y su otra propiedad. Con esa decisión, él pensaba matar dos pájaros con la misma piedra: cancelar lo adeudado y regresar al lado de su familia.

Yo, al escuchar su versión, pensé en un momento desengañarle y hablarle acerca de la conducta de su esposa Olmeda, pero por el amor mostrado hacia sus hijos, mi boca decidió callar. Así que, deseoso de que él estuviese pronto con ellos, me ofrecí a prestarle el dinero sin ningún interés, oferta esta que Zeledón rechazó, aludiendo que el aceptarla lo ataría aún más al pueblo, y lo que menos quería era tener un pretexto para quedarse. Al no insistir con mi propuesta fui prudente, e indirectamente le apoyé en su prudente decisión. Sabía, por experiencias de la vida, que de nada sirve poseer lo material si no se tiene fortalecida el alma.

El hallazgo de la caleta

Semanas más tarde de aquella conversación, dos noticias causarían en mí una mezcla de actitud eufórica y preocupación. Con sorpresa, me enteré de que, después de la autopsia aplicada sobre el cadáver de Ernesto, el médico forense dictaminó que la causa de su muerte fue un balazo a quemarropa, que le perforó la oreja izquierda. Alguien le había asesinado.

"¿Pero quién y por qué?", era el interrogante de todos.

Enterarme de que mi compadre José y su familia, de manera misteriosa, habían desaparecido de El Paso me hizo suponer que, posiblemente, aquella muerte estaba destinada a él. Para su suerte e infortunio de Ernesto, la noche en que habrían de cometer el atentado en su contra, los asesinos le confundieron.

La otra noticia sería más confortante, pues poder confirmar que Zeledón había vendido la bodega me causaba una gran alegría, porque ese hecho lo llevaría al encuentro de sus seres queridos y lo llenaban a él de felicidad. No obstante, el dejar Zeledón a sus amigos y al pueblo que le brindó la mano también le producía tristeza. Quiso controlar con licor ese sentimiento, por lo cual se dirigió al bar del Perródromo; sabía que, a esa hora de la mañana, el lugar estaría vacío. Sin embargo, al llegar se encontraría con Santos, quien arribaba con una intención parecida, beber para olvidarse de sus recuerdos, aunque a su pena, por ser de amor, le sería muy difícil arrancarla del alma. En su intento, el *whisky* fue ineficaz, ya que le provocó el efecto contrario y, en medio de su borrachera, Santos terminaría llorando por Ludiela, y Zeledón brindándole consuelo.

Las escoltas, al ver que ambos estaban borrachos, no les dejaron conducir; una de ellas transportó a Zeledón al hotel y las restantes se encargaron de llevar a Santos hasta la casona. Allá lo cargaron entre varios y lo acomodaron en su habitación. Minutos después, Santos se levantó de su cama, con la intención de seguir ahogando su pena; al llegar a las escaleras, pisó un escalón en falso y rodó gradas abajo. El accidente, aunque no fue de gravedad, le produjo un dolor de espalda que se le agudizaba al intentar caminar. Las escoltas, al ver su precaria condición, quisieron llevarlo de inmediato a la clínica, pero Santos, aún con su borrachera viva, pensó que el médico del lugar podía descubrir su disfraz, por lo cual les ordenó a sus hombres ser llevado al salón de Fernanda; allá ella, luego de observar a Santos y escuchar su versión, supo que su dolor era a causa de un viento encajado entre los pulmones y la caja torácica. Aun con aquella prioridad, Fernanda debía esperar a que a Santos le pasase la borrachera. Sin embargo, por sus gemidos, les ordenó a las escoltas dejarla a solas con el paciente y, antes de lo previsto, inició el masaje corporal y le aplicó una ventosa. Transcurridos los minutos, él se quedó dormido y pasaría de largo hasta el día siguiente; razón por la cual sus hombres permanecerían custodiando la casa de Fernanda, hasta que Santos se recuperase.

Al mismo tiempo que Santos y Zeledón ahogaban sus penas, las tres embarcaciones con sus cargamentos de madera arribaban al puerto de San Francisco. Allí, luego de pasar todos los controles de seguridad aduanal, encallaron en el muelle. Acto seguido, las máquinas cargadoras comenzaron a extraer los troncos que daban la talla.

De uno en uno, los arrumaban sobre vagones de varios doble troque, en donde, a medida que estos llenaban su tonelaje, partían hacia el aserradero.

Entre los pocos maderos que serían rechazados, entró un tronco de seis metros que los cortadores de El Paso, en su afán de cumplir con la cuota, habían cortado demasiado verde. Este, por las altas temperaturas, durante la travesía del océano sufrió una modificación y se dilató. Al no dar la medida, fue retirado y colocado en el viejo camión. Su operario sabía por rutina que, del montón, solo le correspondía transportar cinco troncos hasta la mueblería donde trabajaba.

Luego de varias horas de espera, el conductor del viejo camión tenía su cupo completo; aun así, debía seguir esperando; no podía marcharse sin verificar el descargue total de las embarcaciones, por lo cual siempre era el último en partir. Sin embargo, aquella tarde, por un error en los cortes, su entrega trimestral tendría otro destinatario, ya que en la empresa maderera de El Paso, Helmer, un mes atrás, sin darse cuenta había encaletado veinte kilos de heroína en uno de los troncos de seis metros que iban rumbo a la fresadora.

Ese día en el aserradero, a medida que los viajes de madera arribaban, sus operarios hacían pasar cada tronco por los cepillos mecánicos. Terminado ese procedimiento, una docena de sierras se encargaban de convertir los listones en pequeñas piezas que, más tarde, se convertirían a su vez en lápices.

Transcurridas tres horas, ya los operarios estaban por evacuar el primer viaje, cuando al llegar el antepenúltimo tronco a las sierras, se escuchó un extraño ruido acompañado con rayos de candela, y una nube de polvo blanco se esparció por todo el local. De inmediato a aquella acción, la máquina automáticamente se apagó y su alarma comenzó a sonar. El operario, preocupado, lo primero que observó al acercarse fueron los discos de las sierras, incrustados en un estuche metálico, del cual continuaba emanando polvo; él, sin pensarlo demasiado, reportó el suceso al gerente y este, a la vez, telefoneó a las autoridades.

Cuando la Policía se hizo presente, llegó acompañada de agentes de la DEA, quienes, al examinar la sustancia, comprobaron que era heroína. Su descubrimiento del momento hizo que trabajadores y ejecutivos de la empresa pasaran a ser sospechosos, por lo cual a cada uno se le decomisó el celular y todos fueron incomunicados con el exterior. Luego de unos minutos de investigación, la DEA acordonó la zona y ordenó detener al conductor y su viejo camión, que aún continuaba parqueado en el muelle. En su pesquisa, encontraron cinco maderos, en donde Helmer Gutiérrez traía encaletados los ochenta kilos de heroína restantes.

La captura del conductor, aunque nada tenía que ver con el hecho, sería el vínculo para que la DEA llegase hasta una mueblería en la ciudad de San Francisco y empezase a desmembrar la organización. En su primera arremetida, las autoridades produjeron la captura de diecisiete integrantes de la red y confiscaron la información que las condujo al supuesto capo del cartel.

La DEA, en pro de evitar que por infiltración de terceros se escapase el resto del cartel, contactó a sus agentes en el Brasil y esa misma tarde, junto al SIB y los fiscales Baena y Guerrero, montó un operativo denominado "Speedy González" gracias al cual, minutos después, le darían captura en Bahía al testaferro tesorero del cartel y la persona encargada de introducir en El Paso los dineros provenientes de la droga.

Finalizado su segundo golpe, las tres fuerzas combinadas prosiguieron con el plan. Su próximo objetivo era la captura en El Paso de David Salamanca, Toniño Cerezo y Helmer Gutiérrez, y aunque Santos o Sotomayor no figuraba como miembro de la red en la lista de San Francisco, lo incluyeron en la embestida. Los fiscales sabían, por experiencia, que esa había sido la estrategia con la cual él siempre los había confundido, y no tenían la menor duda de que Santos era el capo. Por esa razón, la táctica militar a usar en El Paso sería una invasión rápida y silenciosa, ejecutada por un comando de paracaidistas que se tomaría por asalto cuatro puntos claves: la empresa maderera, la quesera, la casona y el apartamento de Salamanca. Su misión era capturar las presas y salir con ellas helitransportadas, hasta la base de la DEA en Panamá.

Aquella madrugada, a las dos y dieciocho, los militares, luego de sincronizar sus relojes, abordaron dos C17; ya en el espacio aéreo internacional, tomaron las coordenadas y, en simultáneo, los cuatro comandos se lanzaron a su objetivo.

Diez minutos más tarde, una invasión silenciosa se apoderaba de El Paso. En cuestión de segundos, cada grupo sobre el terreno se aseguró el perímetro e inició su cuenta regresiva. Al mismo tiempo que el reloj marcaba las catorce y treinta, interrumpieron la quietud reinante y se tomaron por asalto los diferentes lugares.

El accionar de las fuerzas combinadas al rodear la casona y la orden de abrir la puerta hicieron que los residentes del barrio central fuesen los primeros en levantarse sobresaltados. Luego de identificarse como la Interpol, el comando exigió que todos los ocupantes del inmueble saliesen con las manos sobre la cabeza. Al no tener ninguna respuesta, lanzaron a través de los ventanales petardos de gases lacrimógenos y forzaron las entradas para proseguir en su búsqueda, llevándose la sorpresa de que la casona estaba vacía y que, según ellos, Santos había escapado.

Pero la razón de no haber hallado a Santos ni a sus escoltas fue la pura casualidad, ya que el día anterior él, borracho, había tenido un accidente y se encontraba recuperándose de su caída en el salón de Fernanda, desde donde observaba todo el operativo.

Mientras el primer comando fracasaba en su intento, los otros tres grupos, sin mucho esfuerzo, capturaban al resto del cartel.

Quince minutos más tarde de logrado el objetivo, cuatro helicópteros Apache arribaron a El Paso, retiraron las tropas y se llevaron detenidos a Salamanca, Gutiérrez y Cerezo, a quienes en los Estados Unidos les esperaba una orden de extradición.

Terminada la invasión, Santos envió a los hombres claves a investigar lo sucedido y les ordenó a sus escoltas verificar si aún quedaban militares en el pueblo.

Varias horas después, ellos retornarían al salón de Fernanda para confirmarle al capo la captura de sus socios y la evacuación de las tropas. Conocer la suerte de sus tres colegas aumentó aún más la tristeza de Santos, quien, por la ausencia de Ludiela, estaba padeciendo un dolor en el alma que le robaba alegría. Las dos penas juntas de aquel instante desmoronaron en Santos toda su fortaleza. En medio de ese sentimiento, dispuso que las escrituras de la hacienda y de la casona a nombre de terceros pasasen a manos del Poeta. Luego, reunió de nuevo a todos sus hombres y, antes de darles el ultimátum, le obsequió a cada cual una fuerte suma de dinero; con esto, los desvinculaba de sus compromisos y daba por finalizado el Cartel de la Amapola. Aun así, todos quisieron seguirlo. Sin embargo, él se opuso a sus intenciones, alegando que se entregaría a las autoridades; solo João y mi persona continuaríamos a su servicio.

El descubrimiento de la verdad

Dos días después del asalto militar a El Paso, Zeledón le dejaba a su ex empleado todos los papeles del centro comercial y la autorización para que él tramitase ante la notaría cualquier documento, en caso de que saliese un comprador. Luego de su recomendación, le dio arranque a su vehículo y salió a recorrer el pueblo, se despidió de sus amigos y partió hacia la capital.

Esa tarde, por coincidencia, Zeledón y Zé Maria abordaron el mismo *ferry*. Sin embargo, al llegar a Bahía, cada uno tomó una ruta diferente; Zeledón enrumbó su carro hacia el norte, y Zé Maria viajaría al sur. Este, aprovechando su libertad, iba a cumplirle a Raica una promesa hecha meses atrás.

Los arribos de estos dos personajes estarían colmados de alegría; con sus decisiones, ambos habrían de dar en ese momento un giro a sus vidas: Zeledón recuperaría a su familia y Zé Maria, sin proponérselo, iba a llenar en Raica el vacío dejado por su hermano gemelo. Con su llegada, Zé Maria, poco a poco, comenzó a suplantar el rol de Manamu; en su afán de animarla, se dejó llevar por Raica, quien, aferrada a los recuerdos de su difunto esposo, estaba viviendo con su presencia una fantasía por la cual Zé Maria pasaría a convertirse, de la noche al amanecer, en una persona indispensable para ella seguir viviendo. Su deseo de retenerlo hacía que la mayoría del tiempo la pasasen juntos. A diario, se les veía en lujosos restaurantes, cines y discotecas; por esa amistad tan cercana, los dos terminarían teniendo sexo y Raica quedaría embarazada.

Ese hecho tan inesperado hizo pensar a ambos que se acabaría su relación, pero el fruto que empezaba a engendrarse, en vez de separarlos, les uniría en un verdadero amor.

Una tarde después de visitar al médico, Raica, antojada del postre exhibido en el anuncio publicitario de una heladería, hizo que su amado condujera el coche hasta el centro comercial. De inmediato a su llegada, la dueña del local se llenó de felicidad; en voz baja, se decía a sí misma: "¡Es él, está vivo! No ha muerto, como lo anunciaron las noticias".

La mujer, emocionada, desde la caja registradora le hizo un llamado a la mesera, a quien le ordenó darles a los dos recién llegados un trato de reyes. Los detalles en su mesa y la atención con que fueron recibidos les sorprendieron; sorpresa esta que aumentó cuando, al intentar pagar la cuenta, la mesera les alegó no deber nada, pues su consumo era por cortesía de la casa.

Zé Maria, en el instante, pensó que ese privilegio era una nueva forma de mercadeo; intrigado por la innovación, se acercó a la joven y le preguntó:

—Señorita, ¿así atiende a todos los clientes?

La mesera, esbozando una pequeña sonrisa, respondió:

—¡No, señor! Si procediera así, el negocio quebraría. Esta excepción fue por petición de la dueña.

—¿Quién es ella? —fue el interrogante de Zé Maria.

La empleada contestó:

—La joven frente a la caja registradora.

Raica, mirando a los ojos de su amante, con recelo le preguntó:

—¿Usted la conoce?

Su respuesta fue:

—¡No! Es la primera vez que la veo en mi vida.

Los dos caminaron desde su mesa hasta el lugar en donde se encontraba la dueña del local. Zé Maria, aún con dudas, le expresó a la cajera:

—Disculpe, señorita. ¿Está segura de que no se le debe nada?

—No se preocupe, que ese postre y muchos más fueron pagados con meses de anticipación —le insinuó ella.

—¡Con anticipación! ¿Y quién efectuó ese pago? —preguntó Zé Maria.

De inmediato, la joven respondió:

—Usted.

—¿Yo? —replicó él.

—¡Sí! —dijo la mujer—. Y gracias a su generosidad, he logrado conseguir ese local, el cual adquirí con la propina que usted me regaló, por haberle vendido el número ganador del premio mayor de la balota.

En ese momento se les enmudecieron las palabras; con la sorpresa dibujada en sus rostros, los dos se miraron el uno al otro sin saber qué decir. Zé Maria interrumpió el silencio reinante del instante y expresó:

—La verdad fue un error de mi parte haberlo olvidado, gracias por recordármelo.

Luego, se despidió de la joven con un fuerte abrazo, abrazo al que ella respondió encomendando a su benefactor a Dios.

Minutos más tarde, al arribar Raica y Zé Maria a su apartamento, ambos tuvieron claro que Manamu, su ex esposo y hermano gemelo, fue inocente. Él había sido asesinado por un error.

Los dos, basados en el testimonio de la joven, acordaron que la ejecución de Manamu no podía quedar impune. El deber de Zé Maria como hermano era buscar al verdadero culpable del robo y cobrarle con la muerte. Luego del acuerdo, le prometió a Raica que él se regresaría a El Paso a iniciar su investigación, ya que tenía idea de quién podía ser el responsable.

En simultáneo con la conclusión de Zé Maria, Zeledón, radicado en la capital, había recibido desde Teresópolis varias llamadas de su prestamista, quien ya en libertad le exigía pagarle la totalidad del préstamo. En respuesta a su demanda, Zeledón le pedía unas semanas más mientras vendía el centro comercial; pero la insistencia de esta persona, en tono amenazante, hizo que Zeledón apelara al dinero de sus dos ventas anteriores y le consignara el capital, quedando pendientes solo los intereses. Aun así, su prestamista no quedó complacido y le dio un plazo hasta fin de mes para conseguirle el resto. Por lo corto del tiempo, Zeledón sabía que eso sería imposible; temeroso de una posible arremetida en su contra, se marchó con su familia a otra ciudad. Esa mañana en la terminal de transporte, mientras esperaban la salida del bus, Olmeda se llevaría un gran chasco, ya que, al salir de la cafetería, vio a un hombre que llevaba dos niños, al cual confundió con Zeledón y sus hijos; aquel parecido era tan exacto, que bien se podía decir que era su doble. Impresionada por lo sucedido, le comentó a Zeledón que al caminar por el pasillo le había visto desandar, pues se encontró con una persona tan idéntica a él, que la había dejado confundida. Lo más increíble era que tenían hasta el mismo nombre, porque cuando lo llamó por Zeledón, él había volteado la cabeza.

Un día después de sus partidas y de aquella extraña casualidad, Zé Maria en Teresópolis se despidió de Raica, pero antes de salir de la ciudad, desde un teléfono público hizo una llamada al celular de Zeledón, la persona a quien Zé Maria apuntaba como el único sospechoso del robo. En esta, con una voz amenazante le expresó:

—Disfruta del dinero mientras puedas.

La llamada, por haber sido realizada desde Teresópolis, le hizo pensar a Zeledón que se trataba de su prestamista. Sin embargo, cuando él quiso responderle, ya el teléfono había sido colgado.

Transcurridas las horas, Zé Maria estaba de nuevo en El Paso; allá se enteró de que Zeledón había vendido la bodega y que continuaba en la capital buscando un cliente para vender el centro comercial; que su intención era radicarse del todo en la ciudad. Con esa versión, Zé Maria aumentó su sospecha y esa misma tarde planeó cobrar su venganza.

En su plan, él contactó a una persona en Bahía, que se hizo pasar por un posible cliente y habló con el encargado de la venta, al cual le hizo saber que estaba interesado en comprar el centro comercial, pero le exigió que, para efectuar el negocio, su dueño debía estar presente. Zeledón, al conocer la condición, le alegó que, estando todos los papeles en regla, él no tenía necesidad de estar allá. A Zeledón esa propuesta de compra le pareció sospechosa y no viajó a El Paso; pensó que era una treta de su prestamista para cobrarle los intereses con sangre.

Las ansias de Zé Maria por encontrar al culpable de que Manamu perdiese la vida lo llevaron a pregonar una muerte anunciada, en donde Zeledón sería su víctima. La información de lo fraguado por Zé Maria llegó a mis oídos, por lo que, conociendo la inocencia de Zeledón, desde Bahía le hice una llamada anónima y le advertí que alguien en El Paso tenía planeado matarle.

El hecho de que Zeledón no regresase más por el pueblo le confirmó a Zé Maria que era el culpable; así que, personalmente, inició una persecución de muerte en su contra. Por tres meses, le buscó en pueblos y ciudades; al no obtener ningún resultado, contrató a un grupo de sicarios, a quienes les proveyó de una fotografía reciente y toda la información acerca del fugitivo, para que le buscasen por él.

Luego del trato, Zé Maria se regresó a El Paso; sabía que Zeledón estaría en contacto con su ex empleado y eso le podía generar una pista que le llevase a su escondite. Por esa razón, acudió al engaño y le hizo creer al encargado de la venta que le urgía encontrar a Zeledón, pero que como este no le respondía al celular, le era imposible comunicarse con él, y que tan solo necesitaba el número del teléfono de donde Zeledón le hacía las llamadas.

Esa mentira, unos minutos después, le brindó a Zé Maria los primeros resultados. El encargado, sin tener idea de las negras intenciones del interesado, buscó entre sus llamadas respondidas y le dio el número telefónico de donde Zeledón se había comunicado la última vez. Aunque la llamada fue efectuada desde una cabina telefónica, sería para los sicarios un gran avance; luego de hacerle un rastreo a la llamada, confirmaron con el número la ubicación del teléfono público y allí, en ese sector, empezarían su búsqueda.

Los sicarios, vistiendo uniformes del distrito y portando una escarapela que les acreditaba como trabajadores sociales, preguntaron entre los peatones por las personas recién llegadas al barrio; con fotografía en mano, enfocaron las preguntas en Zeledón. Varios bloques más adelante, uno de los transeúntes les indicó haber visto en los apartamentos del frente a una persona muy parecida a la de la fotografía, quien tenía el mismo nombre; además de eso, hacía pocas semanas que había arribado a la vecindad. Llevados por la coincidencia, los sicarios esperaron hasta verle llegar; al compararlo con la foto, no les quedó duda de que fuese él.

Aquella persona, aunque todo coincidía, no era el hombre a quien buscaban. Este Zeledón al que ellos tenían planeado arrebatarle la vida era un hombre presionado por los trámites de un divorcio con el cual su ex esposa pretendía quitarle la potestad sobre sus hijos.

Este individuo, desesperado y decidido a no perder su custodia, estaba dispuesto a defender su derecho con la muerte. Así que, al ver desde la distancia a los trabajadores sociales, pensó que iban por sus hijos; sin más opciones, tomó su pistola y salió a recibirlos a bala. En el instante en que alcanzó la calle, sus disparos sorprendieron a los sicarios, quienes esperaban tenerlo cerca para concretar su objetivo. Aunque en ese intercambio de balas el hombre fue levemente herido, se resguardó detrás de un *container* y los mantuvo a la distancia, hasta que llegó la Policía del lugar. Ellos, con su intervención, hicieron que los presuntos trabajadores sociales emprendieran la huida.

Minutos después de curada su herida, el hombre, a través de informativos de radio y televisión, le sacaría ventaja a su infortunio; aseguró que fue atacado por sicarios profesionales y responsabilizó a su ex esposa del atentado.

Lo que el falso Zeledón creyó que era una treta sucia de su ex mujer fue una casualidad que estuvo a segundos de acabar con su vida, y aunque esa acción nada tenía que ver con el trámite del divorcio, sí le sirvió para que un juez en la Corte parase el proceso en su contra y, de momento, él continuara con la tutela de sus hijos.

En otro lugar, al escuchar la versión televisada de este hombre, los sicarios comprendieron que se habían equivocado. Aun así, ellos no detendrían su persecución, seguirían tras los pasos del verdadero Zeledón, mas en la próxima búsqueda se prometieron no cometer el mismo error.

En simultáneo con esa acción, en otra ciudad a cientos de kilómetros, el Zeledón que buscaban también se encontraba observando el noticiero. Al escuchar el boletín del momento, no le dio importancia, pero al ver que la persona a quien intentaron asesinar tenía un parecido físico con él, su mismo nombre y que además estaba radicada en el sector que días atrás fue su residencia, comenzó a preocuparse. Zeledón sabía que ese atentado iba dirigido en su contra, y esa coincidencia con su personalidad le advertía en ese instante que los sicarios estaban siguiéndole los pasos.

Invadido por ese temor, le recomendó a su familia que, por prevención, lo mejor era viajar a otra ciudad. Luego, les sugirió a todos que, mientras él compraba los pasajes, ellos tuvieran listas las maletas.

Esa mañana antes de dejar la residencia comunal, Zeledón desde su cuarto telefoneó al encargado de la venta en El

Paso, quien con alegría le notificó que el centro comercial fue vendido. De inmediato al anuncio, Zeledón le dio el número de celular y los dígitos de una cuenta bancaria para que le consignara al prestamista mil millones de cruceiros; luego, le recomendó que, terminada la transacción, debía confirmarle al hombre que el capital ya le había sido depositado. Llevada a cabo la verificación, el vendedor nuevamente telefoneó a Zeledón; este, agradecido por su ayuda, le ordenó tomar una comisión de cincuenta millones y depositar el resto del dinero en la cuenta de Olmeda.

Con el pago total de su deuda, Zeledón pensó que su persecución claudicaba. Sin embargo, no sería así; su sentencia de muerte dependía de la persona que él menos se imaginaba.

En El Paso, Zé Maria, a través del encargado de la venta, horas más tarde conocería el nuevo número telefónico de donde Zeledón se había comunicado. Instantes después, se lo enviaría en un mensaje de texto a los sicarios, quienes por el código de área sabrían de inmediato que Zeledón se encontraba en Tenerife. Para ellos, dar con su residencia y el número de su cuarto sería fácil, por lo cual, llegada la noche, tenían planeado tomar la residencia, ejecutar la muerte de Zeledón y marcharse. Así que, cuando reloj marcó los cinco minutos después de las siete, los cuatro entraron por la fuerza. Luego de encañonar a todos los presentes, les encerraron en la cocina y aseguraron sus entradas con candado. Uno de ellos, con pistola en mano, se quedó vigilando desde el exterior, mientras los otros cumplían con su objetivo.

Eliminado el obstáculo, los asesinos se dirigieron a la habitación 125. No obstante, este cuarto ya se encontraba ocupado por otras personas, así que, para no cometer errores, concentraron sus miradas en los tres ocupantes. Acto seguido, al más parecido con la fotografía le exigieron mostrar su carta de identificación. Al confirmar ellos que no era la persona que buscaban, enojados preguntaron:

—¿En dónde está Zeledón?

La respuesta de los huéspedes no se hizo esperar. Aún con la voz temblorosa, uno de los ocupantes les respondió:

—Nosotros somos nuevos en la ciudad y no conocemos a ninguna persona con ese nombre. Pero si en algo les ayuda, esta mañana al arribar observamos que una pareja y dos niños se alejaban de esta habitación.

Los sicarios, invadidos por la ira, exclamaron:

—¡El maldito se nos volvió a escapar!

Minutos después de que estos hombres dejaron la residencia, la Policía se hizo presente; al escuchar el reporte de lo sucedido, de inmediato inició la investigación, y en pro de alertar a Zeledón, ordenó que el extraño episodio fuese transmitido por un noticiero regional. Esa información llegó a oídos de Zeledón, quien no comprendía por qué continuaban con su persecución, cuando él ya había cancelado el total de su deuda. Ese inminente peligro le obligaría a tomar medidas más radicales y, en busca de protección, se refugió en Brasilia.

Al mismo tiempo que Zeledón llegaba a la capital, en otro lugar a miles de kilómetros, Salamanca, Cerezo y Gutiérrez eran sentenciados por un juez de California a diez años de trabajos forzados y sin derecho a una fianza. Aun así, ellos jamás vincularon a Sotomayor con el Cartel de la Amapola, por lo cual en los Estados Unidos no aparecería orden alguna de extradición de su persona.

Conocer el veredicto y la sentencia en contra de sus anteriores socios aumentó la tristeza de Sotomayor, quien, pensando en una posible negociación de entrega, intentaba a través de João ponerse en contacto con Ludiela.

El arribo de este hombre a Panamá le brindaría a Sotomayor una sorpresa que no estaba incluida en el plan original, pues João, pensando en hacerle las cosas fáciles a Santos, recurrió de nuevo a su anterior trabajo como agente del SIP (Servicio de Inteligencia de Panamá). Su excelente hoja de vida y las hazañas logradas durante el tiempo en que estuvo activo en la institución le abrieron las puertas nuevamente y, unos días más tarde, sería reintegrado a la organización militar.

Ya João en posesión de su trabajo, lo primero que hizo fue indagar sobre el expediente de Sotomayor. Como existía la posibilidad de que Panamá fuese el único país que le pidiese en extradición, João decidió continuar en la agencia; él sabía que, estando cerca de su ex jefe, le podía ser de mucha utilidad, en caso de que llegase a un acuerdo con el fiscal.

Días más tarde, habiendo terminado João su indagación principal y contando con las herramientas a la mano, se enfocó en la búsqueda de Ludiela.

Unas semanas después, obtuvo la información de que ella se encontraba en el *resort* de la Veintisiete, término militar con que se conocía aquella especie de reclusorio. También se enteró de que el nombre de la recluida aparecía asentado en los archivos como el número 403.

El conocer João el código de área y los dígitos de acceso adonde llegaba el correo de Ludiela le facilitó lo planeado. En una entrega de la mesada mensual, le camufló una carta; en esta, Santos le explicaba a su amada la nostalgia que estaba viviendo, el intento de asesinato por parte de su enemigo más peligroso y su deseo de entregarse a la Fiscalía. Concluido el párrafo, en una nota extra, Sotomayor le consultaba que si ella estaba de acuerdo con su decisión, le brindase a Baena el número de celular que aparecía en la parte final del escrito.

Ludiela, luego de leer la carta una y otra vez, analizó las dos opciones, llegando a la conclusión de que lo mejor era que Sotomayor perdiese su libertad por unos años, a que en unos años fuese a perder la vida. Por esa razón, cuando Baena llegó a visitarle, ella le enseñó el número telefónico en donde contactar a su amado. Aquella noticia y la manera como la carta había llegado al *resort* tenían a Baena sorprendido porque, para obtener el acceso al correo, esta persona debió haber burlado todas las medidas de seguridad, y ese hecho ameritaba una investigación. Sin embargo, el fiscal dejó de lado su hipótesis y le dio la prioridad a la llamada de Santos.

Aquel día del contacto, Sotomayor se encontraba en un hotel de El Paso, observando desde el ventanal de su habitación cómo la luna al atardecer se pintaba de rojo. Maravillado por el fenómeno natural, se concentró en sus recuerdos, con los cuales, a través de la mente, viajaba al lado de su amada. Segundos más tarde, aquellos momentos de añoranza le serían interrumpidos por el timbre de su teléfono celular. La persona al otro extremo de la línea se identificó como el fiscal Baena, quien luego de un espontáneo saludo le expresó:

—En tantos años de persecución, jamás pensé que un día escucharía de usted una propuesta para querer entregarse. Su decisión me tiene sorprendido. Me imagino que algo muy poderoso le obliga a hacerlo.

Sotomayor, agradecido, le dio las gracias por estar dispuesto a escucharle, pero antes de iniciar la propuesta a debatir, le advirtió que esa conversación debía ser muy hermética, ya que, de llegar a infiltrarse la información, estarían en un inminente peligro su vida y las de otras personas, incluyendo la suya.

—¿Mi vida? —preguntó Baena.

—¡Sí, señor! —le respondió Sotomayor—, así como lo oye. Esto que usted va a saber de mí es un secreto por el que un hombre muy poderoso está dispuesto a silenciar su boca para siempre.

Baena, intrigado, preguntó:

—¿Y quién es esa persona tan importante?

—Tancredo Moreira —contestó Sotomayor.

Baena, asombrado, repitió:

—¡¡Tancredo Moreira!! ¿El político brasileño?

Sotomayor respondió:

—Sí, señor, el mismo que hace años atrás estuvo involucrado en una investigación de narcotráfico, pero afortunadamente para él, nadie pudo probarle nada.

Baena, impactado por la versión, exclamó:

—¡¡Esto suena bastante interesante!!

Sería una gran noticia para el nuevo fiscal general del Brasil, quien estaba efectuando, en los distintos poderes legislativos, una depuración administrativa y judicial en contra de políticos vinculados con dineros calientes. Esta información en sus manos se convertiría en una bomba.

Hasta ese momento, el nombre del político le hizo entender la posibilidad de que esta persona fuese el mismo Tancredo de quien le había hablado Gustavo, aquel exterminador de roedores que estuvo oculto en el cielo raso de la mansión, el día de la matanza del señor Melquiades, su esposa y sus escoltas.

Baena, aún con la sorpresa acentuada en su voz, hizo una nueva pregunta:

—¿Usted tiene pruebas contundentes de lo que dice?

Sotomayor respondió:

—¡Claro que sí! Yo tengo dos grabaciones; en una aparece Tancredo Moreira recibiendo dinero del narcotráfico y felicitando a sus hombres por el asesinato de Falcão y sus escoltas. La otra es un video en donde sus sicarios confiesan su participación intelectual en múltiples asesinatos, incluyendo la muerte de Vinicio Braga, agente del Servicio Secreto del Brasil. Pero por mi prevención, no porto conmigo la *SIM card* ni el mini cassette sino que las tengo depositadas en una caja de seguridad del vecino país, a nombre del Poeta, la persona que desde el momento de mi entrega tendrá acceso al nombre del banco, la combinación y la llave.

La primicia dejó por unos segundos sin palabras al fiscal Baena, quien, luego del corto silencio, empalmó la conversación con una nueva pregunta:

—¿Estaría usted dispuesto a declarar y aportar esas pruebas en contra de Tancredo?

—Sí, señor, siempre y cuando usted y yo lleguemos a un acuerdo.

Baena, aún inseguro de la intención de Sotomayor, le dijo:

—¿Entonces eso significa que usted está decidido a someterse a un juicio?

—¡Claro que sí! —respondió Sotomayor—, pero bajo algunos puntos a debatir.

—¿Como cuáles? —preguntó Baena.

Sotomayor en ese instante exhaló el aire en sus pulmones y con un tono desafiante contestó:

—Bueno, el primero sería que, el día de mi entrega, Ludiela quedase en libertad y desvinculada del proceso de narcotráfico. El segundo punto a negociar es que, en caso de tener una extradición pendiente en los Estados Unidos, la Fiscalía logre transferir esa orden a una Corte panameña, para que yo sea juzgado allá. Por último, pero no menos importante, mi entrega se debe llevar a cabo en secreto y en un lugar que me brinde la mayor seguridad.

Luego de escuchar las peticiones, el fiscal analizó que sus exigencias eran pequeñas en comparación a las ganancias que tanto él como sus homólogos del Brasil obtendrían si Sotomayor declaraba y aportaba las pruebas en contra del político. No obstante, al terminar sus peticiones, Baena le hizo saber que la solución total no estaba solo en sus manos: él debía hablar con sus superiores, e indagar en la Interpol, el SIP y la DEA acerca de su prontuario delincuencial, y de ser posible, llegar a un acuerdo con ellos; sin embargo, esa diligencia demandaba tiempo. Por tal razón, le pidió a Sotomayor que le diese como mínimo cinco días para efectuar las gestiones y así entablar una nueva conversación.

Antes de finalizar la llamada, Baena le recomendó que por su seguridad tratara de encarnar un nuevo personaje y se mantuviese alejado de la casona. Esa sugerencia llevaría a Santos al salón de Fernanda; allá, por segunda vez, él usurparía la personalidad de Ulises.

Horas más tarde de la revelación de Sotomayor, el fiscal Baena intentaba comunicarse con Gustavo Espino; a cada intento, la operadora le advertía que el número al que estaba llamando se encontraba cancelado. Él, intrigado por tener noticias, le ordenó al fiscal regional de la Amazonia enviar a uno de sus hombres hasta El Paso, para que le confirmase si el sujeto aún se encontraba en la dirección estipulada en el mensaje.

La respuesta recibida de su subalterno fue que a José Lemus o Gustavo Espino, como era su verdadero nombre, hacía semanas que no le veían en el pueblo; él y su familia habían desaparecido como por arte de magia, y sus amigos no tenían ni idea del porqué, ni en dónde se hallaban. Su partida era un completo enigma; nadie hasta el presente había confirmado ante la Fiscalía si estaban vivos o muertos. Pero él como fiscal regional tenía la sospecha de que su abandono tan repentino se vinculaba indirectamente con la muerte de su amigo Ernesto, pues en los días de su desaparición, a este personaje le encontraron asesinado enfrente de la residencia donde vivía José, y según el informe policial, su deceso se produjo cuando esta persona trasteaba los muebles y enseres que, antes de partir del pueblo, José le había obsequiado. Por eso, él como fiscal suponía que su asesinato había sido una confusión de identidad, y que sin duda aquella muerte era para José.

En ese momento, Baena, abatido por su incertidumbre, pensó que lo más seguro era que, siendo Tancredo un experto en eliminar obstáculos, de alguna manera se había enterado de la existencia de su testigo oculto y se encargó de sacarle de en medio. El fiscal, ofuscado consigo mismo, se cuestionaba en silencio el no haber podido relacionar a tiempo al Tancredo de quien Gustavo le habló con el político corrupto. Esa impotencia lo hacía sentir un fracasado, pero tanto el fiscal como Tancredo, a su manera, estaban engañados, porque el supuesto muerto y sus hijos se encontraban en la capital, en donde acudían a una iglesia menonita. Su situación y todo lo referente al caso, ya conocido por el pastor, les daría la posibilidad de que el religioso les ayudase a salir legalmente del país.

Luego de que Baena conociera aquel posible infortunio de Gustavo y su familia, le notificó a su colega Guerrero la misteriosa desaparición de su testigo y sus hijos; también le habló del primer paso dado por Sotomayor, en pro de una posible entrega.

En ese instante, Guerrero comprendió la magnitud del error que meses atrás había cometido al darle la información al político a cambio de dinero. Pero lo más preocupante para él era que Tancredo lo tenía en sus manos. No podía llamarle y decirle que era un corrupto asesino y traficante; eso lo alertaría de que ellos descubrieron su secreto y escaparía del Brasil. Mucho menos podía amenazarle con un arresto, ya que su autoridad como fiscal solamente era reconocida hasta la línea fronteriza. Además sabía que, de hacerlo, Tancredo acudiría al chantaje, por lo cual comenzó a ignorarlo y desde ese instante no respondió a sus llamadas.

Su cambio de proceder tan repentino llevó al político a pensar que algo muy poderoso tenía al fiscal en su contra. Intrigado en conocer lo que estaba sucediendo, se comunicó con Maica, quien a su manera se encargaría de sacarle a Guerrero parte de la información que Tancredo deseaba saber.

Esa tarde del encuentro, Maica recogió al fiscal en el aeropuerto y juntos pasaron a la *suite* del hotel, de donde luego de tomar una ducha, los dos salieron a un club privado a compartir la noche.

Guerrero, aunque agobiado por haber traicionado a la institución, se mostró ante Maica con la misma actitud de los encuentros anteriores. Instantes después de sus arribos, fueron recibidos con una cena romántica; en medio de esta, los tragos, los besos y las caricias despertaron en él su deseo de hacerle el amor. Esa pasión y la música del lugar le hicieron entrar en ambiente y, por unas horas, olvidó la preocupación que taladraba su conciencia. Terminada la velada, retornaron al hotel. Allá en la habitación, él quiso continuar aparentando su estado de ánimo. Sin embargo, cuando Maica lo tomó entre sus brazos, la reacción no fue igual a la de otras veces.

Guerrero, estresado y tenso por su experiencia sexual del instante, se dejó caer pesadamente sobre la cama. Aun así, Maica no le hizo ninguna objeción y procedió a hacer su trabajo. Bajo la mirada morbosa del fiscal, se fue despojando una a una de todas sus prendas. Luego, como un felino, se lanzó sobre su presa e inició un masaje erótico por todo su cuerpo. Transcurridos los minutos y al no lograr una erección en Guerrero, Maica sorprendida preguntó:

—¿Qué sucede, mi amor?

Él, un poco apenado, respondió:

—La verdad es que, desde hace días, un resentimiento moral me está remordiendo la conciencia, y ese problema se ha mantenido tan enraizado en mi mente, que hoy ni la pasión por poseerte ha logrado despertar mi apetito sexual.

Maica, queriendo saber en detalle el motivo del hermetismo del fiscal, acudió a su astucia, por lo cual dejó a un lado las caricias morbosas y le estrechó entre sus brazos. Luego, con un tono de lamento, le susurró al oído:

—¡Mi amor! Perdóname por haberte presionado a tener sexo, cuando en estos momentos lo que necesitas de mí es comprensión.

Guerrero, aprovechándose de la circunstancia, le hizo saber que el próximo fin de semana no podrían verse, aunque con sarcasmo le aclaró que la razón de cancelar su cita de amor no era su impotencia de horas atrás, sino una posible misión especial que, el próximo domingo, él y su colega Baena estarían llevando a cabo en Bahía.

Maica, esbozando una leve sonrisa, le aprisionó contra la cabecera de la cama, y con un apasionado beso le calló la boca, para luego expresarle:

—Usted no tiene por qué reprocharse nada, ni mucho menos está obligado a brindarme explicaciones.

Ella sabía que su trabajo estaba antes que el placer, aunque solo por curiosidad quería saber cuál era el problema que lo tenía tan preocupado. Guerrero, presionado por la actitud tan comprensiva de su amante, decidió revelarle su secreto. Sin embargo, con la intención de que Maica no descubriese que hablaba del político, le cambiaría la versión original y, convencido de que lograría engañarla, le dijo:

—El problema en sí se inició meses atrás, aunque hace cinco días conocí la magnitud de mi error. Comprendí que el hombre honesto a quien creí mi amigo resultó ser una persona de la peor calaña, involucrada en asesinatos, narcotráfico y corrupción. Pero lo más difícil del caso es que el delincuente de quien te hablo no se encuentra radicado en la frontera, y con la trampa que esta persona me colocó, me convirtió de fiscal a delincuente, por lo cual tengo las manos atadas.

Maica, presumiendo no conocer de quién hablaba Guerrero, con un tono de ternura exclamó:

—¡Mi amor! ¿Por qué no les suministras esas pruebas que mencionas a las autoridades de su país?

El fiscal le expresó que la razón era que aún no tenía en su poder esa evidencia, que se encontraba depositada en una caja de seguridad en uno de los bancos del Brasil, y que solo la persona conocida como "el Poeta" era quien tendría acceso a esa información. Él había quedado comprometido a entregarla a la autoridad cuando la testigo de nombre Ludiela le confirmase, desde el *resort* en Panamá, que ya estaba en libertad.

Maica, exhibiendo en su rostro una sorpresa fingida, le preguntó:

—¿Entonces qué piensas hacer?

Guerrero, optimista, le respondió que se enfrentaría a la tormenta así tuviese que pagar su error, hundiéndose con el barco. Maica, aún desnuda en la cama, lo abrazó de nuevo y le advirtió que ella le apoyaba en su decisión.

Luego de la frase de aliento, ambos se ducharon, se cambiaron de ropa y fueron rumbo al aeropuerto. Allá se despidieron y cada uno tomaría una ruta diferente. Maica, al llegar a su destino, le transmitió a Tancredo la información obtenida, quien con anticipación enviaría a sus sicarios a los tres diferentes puntos mencionados en la versión. En ese instante, Tancredo, iluminado por su mente maquiavélica, planeó que tanto los fiscales como Sotomayor, Ludiela y mi persona seríamos eliminados en simultáneo. Con esa estrategia, Tancredo pensó que ninguno de los involucrados en su proceso tendríamos la oportunidad de escapar, y así todas las pruebas en su contra morirían con nosotros.

Una semana después de su última conversación, Baena se comunicaba de nuevo con Santos, a quien le dio la primicia de que los Estados Unidos no tenía orden alguna de extradición en su contra; que sus anteriores socios eran quienes aparecían como los capos de los distintos carteles que él había creado durante sus años de narcotraficante, y todos ellos ya fueron sentenciados sin vincularlo a él en sus procesos. Además, Baena le confirmó que Panamá era el único país en el que la Interpol le tenía extendida una orden de extradición, en donde lo señalaban como Jorge Sotomayor, alias "Marlon de la Roca". Luego del énfasis, le aclaró que el primero de los puntos sería cumplido tal como lo estipuló.

Respecto del segundo, había consultado a su superior y a las autoridades de otros países, y su entrega sería totalmente segura y en secreto. Solo el fiscal Guerrero sería quien le acompañaría a recogerle.

Sin embargo, le advirtió que con el tercer punto había un pequeño impedimento de carácter jurídico. Esto se debía a que todos los homicidios y los hechos que mencionó en su declaración señalaban a Tancredo Moreira como el autor intelectual de los asesinatos y capo anónimo de un desconocido cartel, pero por ser este personaje un alto político del Brasil, él como testigo presencial tendría que presentar las pruebas en una Corte de ese país. No obstante, para que eso ocurriese, la Fiscalía de esa nación debía negociar su extradición con Panamá. De aceptar ellos el convenio, él sería extraditado al Brasil y juzgado allá por el mismo delito, con la diferencia de que, al aportar las evidencias en contra del político, recibiría un beneficio extra y, cumplida la tercera parte de su condena, quedaría en libertad.

Baena hizo una pausa para darle tiempo a Sotomayor a que tomase la decisión. Luego de unos segundos, este interrumpió su silencio con un "Acepto el trato". Ya llegados al acuerdo, Baena le recomendó designar una persona de su entera confianza, para que sirviese de observador y verificara que los compromisos que ambos estaban adquiriendo fueran totalmente legales. Sotomayor, aunque tenía a más de uno en quien confiar, en la primera persona en que pensó fue en Ludiela; él sabía que esa era la única manera de que ambos tuviesen un contacto, aunque este solo fuese telefónico. Baena, luego de pensarlo por unos segundos, aceptó a Ludiela como intermediaria, con una condición, según la cual Sotomayor debía revelarle el lugar de residencia y el nombre original de la persona a quien le fueron consignadas las dos grabaciones. Sotomayor no le puso objeción alguna y de inmediato a la petición le dijo:

—No hay ningún problema, su nombre es Dirceu Figuereiro y de momento se encuentra radicado en El Paso.

Obtenida su confirmación, Baena se despidió con la promesa de que en dos días le tendría resuelta la negociación con

Panamá y que mientras tanto Ludiela, vía telefónica, estaría en contacto con él acordando los últimos detalles de su entrega.

Dos horas después del acuerdo, Ludiela se comunicaba con Santos. En ese momento, embargados por la emoción, las lágrimas, los "Te quiero" y los besos a distancia, ambos desahogaron todos sus sentimientos a través de la bocina del teléfono.

Luego de los recuerdos y las frases de amor, ellos entraron a definir cuál de los lugares en mención ofrecía más seguridad para su entrega: si el aeropuerto, la planta de aguas residuales o el estadio de fútbol. Santos, después de analizar las opciones, le expresó que, en caso de que Baena lograra negociar con Panamá su extradición al Brasil, él estaría dispuesto a presentarse en el estadio, a la fecha y hora que el fiscal determinara. De inmediato a su decisión, Ludiela quiso continuar la charla, pero en ese instante una voz a través del teléfono le advirtió que tan solo le quedaba un minuto.

Ludiela se despidió de Santos con un "Te amo", y de paso le recomendó controlar su ansiedad y sobre todo olvidarse de la tristeza, ya que ella pronto estaría nuevamente en contacto.

Llegada la fecha estipulada como plazo, los fiscales Baena y Guerrero obtenían el aval de la Justicia panameña, por lo cual los dos comenzaron el montaje de su operativo secreto. Acordaron que el fin de semana viajarían a Bahía a coordinar los últimos detalles.

Dos días antes de sus llegadas, Sotomayor y mi persona nos dispusimos a salir secretamente de El Paso, pero antes de hacerlo, él, sin que yo me diese cuenta, le dejó a Fernanda un sobre que contenía el nombre del banco, la combinación y la llave de la caja de seguridad, recomendándole al momento en que lo recibió que, ocurriera lo que ocurriera, ese sobre debía llegar a manos del Poeta.

Horas después de sus salidas, los sicarios de Tancredo llegaban a las diferentes ciudades en busca de la información que les condujera a sus víctimas. Los que se encontraban en Ciudad de Panamá ya tenían ubicada a Ludiela y esperaban por ella. El otro grupo en Bahía, desde el momento en que Baena y Guerrero arribaron, comenzaron a seguirles los pasos por la ciudad. Mientras estos efectuaban sus rastreos, dos de los sicarios en El Paso averiguaban quién era el Poeta y en dónde le podían ubicar. No obstante, aunque conocieron mi nombre original, por más que me buscasen dentro del pueblo, aquellos dos hombres jamás darían conmigo, ya que, en ese instante, me encontraba refugiado con Sotomayor en algún lugar de Bahía.

Al mismo tiempo que unos alcanzaban su objetivo, Baena y Guerrero llegaban a una empresa privada de vuelos comerciales y contrataban al piloto y su helicóptero para un vuelo desde Bahía hasta Brasilia, acordando con él que el próximo martes, en horas de la mañana, debía recoger en la cancha del estadio a tres pasajeros; que ellos desde el lugar, con una llamada telefónica, le confirmarían la hora precisa del viaje. Hecha la reservación, Baena a través de Ludiela le comunicó a Sotomayor que su entrega estaba planeada para el próximo martes a las nueve de la mañana; que el punto del encuentro era el estadio de fútbol, en el cual debía hacerse presente antes de la hora acordada. Pero le advirtió que, por su protección, ellos estarían allí desde temprano, y a su arribo, tendrían abierta la entrada principal. También le recomendó que, para mayor seguridad, debía llegar vestido de igual manera que los encargados de mantenimiento, con pantalón y cachucha de dril azul, una camisa blanca y zapatos deportivos negros. Luego de su arribo, debía atravesar los camerinos y dirigirse hasta la mitad de la cancha, en donde los tres serían recogidos por un helicóptero privado y transportados hasta Brasilia. Allá, él quedaría bajo la custodia del SIB por unas semanas, mientras se terminaba el juicio en contra del político, y, de inmediato a la culminación de este, seguirían con su caso y él regresaría a la Corte, mas no como testigo, sino como sindicado, pues según lo acordado con los fiscales del Brasil, su condena sería pagada en los calabozos del SIB, con la posibilidad de que en pocos meses quedase en libertad. Además de estos beneficios, le garantizaban que, cumplida su sentencia, no quedaría desamparado a merced de una represalia, ya que ellos conocían los alcances del político y por seguridad le tramitarían una visa para sacarlo del país.

Finalizado el punto principal, Santos se despidió de Ludiela expresándole cuánto la extrañaba. Ella, por su parte, le deseó la mejor de las suertes, para que pronto estuviese a su lado.

Al mismo tiempo que esta conversación trascendía, uno de los sicarios de Tancredo llegaba a la empresa privada de vuelos comerciales y, con una sucia treta, lograba sacarle la información al encargado, quien le dio la ubicación exacta en donde el piloto recogería a los tres tripulantes.

A medida que las horas transcurrían, el desenlace se aproximaba. Sotomayor, preocupado por su amada, ese sábado vía telefónica se comunicó con João en Panamá. Luego de agradecerle todo lo que había hecho a su favor, le comentó el acuerdo al que llegó con el fiscal y le recomendó brindarle protección a Ludiela.

João, al escuchar de Santos el proceso al que se acogió, lo primero que le advirtió fue tomar todas las precauciones posibles antes de la entrega. En segundo lugar, le exigió no preocuparse por su amada, ya que ella sería custodiada por una patrulla de guardianes desde el *resort* hasta el aeropuerto. Obtenida la confirmación de João, Sotomayor se despidió con un "Hasta pronto" y aquel, a la vez, le prometió ir a visitarle al reclusorio.

Ese martes de la entrega, las primeras personas en arribar al estadio fueron los dos fiscales; luego, llegaría el personal de mantenimiento y, minutos más tarde, lo haríamos el supuesto Ulises y mi persona, quienes ingresaríamos por la entrada principal. Pero yo, al llegar a los baños, tomaría hacia la "tribuna del sol", y Ulises o Santos se quedaría en el camerino esperando que le diese la señal de seguridad, para así poder dirigirse al centro de la cancha.

Al llegar a la gradería y observar a todo aquel personal en las tribunas, no tuve sospecha alguna; sabía con anticipación que les iba a encontrar allí, ya que ese martes, en horas de la mañana, se jugaría una final de copa, por lo cual los de mantenimiento debían tener el estadio en óptimas condiciones desde muy temprano.

Esa mañana, cada uno de los empleados, portando sus herramientas de aseo, tomó una hilera de la gradería y comenzó la limpieza de arriba abajo.

En simultáneo con los trabajos de mantenimiento en el estadio, Ludiela, en Ciudad de Panamá, salía del *resort* hacia el aeropuerto; escoltada por una decena de guardianes, se sentía segura. Yo, calculando su hora de salida, le di la señal a Sotomayor y, faltando unos veinte minutos para las nueve, él se encaminó al encuentro con Baena y Guerrero, quienes, al verlo desde la distancia, se comunicaron de inmediato con el piloto.

En ese momento y segundos antes de que Sotomayor estuviese frente a ellos, Ludiela me telefoneó para decirme que ya estaba cerca del aeropuerto. Al instante en que me hablaba, escuché a través del celular un estruendo de bomba y ráfagas de ametralladora. Eso me hizo entender que alguien les había tendido una trampa y quise advertirles, pero fue demasiado tarde, porque ya los supuestos encargados de mantenimiento habían sacado sus armas ocultas y las descargaban en contra de Sotomayor y los fiscales. No obstante, yo también sería atacado, aunque por la distancia en que me encontraba les fue imposible acabar con mi vida; el estar a escasos metros de la salida de emergencia fue una gran ventaja a mi favor, por lo cual fácilmente logré alcanzar la calle y perderme entre los peatones.

Al llegar el piloto con su helicóptero a recoger a sus tripulantes, desde el aire observó los tres cadáveres yacientes sobre la gramilla y dio aviso a las autoridades. Instantes después, la Policía del lugar se hizo presente y acordonó la zona. En su pesquisa, las autoridades hallarían dentro de un tráiler abandonado a los verdaderos trabajadores, a quienes encontraron amordazados, atados de pies y manos, y adheridos al seguro de una granada.

El exilio y la muerte de Maica

Al mismo tiempo que aquel hecho sucedía en Bahía, allá en Ciudad de Panamá, fuerzas especiales buscaban a los autores materiales del ataque en donde murieron Ludiela y varias de sus escoltas.

Por tratarse de un episodio terrorista, los informativos rápidamente extendieron la noticia. Gustavo, al escuchar la violenta muerte de los fiscales, sintió crecer en él un gran temor. Algo le advertía que en estos nuevos asesinatos, como en la matanza de la mansión y el deceso de su amigo Ernesto, estaba involucrada la misma persona; y si los sicarios habían podido silenciar a Baena y Guerrero, ya no le quedaban dudas de que él y sus hijos serían las próximas víctimas. Gustavo, confundido y sin más alternativas, se refugió en el templo menonita, pues el pastor de esta iglesia le estaba haciendo gestiones a través de su ministerio para que algún miembro en otro país les consiguiese las visas. Esa utopía debía lograrse antes de que al predicador le llegase su traslado. Sin embargo, al escuchar el religioso el último de los sucesos relacionados con la persecución de Gustavo, le prometió no dejar el país hasta que ellos no estuviesen montados sobre la plataforma de un avión de Air Canada.

Por otro lado, Maica en Brasilia se enteraba de la muerte de Guerrero. Esa noticia, aunque no le debía importar, le tenía el alma partida en mil pedazos. El error de haberse enamorado estaba produciendo en ella un sentimiento mezclado entre el amor y su culpabilidad, que en esos momentos la llevaron a sentirse como Judas después de haber enviado a Jesucristo al Calvario. Aun así, en medio de su ironía quiso lavarse las manos echándole toda la culpa al político, y comenzó a reprocharle a Tancredo el no haberle aclarado que en sus planes estaba acabar con la vida del fiscal. El político tomó esa presión de Maica como una amenaza, y decidió eliminarla; pero no llevaría a cabo su muerte de manera convencional, sino que sus sicarios usarían otro método y, esa misma tarde, en un fatal accidente de tránsito, Maica resultaría muerta.

Días después de los asesinatos, la Interpol reunió las evidencias y relacionó el episodio del accidente de Maica con la entrega de Sotomayor y las pruebas que condenaban al político. Aunque ellos tenían conocimiento del acuerdo al que habían llegado las fiscalías de ambos países, desconocían el pacto que los fiscales Baena y Guerrero hicieron con Sotomayor. Al haber sido eliminado su testigo principal, yo me convertiría en su prioridad, por lo cual la Interpol dictaminó que el hombre a quien debían encontrar y proteger era Dirceu Figuereiro, la persona proveedora de las pruebas y, según ellos, el único que podía evitar que los crímenes de Tancredo quedasen en la impunidad.

El deseo de los federales por encontrarme los llevó a ofrecer una elevada recompensa para quien les facilitara información que les condujera a mi captura. Sin embargo, al no producir su búsqueda ningún resultado, trataron de hallar la evidencia en los bancos del Brasil y en las ciudades fronterizas. Debido a esa circunstancia, el Ministerio del Interior les ordenó a todos los presidentes bancarios del país que las cuentas que apareciesen a nombre de Dirceu Figuereiro, Ludiela Cochaeira y Jorge Sotomayor fueran intervenidas por la Interpol. Aun con esa medida, conseguir lo que buscaban les sería en vano, pues, según los gerentes, para obtener el acceso a la caja de seguridad del banco, no era necesario que la cuenta estuviese a nombre de una persona específica; cualquiera que tuviese el nombre de la entidad bancaria, la combinación y la llave podía hacer uso de ello. Ese obstáculo y la confirmación de que ninguno de nosotros aparecía como titular de la cuenta frustrarían el accionar de los federales.

La certeza de que yo me encontraba con vida me convirtió en el hombre más buscado del Brasil, tanto por mis amigos como por los sicarios del político, quienes todo el tiempo se enfocaron en hallarme. Sin embargo, con los federales no pasaría lo mismo, ya que ellos, al no obtener un resultado positivo, pararían mi búsqueda y me darían por muerto. Con esto, el caso en contra de Tancredo quedaría en el congelador esperando mi regreso.

Yo, después de conocer la traición que les fraguaron a los fiscales, no podía confiar en nadie y decidí huir a otro país. Mientras lograba conseguir una documentación falsa que me ayudase a salir sin tanta dificultad, me mantuve disfrazado y movilizándome de pueblo en pueblo y de ciudad en ciudad; por seguridad, no permanecía más de dos días en cada lugar.

Una tarde, mi necesidad de encontrar a la persona que me tramitaba el falso pasaporte me llevó a recorrer en su búsqueda las playas de Río de Janeiro. Mientras caminaba por la zona hotelera, observé con sorpresa que Sertino, aquel albañil de El Paso, salía de un *resort* de cinco estrellas, acompañado de una hermosa y joven mujer. Los dos, tomados de la mano, se acercaron a uno de los botones del hotel y le ordenaron recoger su coche del parqueadero. Esa extravagancia de Sertino me pareció muy extraña; no comprendía cómo un simple albañil podía darse ese lujo. Luego de presenciar aquella escena, continué el camino en busca de mi objetivo, pero, a medida que los minutos transcurrían, la intriga se apoderó de mi mente y, por un momento, me olvidé de mi necesidad para concentrarme en el pasado de Sertino. Entonces, recordé que ese hombre estuvo trabajando en la construcción del local y propiedad de Zeledón, lugar de donde alguien se había robado una caleta de dinero, perteneciente al Cartel de la Amapola. Esto, aunque podía ser solo una casualidad, también era bastante sospechoso.

Yo, como amigo de Zeledón y conocedor de que su persecución era injusta, decidí que Zé Maria debía saberlo, por lo cual dejé de lado mi preocupación y, desde una cabina telefónica en la playa, le efectué una llamada a Zé Maria. Esa tarde, al escuchar mi fingida voz, él con sorpresa me preguntó:

—¿Quién diablos habla?

—Yo —le respondí—, un amigo que le llama para advertirle que usted está buscando en el lugar equivocado y culpando a un hombre inocente. Por eso, le recomiendo parar la persecución de muerte en contra de Zeledón y desviar su investigación hacia los lados de Sertino, la persona que, en estos momentos, se encuentra dándose una gran vida en las playas de Río. —Transmitida la información, colgué la bocina y continué con mi búsqueda.

Horas más tarde de haberme comunicado con Zé Maria, yo daría con el falsificador; de este hombre recibiría los documentos que me permitirían burlar a las autoridades fronterizas de varios países. Con otra identidad y haciendo un gran esfuerzo, logré llegar hasta México; de allí, pasé de "mojado" a los Estados Unidos y me radiqué en el Bronx, Nueva York, pero aun allá no me sentía seguro. La razón de mi inconformismo era que, como ilegal y sin saber hablar inglés, solo alternaría con latinos, en lugares de dudosa reputación y vinculados indirectamente con el tráfico de drogas, y cualquiera de esas personas podía ser un contacto de Tancredo. Eso podía darle la facilidad de localizarme, por lo cual no quise correr tal riesgo y busqué un pueblo fronterizo con Canadá, en donde luego de unos días pedí refugio. Aquella tarde de mi petición, autoridades de ese país me condujeron hasta un pequeño salón; allá, tres oficiales de Emigración, a través de un traductor, conocieron en detalle parte de mi persecución. Después de la indagatoria, pasaron a observar mi récord criminal, confirmando con esto que en el pasado había sido miembro del SIB, y esa posición no dejó dudas de mi verdad. Terminado el interrogatorio, uno de los oficiales me tomó una fotografía y me dijo:

—*Welcome to Canada.*

De inmediato a que recibí el estatus de residente permanente, fui llevado a una casa de huéspedes, en donde comencé a ser cobijado por la ayuda del Gobierno provincial.

Mientras yo me mantenía en mi nuevo refugio, una comisión de El Paso viajó hasta Bahía y reclamó el cadáver de Sotomayor. Algo similar haría João con el de Ludiela en Ciudad de Panamá, quien después de cumplir con los trámites de medicina legal, transportó el cuerpo hasta El Paso. Allá, en medio de un apoteósico funeral, acompañado de miles de personas, les darían a ambos cristiana sepultura. Ese día en el panteón, por petición de la mayoría de los pobladores, los dos cuerpos fueron enterrados en la misma tumba.

El refugio y la muerte de Sertino

Mientras yo me radicaba en Toronto, Canadá, mi compadre Gustavo, su concubina y sus hijos, Raúl y Juliana, lograban que una familia canadiense les refugiase. Para ellos, las cosas habían sido menos complicadas y más rápidas que para mí. La influencia del pastor fue esencial en su proceso, pues del grupo de conocidos que arribamos a ese país, Gustavo de momento sería el más favorecido por la suerte. Todo lo contrario a Zeledón, quien antes de obtener su visa vivió una verdadera odisea. El huir con tres personas bajo su cargo hizo que su estatus económico entrase en una gran crisis después de seis meses; por sus constantes traslados y el mantenimiento de su familia, el dinero depositado en la cuenta de Olmeda disminuía cada día. Esa situación motivó que, dos semanas más tarde de su estadía en Brasilia, su capital colapsara y todos se vieran obligados a dejar la comodidad del cuarto de hotel, para radicarse en un refugio de los suburbios. Pero la incomodidad y el desespero de tener que pasar las noches en vela trajinando con las pulgas del lugar llevaron a Zeledón a acudir a una ONG, en busca de ayuda económica; con su llegada a esta organización internacional, su difícil situación mejoró y, bajo su tutela, Zeledón conocería el programa humanitario para refugiados en Canadá. Inmediatamente que obtuvo la dirección, se dirigió a la sede de la Embajada en Brasilia, en donde a través del comisionado consiguió la información y averiguó los pasos a seguir.

Basado en el procedimiento, lo primero que hizo Zeledón fue llegar al edificio de la Gobernación y, frente a un personero del Estado, brindar su declaración. En su reporte, explicó con detalles que estaba siendo sometido a un desplazamiento forzoso por un grupo al margen de la ley, y dejó constancia de sus amenazas telefónicas y los intentos de asesinarle. Aunque tenía pruebas de su persecución, no pudo dar nombres propios, ya que desconocía a quienes le perseguían y cuál era el motivo en su contra. Terminada su indagatoria, Zeledón procedió a dar cumplimiento a todas las exigencias de la Embajada.

Su segundo objetivo sería la Procuraduría del Estado, entidad en donde él y Olmeda solicitaron y obtuvieron su récord criminal; luego, siguiendo el orden de la lista, arribaron al Servicio de Inteligencia del Brasil. En esta oficina no les sería necesario entablar su denuncia, ya que allí con anticipación conocían de los atentados en su contra.

Por último y no menos importante, todo este papeleo pasaría al Ministerio del Interior, en donde ambos dejaron la constancia de su persecución. Finalizadas todas las gestiones secundarias, Zeledón regresó de nuevo a la Embajada y allí recibió un preformulario; después de responder todas las preguntas, lo entregó en ventanilla y quedó a la espera de recibir noticias en una semana; si clasificaba, le llegaría por correo el formulario original. Cumplido el plazo, recibió la respuesta y la Embajada le solicitó los pasaportes de su familia, para así dar inicio al proceso de sus visas.

Un mes más tarde, las autoridades de Emigración le notificarían que, para sus salidas del país, él y todo su núcleo familiar debían someterse a los exámenes médicos de rutina, exigidos por el Ministerio de Salud de Canadá. Ya realizados sus diagnósticos, los cuatro fueron llamados a la Embajada, donde un oficial de Emigración les dio la bienvenida al país y les entregó los pasajes y las residencias que les acreditaban como canadienses permanentes.

Zeledón, hasta ese momento, lograba culminar con éxito su aventura; hasta ese momento, porque la verdadera odisea de su vida aún no comenzaba. Para esta, el destino le tenía preparada una gran sorpresa, que semanas después de estar ubicado en Toronto iniciaría su desenlace.

Mientras los primeros síntomas del desengaño se aproximaban a la vida de Zeledón, Zé Maria en El Paso, a miles de kilómetros del perseguido, ordenaba a sus sicarios parar la persecución de muerte en contra de Zeledón, y comenzar una investigación sobre un nuevo sospechoso.

A medida que los días transcurrían, Zé Maria, a través de sus sicarios, se enteraba en detalle de todo lo relacionado con la vida de Sertino. Ya conocía de él que, un mes atrás, había dejado abandonados a su esposa e hijos, y que, en aquel momento, el hombre se encontraba dándose una vida de millonario al lado de una jovencita, quien, seducida por sus numerosos regalos y la promesa de matrimonio, se había convertido en su amante. Además de esa información, Zé Maria supo que, en la última semana, Sertino había depositado en su cuenta corriente una fuerte suma de dinero, una parte del cual había invertido en la compra del coche, una casa y un pequeño local comercial. Finalizada la investigación, Zé Maria viajó hasta Río y allá arrendó un apartamento en las afueras. Ya ubicado, ordenó a sus sicarios secuestrar a Sertino y llevarlo al lugar acordado; cumplida la misión, les canceló a sus matones los honorarios y dio por terminados sus servicios.

Minutos más tarde del plagio, Sertino, a través de Zé Maria, se enteraba de la causa de su secuestro y la consecuencia que le acarreaba ser el culpable de la muerte de Manamu, su hermano gemelo. Sertino, todo temeroso, le prometió devolverle los bienes adquiridos y el resto del dinero, si le perdonaba la vida. Zé Maria, en ese momento, se abstuvo de cobrar su venganza de sangre y se dedicó a hacer los traspasos. Luego de varios días de gestiones y trámites burocráticos, lograría, con la ayuda de sobornos, que un notario público pasase los títulos de propiedad de Sertino a manos de Roberta y sus hijos, a quienes había dejado en el abandono. Finalizado ese proceso, Sertino extendió un cheque a Zé Maria por el resto del dinero que aún le quedaba en el banco.

Transcurrida una semana de su cautiverio, a Sertino le había llegado el momento de morir y, según lo planeado por Zé Maria, su muerte se llevaría a cabo ese día en horas de la noche. Sin embargo, aquella tarde recibió de Raica una llamada telefónica, en donde le informó que el parto se le había adelantado y que los dos eran padres de un hermoso bebé. Esa noticia llenó de felicidad a Zé Maria, quien, pensando en el futuro de su hijo, le perdonó la vida a Sertino y lo dejó en libertad. De inmediato que se vio libre, el albañil tomó la decisión de huir lo más lejos posible, y así no darle la oportunidad a Zé Maria de que se arrepintiese.

Al mismo tiempo que esto sucedía, los familiares de su joven amante buscaron a Sertino para hacerle cumplir la promesa de llevarla al altar; al hallarle y al ver sus intenciones de alejarse de la ciudad, pensaron que estaba evadiendo su compromiso y que su propósito fue solo comer y dejarles a su hermana burlada. Esa conclusión los llevó a vengarse de él, propinándole varios impactos de bala que le causaron la muerte. Al culminar este hecho, Zé Maria indirectamente se vengaba del verdadero culpable y, con esto, claudicó la pena de muerte sobre Zeledón.

Un mes después del asesinato de Sertino, Roberta sería sorprendida por un notario público, quien, luego de leerle el testamento hecho en vida por su difunto esposo, le hizo entrega de los títulos de propiedad.

El arribo de Zeledón a Canadá

Cuarenta y cinco días más tarde de su solicitud de refugio, Zeledón y su núcleo familiar lograrían conseguir su salida a Canadá. Esa mañana, en el Aeropuerto Internacional de Brasilia, su partida sería diferente a todas las demás. Ninguno de sus familiares se enteraría de sus salidas del país, por lo cual no hubo llanto, abrazos de despedida, fotos ni el video del recuerdo; tampoco nadie se acercaría a las ventanas del segundo piso del aeropuerto a ver partir el avión.

Zeledón, aun sabiendo que llegaría a una nación extraña, sin dinero ni amigos, no se entristeció. Todo lo contrario, sentía una gran felicidad porque, con esto, salvaguardaba sus tesoros más preciados, su mujer y sus hijos. Jamás pensó que, con su arribo a Canadá, su vida se desmoronaría.

Luego de doce horas de viaje, los cuatro llegaron a Québec, en medio de un frío impresionante que calaba hasta los huesos y un idioma al que no le entendían ni el saludo; allá, en un hotel de cinco estrellas, pasarían su primera noche en el país. Por la mañana, un oficial de Emigración les condujo al aeropuerto y de allí tomaron un vuelo rumbo a Toronto, donde arribarían a la casa de recepción en la que serían recibidos como huéspedes por dos semanas.

El día de su bienvenida, Zeledón conocería a Claudia, una mujer brasileña, amiga de las personas que llegaron con ellos. Al cruzar las miradas, los dos quedaron flechados, como si ya se hubiesen conocido con anterioridad. Sin embargo, ambos en ese momento dedujeron que para ese sentir de sus almas era ya demasiado tarde, porque Zeledón amaba a su compañera y Claudia buscaba un hombre sin compromisos.

Al transcurrir los primeros minutos en aquella residencia gubernamental, Zeledón y su núcleo familiar recibirían las llaves de sus habitaciones. Luego de acomodar sus maletas, asistieron a su primera conferencia, en donde el cónsul a su cargo les advirtió que la mayoría de las personas favorecidas por el programa humanitario enfrentaban grandes retos al arribar a Canadá. Con su llegada, conocían los beneficios otorgados por el Gobierno y desmentían el mito de los que se quedaban, quienes pensaban que aquí todos los emigrantes se ganaban el dinero a manos llenas, y que la ayuda gubernamental incluía carro y casa gratis. Todo esto era absolutamente falso; la única verdad era que el país estaba lleno de oportunidades. Pero aunque brindaba muchos beneficios, no era fácil adaptarse a él ni menos aún si se llegaba sin hablar inglés, ya que, como refugiado, se tenía que empezar de cero y sobrevivir un tiempo prudencial de dos años con la ayuda del Gobierno. Por esa razón, aprender el idioma, adaptarse al clima y a su cultura eran los mejores medios de supervivencia.

La presión psicológica que esto producía creaba en muchos emigrantes temores infundados en sus propias impotencias. Posiblemente, el cambio de vida llenaría de inseguridad a algunos de ellos, y varios sufrirían una rara enfermedad llamada "*home sick*", al extrañar su país, a sus amigos y familiares. Aun así, con este obstáculo a cuestas, muchos aquí lograban culminar su sueño, aunque los de una minoría se desvanecieran al poco tiempo de su llegada.

Veinticuatro horas más tarde de aquella extenuante charla, Zeledón y Olmeda recibieron la primera ayuda del Gobierno, una pequeña cantidad de dinero para que comprasen una tarjeta de larga distancia y se comunicaran con sus familiares y amigos. Finalizado ese confortante momento, fueron llevados, bajo la tutela de la administradora del lugar, hasta una entidad bancaria en la que les abrieron una cuenta de familia; allí, a cada uno de ellos le depositaron setecientos dólares. Terminado el proceso, les enseñaron los alrededores de la recepción, en donde tuvieron su primer contacto con la nieve. Luego de su salida, prosiguieron los exámenes médicos, conferencias psicológicas de todo tipo, el alquiler del apartamento y la búsqueda de un padrino voluntario, quien les asesoraría por unos meses en todo lo básico de su nueva vida.

Quince días después de sus arribos, Zeledón y su núcleo familiar recibieron la llave de su vivienda temporal, y con esta llegaron los muebles, enseres y una notificación en donde les aclaraban que el Gobierno cubriría todos sus gastos por dos años, para que tanto el matrimonio como los menores, en el transcurso de la semana, iniciaran sus primeras clases de inglés.

Llegada la fecha, Zeledón y Olmeda fueron presentados ante sus nuevos compañeros. Por su escaso conocimiento del inglés, la descripción que ellos harían de su personalidad sería muy superficial, pero seis meses más tarde, en una de las clases de conversación, cada cual, con el inglés adquirido, pudo exponer fácilmente sus facetas personales y expresar toda clase de preguntas y respuestas. En aquel interrogatorio, uno de los compañeros más indiscretos les preguntó:

—Zeledón, antes de conocer a Olmeda, ¿usted mantenía encuentros clandestinos con otras mujeres?

Él respondió:

—Sí.

La misma pregunta fue extendida a Olmeda; ella, sin tapujos, contestó que había tenido varios amantes. Los presentes, incluyendo a Zeledón, quedaron sorprendidos al escucharla. Olmeda, al observar la reacción de todos, soltó una burlesca carcajada, para luego manifestar que solo era una broma; mas a conciencia, aquello en su vida no era una mentira: sus ex amantes confirmaban lo dicho.

A medida que pasaban las semanas y los nuevos emigrantes avanzaban en sus clases de inglés, las profesoras y los alumnos más antiguos del lugar les advertían que las reglas de la familia en Canadá eran muy diferentes de como se acostumbraba en sus países. Por ejemplo, aquí no podían llamarles la atención a sus hijos en tono agresivo ni mucho menos reprenderles, pues, según sus criterios y las leyes gubernamentales, hacerlo era maltrato infantil, y se corría el riesgo de ir a la cárcel o algo peor: que el Gobierno se quedase con su custodia y deportara a los padres.

Por otro lado, las psicólogas de la provincia ilustraban a las mujeres emigrantes sobre cómo debía ser la balanza en el hogar. Les aclaraban que, si a sus compañeros les gustaba salir solos a beberse sus tragos, ellas también podían hacerlo. Además de esto, les inculcaban que sus maridos no podían someterlas a sus caprichos de macho ni menos poseerlas cada vez que ellos quisiesen tener sexo, sin que ellas lo desearan. Eso era catalogado en este país como acoso sexual y era penalizado.

Con estos beneficios de igualdad, a las mujeres emigrantes en Canadá les daban la libertad de hacer el papel del hombre y un poco más. Aunque la Constitución les otorgaba a ambos cónyuges los mismos derechos, la diferencia estaba en que ellas tenían el privilegio y eran las primeras en ser escuchadas y auxiliadas por el Gobierno. La prioridad para los entes gubernamentales, en orden de lista, era: primero las mujeres y los niños, luego los ancianos, los animales y los homosexuales, y por último, los hombres en edad de trabajar.

Zeledón, al escuchar el comentario, no se sintió agredido, ya que hasta ese momento él jamás había maltratado verbal ni menos físicamente a su esposa ni a sus hijos. Sin embargo, enterarse de esto le dejó preocupado; sabía que, con dichas reglas, perdería la autoridad en su hogar.

Mientras que a Zeledón estas advertencias le dejaban confundido, en Olmeda internamente causaban una gran felicidad. Para ella, Canadá era el lugar perfecto, en donde habría de darle rienda suelta a su libertinaje y despojarse sin ningún tapujo de su verdadera personalidad. Allá, Olmeda sabía que podría culminar sin ninguna dificultad el plan fraguado en su mente.

Ya habiendo transcurrido varias semanas, y al no tener Olmeda en Toronto los amiguitos de turno a los que estaba acostumbrada en São Paulo, su actividad sexual con Zeledón aumentó al doble. Esto la llevó a ser insaciable en el sexo y acudir a juguetes eróticos que le brindasen un máximo placer. Aun así, Olmeda cada día quería más y más. Esa actuación, aunque a Zeledón no le molestaba en absoluto, sí lo mantenía confundido, pues nunca antes su mujer le había expresado el deseo de hacer realidad sus fantasías sexuales, ni mucho menos había tenido un desempeño tan activo en la cama.

Pasados los tres primeros meses, Zeledón pensó que el apetito sexual de su pareja iba a cambiar; sin embargo, no sería así. Olmeda siempre encontraría un pretexto para hacerle el amor, y eso a él le fascinaba; su deseo de tener sexo con ella comenzó a ser incontrolable. Lo que Zeledón no sabía era que, entre los planes de su mujer, estaba la tarea de convertirlo en su adicto sexual, y así poder lograr su objetivo.

Zeledón, con la intención de bajar el acelerador a la ansiedad carnal de su esposa y a su extraño, pero estimulante comportamiento sexual, consiguió un trabajo de medio tiempo. Terminadas sus clases de inglés, salía del colegio a cumplir con su nuevo compromiso, retornando al apartamento en horas de la noche. Él creía que lo que estaba provocando en Olmeda esa actitud era pasar todo el tiempo juntos sin hacer una labor lucrativa.

Aquella decisión tomada por Zeledón sería un gran error de su parte. Esto, en vez de servirle de terapia, se le convertiría en un problema aún más grande, ya que Olmeda, al estar sin su presencia, quedaba en libertad de hacer en las noches lo que le diese en gana. La única preocupación para ella era Henry, su hijo, pero solucionaba el problema al dejarlo en compañía de Karen, su hija mayor. Por esto, al regresar Zeledón, casi nunca la hallaba en casa; las pocas veces que la halló, la encontró chateando por Internet, donde Olmeda conversaba de una manera muy sospechosa, pues, al ver llegar a su marido, inmediatamente se desconectaba y entraba en otra página.

Zeledón no le dio mucha importancia a ese hermetismo con el que Olmeda actuaba, sino que lo vio como un derecho a su privacidad y no le hizo ninguna objeción; su intriga de aquel momento era saber a qué se debían sus constantes salidas.

Él, llevado por su obsesión, la llamaba al celular con la intención de preguntarle en dónde se encontraba; a través de un mensaje de texto, Olmeda se limitaba a responder siempre lo mismo, que estaba en el apartamento de la vecina, haciendo un trabajo de inglés.

Ya al regresar, Zeledón le reclamaba el haber dejado a sus hijos abandonados y por qué, teniendo ellos computador e Internet en casa, ella acudía a otro lugar. Luego del reproche, Zeledón intentaba exigirle una explicación más convincente. Sin embargo, la muy descarada le abrazaba y con caricias eróticas le callaba la boca. Después de las amenazas, llegaba la calma y entre los dos reinaba un silencio de unos cuantos minutos; el enfado terminaba en una jornada de sexo.

A partir del momento en que Olmeda comenzó a ausentarse y a actuar de manera extraña, Zeledón pensó en dejar el empleo y dedicarse a averiguar lo que estaba sucediendo. Pero eso no le sería necesario, ya que, cumplidas sus dos primeras quincenas, él recibiría una notificación del Gobierno en donde le advertían que, si trabajaba más de veinte horas a la semana, perdería la ayuda gubernamental. Zeledón, llevado por esa irregularidad y el dudoso comportamiento de su mujer, no tuvo opción y se vio obligado a renunciar.

La tarde en que a Zeledón le dieron por finalizado su contrato de trabajo, regresó temprano a casa; con mucha cautela, abrió la puerta y entró sin que nadie se percatase de su presencia. Al momento de su llegada, observó a través del ventanal que sus hijos estaban jugando en el patio del edificio y que su esposa había dejado abierto su Messenger; en la pantalla del computador, encontró los mensajes enviados por la persona con quien Olmeda, segundos antes, estuvo chateando. En estos, el contacto al otro extremo le expresaba cómo extrañaba su pasión y los ratos de placer que juntos pasaron, y que su deseo más grande era volverla a tener entre sus brazos.

En uno de los mensajes, el hombre le recordó la promesa hecha por ella la noche antes de su partida a Canadá. En su contestación, Olmeda le recomendaba tener paciencia, que pronto en ambos se cumplirían sus sueños del ayer.

Al momento en que Zeledón leía el último de los mensajes, Olmeda, que se encontraba en el baño, regresó y le sorprendió, aunque en sí, la sorprendida había sido ella.

Zeledón, ofuscado por el contenido morboso de los mensajes y las respuestas que ambos se escribieron, perdió en cuestión de segundos esa nobleza tan apacible que le había caracterizado durante sus años de pareja. En ese instante, su rostro se transfiguró de la ira y comenzó a temblarle la voz. Luego, en un tono enérgico, le preguntó:

—¿Me puedes explicar qué son estas frases tan comprometedoras?

Olmeda, como siempre, queriendo arreglar todo con sexo, se le acercó e intentó manipularle con sus caricias. Él, al tenerla enfrente, la empujó furioso contra el mueble del computador. Extrañada por su proceder, ella, sorprendida, le dijo:

—¡Pero mi amor! Eso era tan solo un amigo vacilando.

Zeledón, esbozando una sonrisa irónica, le respondió:

—¿Un amigo? ¿A usted no le da vergüenza estar chateando de esa manera con un joven que bien podría ser su hijo? ¿O es que después de vieja se volvió pedófila?

Terminado su reproche, Zeledón tomó las llaves del coche y se alejó sin rumbo fijo, para tratar de controlar su rabia. Karen y Henry, al escuchar los gritos de su madre, llegaron corriendo hasta el apartamento; al entrar, encontraron el monitor, el teclado y el *mouse* tirados en el suelo. Queriendo averiguar lo sucedido, acosaron a Olmeda con sus preguntas; sin embargo, ella no argumentaría nada en contra de Zeledón, solo se limitaría a decirles que fue un accidente. En ese momento, Olmeda le dio inicio al plan que traía diseñado desde el Brasil.

Transcurrida la noche, Zeledón arribó al apartamento con un ánimo muy diferente. Ya llegado el nuevo día, los dos nuevamente retornaron juntos al colegio, como si nada hubiese sucedido. Allá, esa mañana, Olmeda actuaría ante la psicóloga del instituto de manera contraria a su verdadera personalidad. Se describió como una mujer sufrida, viviendo al lado de un hombre machista, quien a toda hora estaba pensando en sexo. Esa adicción le llevaba a poseerla una y otra vez sin su consentimiento, abusando sexualmente de ella.

Terminadas las tres primeras horas de clases, Zeledón sería llevado ante la directora, quien le notificó que, por su comportamiento violento en el hogar, sería transferido a otra escuela. De inmediato al anuncio, le entregó un boletín y una pequeña tarjeta, en donde aparecía el número de teléfono, la dirección y la hora en que debía presentarse para que le asignasen un nuevo profesor.

Esa tarde en que arribó al apartamento, Zeledón sabía que la causante de su traslado era Olmeda. Aun así, no le comentó nada referente al tema; no quiso darle el gusto de que se vanagloriara con su victoria, ni la oportunidad de que su mujer pusiese en práctica los consejos de su psicóloga; mucho menos, un motivo para que sus hijos lo señalasen de violento y le echasen la Policía.

Sin ningún enfado, Zeledón terminó su cena y, luego de ver una película, se echó a dormir. Al día siguiente, se levantó a la hora de costumbre y salió a conocer la dirección de su nuevo colegio. A su arribo, una de las profesoras le enseñó, uno a uno, cada salón en los tres pisos, el gimnasio y las dos cafeterías. Luego, lo presentó ante sus compañeros y dio inicio a sus primeras clases. Terminada la mañana, llegó la media hora del descanso; Zeledón bajó a la cafetería y ordenó el plato de su predilección. Yo, al verle llegar, no lo interrumpí, esperé hasta que él regresara a una de las mesas. Al momento en que se sentó a degustar su comida, me le acerqué y le saludé:

—¡Hola, amigo!

Zeledón, sorprendido, giró su cabeza y, al mirar quién le hablaba, exclamó:

—¡El Poeta!

De inmediato, se puso de pie, me abrazó y atónito dijo:

—¡No puede ser! ¿Qué hace usted acá?

—Estudiando —le respondí.

—Sí, pero ¿qué lo trajo por estas tierras?

—Un problema similar al suyo —le contesté.

Zeledón, aún con la sorpresa dibujada en el rostro, nuevamente me preguntó:

—¿Quién podría perseguirlo? ¡Si usted no tiene problemas con nadie!

Yo miré el reloj y luego le dije:

—Bueno, esa es una larga historia y en este momento nuestro tiempo es limitado.

Terminada mi objeción, sonó la sirena del colegio y ambos debíamos regresar a clases, por lo cual, allá en la cafetería, los dos nos despedimos con un fuerte apretón de manos y prometimos esperarnos en la salida, para ponernos al día con los últimos sucesos de nuestros presentes.

Llegada la hora, nos reunimos de nuevo. Luego, tomamos un bus hasta un centro comercial y allá, en un restaurante chino, ordenamos la cena. Mientras esperábamos el regreso de la mesera con la comida, Zeledón fue conociendo de mí lo que todos en El Paso desconocían, mi trabajo como hombre secreto al servicio de Santos, el vínculo de este personaje con el Cartel de la Amapola, su persecución y su asesinato por orden de un influyente político del Brasil.

En mi charla le expliqué que, al morir Sotomayor, yo heredé su sentencia de muerte, razón que me obligó a huir hacia los Estados Unidos y, semanas más tarde, a pedir refugio en Canadá. También le confirmé a Zeledón que allá el culpable de su persecución había sido Zé Maria y le aclaré el motivo que lo llevó a hacerlo. Finalizado mi relato, yo pude ver en Zeledón cómo sus ojos reflejaban la tristeza que llevaba en el alma. Aun así, estaba seguro de que esa nostalgia no era por la muerte de su amigo Santos; aunque la noticia sí le había impactado, tenía un dolor más grande, que se sobreponía a su pérdida. Curioso por conocer la causa de ese sentimiento, con mucha diplomacia pregunté:

—Zeledón, ¿se encuentra usted bien?

Él, un poco melancólico, me respondió:

—La verdad no sé, no sabría cómo definir mi situación, si mala o buena. Aunque para muchos puede ser buena, porque aquí en este país tengo salud, seguridad y me estoy capacitando, sin embargo, para mí, la circunstancia de estar perdiendo el respeto de mi mujer y mis hijos es bastante preocupante.

Es ese momento, yo quise desengañarle y decirle de una vez la verdad, que desde hacía tiempo había perdido el respeto de su esposa; que ella, en São Paulo, tuvo más de un amante. Contarle que una noche, mientras le hacía un seguimiento, la vi salir de un motel en compañía de un joven que bien podía ser su hijo, repitiendo a los pocos días el mismo acto de traición, pero en aquella ocasión su amante de turno sería uno de los suboficiales que custodiaban la frontera. Sin temor a equivocarme, pensé en decirle que su mujer era una completa ninfómana; mas no fui capaz, sabía lo mucho que la amaba y no deseaba aumentar su dolor. No obstante, con la intención de irlo preparando para el suceso que se le aproximaba, le dije:

—Zeledón, en el colegio se comenta que muchas de las parejas latinas arribadas a Canadá, sin importar el estatus económico en que han vivido en su país, aquí terminan separándose; y según las víctimas del problema, la razón de ese karma es que sus mujeres se dejaron influenciar por la cultura canadiense y se creen que son la prioridad, por lo cual ellas piensan que tienen la libertad de hacer el mismo papel del hombre.

Irónicamente, Zeledón me dijo:

—Poeta, su comentario llega demasiado tarde, ya estoy viviendo en carne propia ese calvario.

Servida la cena, hice una pausa en la conversación. Luego de unos segundos, y a medida que consumíamos la comida, Zeledón comenzó a contarme en detalle todos los últimos acontecimientos de su vida; a través de su boca, me enteré de hasta su intimidad más recóndita.

Minutos después de haber puesto nuestras peripecias al día, Zeledón me invitó a su hogar o, más bien, a lo poco que quedaba de este. Yo, con el pretexto de que tenía un test de inglés, le saqué el cuerpo a su proposición, aunque la verdad, si no quise acompañarlo, fue por no verle la cara de hipócrita a su esposa Olmeda.

Luego de aquel rato de sano esparcimiento, los dos nos despedimos y quedamos en encontrarnos en la cafetería del colegio. Él, pensando en una mejor comunicación, me dio su *e-mail* y su número de celular. Esa noche, al llegar Zeledón al apartamento, su reloj marcaba las nueve y cuarenta y cinco. Sus hijos, que aún estaban despiertos, al verle arribar a esa hora, le preguntaron sorprendidos:

—Papá, ¿usted en dónde estaba?

Él, sin mucho protocolo, respondió:

—Charlando con un amigo de El Paso, a quien me encontré en el colegio.

En ese momento, Zeledón recorrió el salón con su mirada, en busca de Olmeda; al no verla en casa, no preguntó por ella ni la llamó al celular como estaba acostumbrado. Se recostó en el sofá sin darle importancia a su ausencia. Luego de unos segundos, su hija le advirtió que la comida estaba servida. Zeledón, al girar la cabeza, concentró su visión sobre la nota adherida a la puerta del refrigerador, donde Olmeda le decía: "Estoy frente al apartamento 101, ayudándole con el trasteo a mi compañera de colegio, que se acaba de mudar al edificio".

Por unos instantes, él ignoró el mensaje, pero llevado por su curiosidad, quiso saber si esto era verdad y salió en su búsqueda. Cuando llegó al lugar mencionado en la nota, se encontró con una mujer de apariencia humilde, acompañada de sus dos pequeños. Zeledón, luego de saludarla, iba a preguntarle por Olmeda, mas no le sería necesario, porque en ese instante ella se apareció junto al esposo de la vecina cargando uno de los muebles. De inmediato, los tres fueron presentados.

Evandro y Zuly, sus nuevos vecinos, en agradecimiento a la colaboración de Olmeda, muy amablemente les invitaron a compartir una deliciosa *pizza*. Zeledón, aunque un poco apenado, por cortesía aceptó la invitación y de paso les ayudó a acomodar los colchones y objetos más pesados. Transcurridos los minutos y al ver Olmeda y Zeledón que sus presencias ya no eran necesarias, se despidieron y regresaron a su apartamento.

A Evandro los nuevos vecinos le parecieron excelentes personas, por lo cual de momento no vio en Olmeda una amiga que fuese perjudicial para su esposa; creyó todo lo contrario, que su influencia sería muy beneficiosa en ella. Lo mismo llegó a pensar Zeledón, quien al observar en Zuly sus cualidades de respetuosa y sumisa, dedujo que le podían servir de ejemplo a su mujer.

A medida que pasaban los días, la amistad entre las dos mujeres se consolidaba, tanto en el colegio como fuera de este. Se volvieron inseparables; cuando no era una la que necesitaba hacer alguna diligencia, era la otra. Con algún pretexto, siempre salían juntas. Para ellas, ni sus hijos pequeños fueron impedimentos, ya que dejaban a Karen encargada de cuidarles.

En una de sus tantas salidas, Zuly le presentó a Olmeda a sus amigos mexicanos Kike y Vicente. Ella, al conocerlos, quedó encantada y les pidió sus números de celular y los correos electrónicos; a partir de ese momento, sus llamadas y mensajes a Kike se harían constantes. Olmeda, con el cuento de que esperaba a Zuly, planeaba sus encuentros casuales para verse con ellos. Allí comenzó a infundirle a su nueva amiga sus malas influencias. Fue así como una tarde, después de la salida del colegio, Olmeda les propuso a los tres ir juntos al cine. Zuly, al principio, opuso resistencia, pero Olmeda la convenció y su amiga terminó por aceptar.

Días más tarde, ya Olmeda la manipulaba y, sin objeciones, Zuly la acompañaba a compartir con ellos el cóctel o la cena. Las dos, de mutuo acuerdo, llamaban a sus maridos y les advertían que llegarían un poco tarde, ya que ambas se encontraban caminando por los almacenes del centro. Ni Zeledón ni Evandro veían como fuera de lo normal que estuvieran distrayéndose juntas, pues en Canadá era costumbre en las mujeres emigrantes eso de que saliesen a recorrer los centros comerciales.

Después de una semana de continuas salidas, las dos le darían rienda suelta a su libertinaje. Una noche, aprovechando la víspera del festejo que se acercaba, les aclararon a sus maridos que, el próximo domingo, la escuela iba a estar celebrando en una discoteca canadiense el Día Internacional de la Mujer, evento al que todas las del curso estaban invitadas y, por supuesto, ellas no podían faltar. Evandro y Zeledón, quienes ya habían escuchado en sus colegios una invitación similar, no pusieron ninguna objeción a que salieran.

Llegada la fecha, ambas se hicieron presentes; sin embargo, Olmeda, con el visto bueno de Zuly, cambiaría el plan original. Esa noche se encontraron con sus amigos y salieron a divertirse a un sitio más romántico. Allá los cuatro, luego del baile, los tragos y las caricias, terminarían revolcándose en un cuarto de motel.

Desde el momento en que Olmeda comenzó a traicionar a Zeledón en Toronto, redoblaría para él sus jornadas de placer; le acosaba a tener relaciones sexuales hasta en los días en que estaba menstruando. Con esto, lo mantenía entretenido y lograba disminuir la duda que le habían provocado los mensajes de infidelidad hallados en el computador. Su estrategia de convertir a Zeledón en un adicto al sexo le había dado excelentes resultados, ya que él, por conseguir sus dosis de pasión, no colocaba objeciones a sus salidas.

Una semana más tarde de los últimos encuentros clandestinos entre ambas parejas, los dos mexicanos no regresaron al colegio. Ellas, preocupadas, preguntaron en la rectoría el motivo de sus ausencias, donde se enteraron de que estaban en Canadá con estatus de estudiantes internacionales y, al terminarse su ciclo de estudio, a lo mejor se habían regresado a México. Sin embargo, esa hipótesis estaba muy lejos de la realidad, ya que ellos continuaban en Toronto como ilegales.

Olmeda, desesperada por no tener noticias de Kike, le llamaba al celular y le enviaba mensajes de texto; lo mismo hacía Zuly con su amigo Vicente. No obstante, los servicios de teléfono de ambos estaban suspendidos. Las dos mujeres, bajo esas circunstancias, optaron por el Messenger y les inundaron de correos electrónicos. Aun así, por un tiempo no obtendrían ninguna respuesta; ellos no se contactarían hasta estar seguros de que Emigración no les perseguía.

Un mes después, Olmeda recibiría un sorpresivo mensaje de texto, en donde su amante, angustiado por no haberle respondido a tiempo, le escribía: "Necesito hablar con usted, por favor conéctese a Internet". En el instante en que ella lo leyó, quiso responderle, mas hacer la conexión desde su apartamento le sería imposible; la razón era que Zeledón se encontraba presente, por lo cual Olmeda acudiría donde su vecina Zuly. Ese día, los dos se comunicaron de nuevo y fijaron una fecha para su próximo encuentro. La emoción de Olmeda por saber que Kike estaba en Toronto la hizo olvidar por un momento que se hallaba en casa ajena, así que al llegar Evandro y verla chateando con tanto entusiasmo, sorprendido le preguntó a su esposa:

—¿Con quién chatea la vecina?

Zuly, tratando de encubrirla, le respondió:

—Con un compañero del colegio.

Ese episodio haría que Evandro comenzase a poner en duda la fidelidad de Olmeda; duda esta que aumentaría durante el transcurso de la semana, al sorprenderla en tres oportunidades más repitiendo la misma acción. Cuando no la hallaba usando el computador de la familia, la encontraba hablando a través del celular de Zuly con aquel presunto amigo.

Días después de haberla tomado *in fraganti*, Evandro y Zuly, debido a la repentina enfermedad de su hijo menor, no asistirían a clases. Esa mañana, los tres llegarían de urgencia a un centro asistencial, donde, luego de la revisión correspondiente, el médico les dijo que no se preocupasen, ya que la enfermedad del pequeño era tan solo una simple alergia. Efectuado el diagnóstico, ellos obtuvieron la fórmula y salieron en busca del medicamento, pero encontrarlo en la farmacia cercana no les sería posible, por lo cual Zuly y su hijo se regresaron al apartamento, y Evandro se encaminó al próximo centro comercial. En aquel lugar, él no solo encontraría la medicina, sino que también confirmaría su sospecha sobre Olmeda: ese día, desde la distancia, observó cuando su vecina se despidió de un supuesto amigo con un apasionado beso. Decepcionado por tanta falsedad, él volvió al apartamento, mas no le mencionó nada a Zuly sobre la traición de su amiga, sino que esperó a que Olmeda se hiciese presente. En el momento en que ella llegó a visitarles, Evandro, en un tono enérgico, le prohibió volver a su apartamento y, sobre todo, le pidió que le hiciera el favor de alejarse de su esposa. Debido a esa medida tan radical, reinó en aquel salón un silencio total; Zuly, temerosa de que su marido hubiese descubierto a su amiga, no se atrevió a interceder por ella, ya que sabía que hacerlo era ponerse en su contra. Olmeda, sorprendida y sin entender la reacción de su vecino, se hizo la víctima y le expresó a Evandro que, así le gustara a él o no, Zuly siempre sería su amiga.

Horas más tarde de aquel bochornoso episodio, a Olmeda y Zuly les llegaban invitaciones para la despedida de soltera de su mejor amiga; los encargados de recibirlas serían Evandro y Zeledón. Ellos, al observar que los sobres tenían un corazón flechado y que estaban dirigidos a sus esposas como información confidencial, sintieron curiosidad; lo misterioso de esa correspondencia hizo que ambos quisieran conocer su contenido, por lo cual, con mucha delicadeza, abrieron cada uno de los sobres, encontrando dentro de estos una foto de sus mujeres, al lado de un hombre desnudo que salía de una inmensa torta. También hallarían en los sobres una pequeña nota en la que su amiga les indicaba que, para obtener el acceso al lugar, debían presentar la fotografía en la entrada del club.

En otro párrafo de la nota les aclaraba que, por ser una despedida informal, en donde habría solo mujeres, se les exigía ir en ropa casual. Zeledón y Evandro, luego de satisfacer su curiosidad, sellaron de nuevo los sobres y los devolvieron al buzón. Cuando Zuly y Olmeda abrieron su correspondencia y leyeron la nota, se dieron cuenta de que la fecha de la celebración coincidía con su próximo encuentro clandestino, y aunque se trataba de su mejor amiga, no se harían presentes, pero ambas usarían esa invitación como la excusa perfecta para sus salidas.

Mientras Olmeda seguiría la recomendación escrita en la nota, Zuly, en su apartamento, desde horas antes comenzó a maquillarse. Allá frente al espejo, se probaría por más de una vez cada uno de sus mejores vestidos hasta escoger entre todos el de mayor elegancia. A Evandro le parecieron sospechosos esa exageración y el entusiasmo de su mujer, pues en la invitación se estipulaba que las invitadas debían ir en ropa casual. Su desconfianza lo llevó a comentarle el suceso a su hermana, quien, decidida a ayudarlo, le esperó en la parte trasera del edificio. Así que, cuando Zuly salió a buscar a su vecina, su cuñada entró y quedó a cargo de los niños; con esto, Evandro fue libre para seguirle los pasos a su esposa.

Diez minutos más tarde, Olmeda y Zuly tomaron el taxi, y Evandro, desde la distancia, se enfocó en su persecución. Transcurrido un cuarto de hora, ambas se bajaron frente a una discoteca; allá, en el parqueadero de ese lugar, las esperaban dos hombres, quienes al verlas las recibieron con un fuerte abrazo y un beso apasionado.

Desde el otro extremo, Evandro grababa la escena en su celular; encolerizado, observaba cómo su esposa era acariciada por otro hombre. El amante, luego de manosear por unos segundos sus partes íntimas, la tomó de la mano y juntos caminaron hasta un bar latino, de donde, después de unos tragos, salieron sin rumbo fijo.

Evandro, que en simultáneo les seguía a la distancia, llegó con ellos hasta un motel. Allá esperó hasta que ambos entraran a la habitación; acto seguido, se acercó hasta la ventana y, a través de una pequeña ranura, observó cuando los dos se tiraron a la cama. Al momento en que iniciaron la acción, él, con mucha delicadeza, abrió la puerta del pequeño salón y filmó lo que en ese instante estaba aconteciendo. Terminada su filmación, se lanzó sobre los dos y les emprendió a trompadas, descargando en su rival toda su furia. Zuly, temerosa, gritaba desesperada; sus alaridos perturbaron la aparente calma de todo el motel. Kike, quien estaba con Olmeda en la habitación contigua, salió a observar qué sucedía. Al darse cuenta de que Evandro golpeaba a su amigo, intervino en la pelea, por lo cual, al llegar la Policía, sorprendió a los dos golpeando al marido engañado.

Los cuatro fueron llevados hasta la comisaría, donde al hacer el informe, la oficial les confirmó que ambos, por tener vencidas sus visas de estudiantes, estaban infringiendo las leyes de Canadá. Debido a ese delito, quedaban bajo detención preventiva y pasarían a manos de Emigración, quienes se encargarían de deportarlos a su país de origen.

Evandro, basado en la traición de su mujer, alegó en su reporte que no quería ver a su esposa en el apartamento; esto haría que la oficial ordenara a Zuly pasar el fin de semana en un refugio. De momento, él quedaría con la custodia de sus hijos, hasta que un juez en la Corte decidiera quién de los dos sería su tutor.

Esa noticia y la pérdida de su amante embargaban a Zuly de nostalgia, y aunque la tristeza también afectaba a Olmeda, en ella la melancolía no sería tan notoria como la que estaba sufriendo su vecina, con la temporal ausencia de sus hijos.

Los pocos días que estaría sin ellos le harían entender a Zuly el dolor que produjo su traición. Por otro lado, Evandro, al notar la tristeza en sus hijos por la ausencia de la madre, la dejó regresar a casa, pero antes de su llegada le advirtió que no quería volverla a ver hablando con la vecina. Tratando de alejarse todo lo posible de la persona que había desestabilizado su matrimonio, él decidió que se cambiaran de apartamento. Aun así, esa medida no sería un impedimento para que la amistad entre Zuly y Olmeda se terminase, pues ellas seguirían frecuentándose en secreto.

Una semana más tarde de aquel humillante incidente, Evandro recibiría un citatorio para su audiencia. Llegada la fecha estipulada por el juez, la pareja se haría presente en la Corte. Al momento de su llegada, Evandro pensó en mostrar los videos; sin embargo, sabía que si lo hacía, su mujer perdería todos los derechos sobre sus hijos, por lo cual no quiso hacerlos sufrir y, bajo un acuerdo juramentado frente al juez, tanto él como Zuly se comprometieron a mejorar su relación. Asentada la cláusula en sus folios personales, el magistrado les advirtió que, si alguno de los dos reincidía en un hecho de violencia conyugal, el Estado se quedaría con la custodia de sus hijos. Dictada la sentencia, les impuso como castigo asistir a quince sesiones de psicoterapia familiar.

Evandro quiso evitar habladurías sobre ese hecho tan depravado de Zuly y Olmeda, por lo cual decidió no contarle a Zeledón nada de lo sucedido. Aun así, tiempo más tarde, los rumores de infidelidad que involucraban directamente a las dos mujeres le llegarían a Zeledón a través de comentarios callejeros. Él, por no tener evidencia contundente de lo que se decía, no les daría importancia.

La reincidencia de Zuly y el infierno de Zeledón

Seis meses después de lo pactado en la Corte, la vida entre Evandro y Zuly daría un nuevo revés, pues él, dolido por su traición, no la volvió a buscar en la intimidad. Ella, agobiada por el trato degradante y su indiferencia, se encerró en su propio mundo, y aunque se sentía culpable de ese proceder, no dejaba de ser mujer. Llevada por aquella pasión de la carne, quiso volver a sentirse como tal, así que buscaría con quién desahogar aquel fuego que le quemaba las entrañas, exigiéndole sexo. Este deseo incontrolable en ella provocaría en su pareja un nuevo conflicto, ya que Evandro la encontraría acariciándose con otro hombre. Sin embargo, en esta ocasión, no la emprendería contra su rival de turno, y Zuly sería quien se llevaría su golpiza. Luego de la paliza, Evandro, con ironía, le advirtió:

—Si no quieres perder a nuestros hijos, llévame a la Corte.

Aunque en Zuly aquello fue su mayor deseo, la caución firmada ante el juez tiempo atrás le ató las manos.

Días más tarde de aquella nueva infidelidad, Evandro se marchó del apartamento y se consiguió una amante clandestina. Esas circunstancias hicieron que Zuly decidiera regresarse al Brasil con sus hijos, pero sin la firma del padre no podía sacarlos de Canadá. Confiada en que por ser mujer tenía todas las de ganar, clamó ante la Corte el permiso de sus salidas. Ese día en el estrado, Evandro, en venganza por la osadía de su esposa, le enseñó el video a la jueza, quien, al observar las escenas de traición, determinó que Zuly no cumplía con los requisitos para quedarse con los niños y sentenció que los dos pequeños pasarían a un orfanato, en espera de padres sustitutos.

La primera en aplicar por ellos ante la Corte sería la amante clandestina de Evandro; con el paso de los días, ella se ganaría ese derecho por ser la más calificada. Un juez le otorgaría sus custodias, sin tener ni idea de la secreta relación que había entre ambos; con esto, la perdedora al final sería Zuly, quien abandonada y sin más opción tendría que marcharse sola.

En el instante en que a Zeledón lo enteraron de este acontecimiento, también le confirmaron el engaño de su mujer. Esa noche en la habitación, Zeledón, con su ego de macho herido, le reprochó a Olmeda su mal proceder. Ella, como siempre haciéndose la víctima, se arrodillaba y con lágrimas en los ojos le juraba que sería incapaz de jugarle una traición. Olmeda, resentida por la insinuación de su esposo, se retiró a dormir a otro lugar.

Debido a las circunstancias, a Zeledón ya no le gustaba permanecer por las tardes en su apartamento. Cuando no salía a trabajar unas horas extras, lo hacía con algún pretexto.

Una mañana, al caminar por los alrededores de la comunidad, Zeledón observó un aviso en donde necesitaban una pareja para efectuar la limpieza de un restaurante. Luego del contacto telefónico, consiguió el contrato. De inmediato a que acordaron la forma de pago, Zeledón pensó en su mejor amiga, quien, después de escuchar su proposición, aceptó ser su socia. Cuando Olmeda se enteró de la decisión de su esposo, se llenó de celos; esto haría que ella regresase a dormir con él en la misma habitación. Esa noche Zeledón, al verla llegar y ver que se tiraba sobre la cama, no le dio importancia. Por unos días, controló su deseo erótico y no la buscó para tener sexo; cuando ella lo hacía, él la rechazaba. Ese desinterés de su esposo llevó a Olmeda a buscar sus juguetes sexuales y masturbarse en su presencia, sabía que Zeledón no resistiría tanto erotismo y caería rendido en mitad de sus piernas. Logrado su objetivo, ella arrojaba el colchón sobre la alfombra, pues la faena que se le aproximaba sería bastante dura y no querían con el ruido indisponer a sus hijos.

A partir de esa noche, Olmeda comenzaría a jugar con la debilidad de Zeledón; lo sometió de nuevo a sus jornadas de sexo, se dedicó por completo a saturarlo de placer. Su comportamiento en la cama haría que Zeledón se olvidara de momento todas las sospechas que circulaban por su mente. Con esto, ella atizaba el fuego para que la hoguera se mantuviese encendida y poder dar sin obstáculos el segundo paso del plan original que traía elaborado desde el Brasil.

Olmeda, al no poder tener a Kike, enfocó de nuevo su pensamiento en el joven amante de Bahía y comenzó a contactarle a través de mensajes de texto. Sin embargo, para cumplirle la promesa, debía lograr que Zeledón, en un momento de desespero, cometiera una locura y así tener pruebas para llevarlo ante la Corte. A ella no le daba temor conseguir una reacción violenta en Zeledón; estaba segura de que, aunque tuviese motivos de sobra, él no se atrevería a golpearla. Al descartar esa posibilidad, Olmeda optó por presionarlo psicológicamente y para eso ella era una experta. Así que esa noche, al llegar Zeledón a la habitación, encontró el colchón sobre la alfombra. Él conocía que eso significaba placer; desesperado por la falta de apareo, en aquel momento quiso tener sexo con ella y empezó a acariciar una y otra vez su parte íntima por encima del cachetero. Olmeda, haciéndose la dormida, no reaccionó a sus caricias. Instantes después de sus rechazos, volteó la cabeza y miró la práctica de masturbación de su esposo, a quien había convertido en adicto sexual, tanto que, para poder conciliar el sueño en las noches, debía tener un orgasmo con ella. Por unos segundos, ella observó cómo su compañero se masturbaba; luego, sin importarles los bajos instintos del hombre que compartía su cama, continuó con la tónica de días atrás: le daba la espalda y seguía en su sueño. Esa frivolidad en aquella habitación ya se estaba haciendo común, en las últimas madrugadas. Los rechazos y su apatía harían que Zeledón una noche, lleno de furia, se levantase del colchón y la emprendiera a patadas con los objetos de la habitación. El ruido, aunque despertó a sus hijos, no los alarmó, ya que entre los dos no se escuchaba discusión alguna.

Al llegar la mañana, mientras Zeledón se duchaba, Olmeda acomodó los objetos en su lugar. No obstante, antes de hacerlo y sin que él se diese cuenta, les tomó varias fotografías.

La frialdad en el lecho por parte de Olmeda continuaría semana tras semana. Transcurrido ese tiempo y al no obtener Zeledón las dosis de placer a las que ella lo tenía acostumbrado, entró de nuevo en crisis y perdió el control. Una noche, después de buscarla insistentemente en la intimidad sin ser correspondido, Zeledón se ofuscó de tal manera, que se levantó camino a la cocina y tomó un cuchillo. Olmeda, al observar a la distancia la ira en sus ojos, se retiró a dormir con su hija mayor. Segundos después, al regresar Zeledón y ver que su esposa no estaba allí, su desenfreno aumentó y destrozó el colchón a puñaladas. Su acción sería la oportunidad perfecta que Olmeda buscaba; con esa prueba, bien podía acusarlo ante la Corte de acoso sexual o tortura psicológica, por lo cual ella se lo hacía saber de manera amenazante, hasta en el más mínimo roce. El hecho de recordarle que lo tenía en sus manos hacía que Zeledón se llenase de inseguridad y cólera a la vez, y que de su boca brotaran palabras soeces; enfrente de sus hijos, le reprochaba ser una vagabunda desvergonzada. Sus gritos y ofensas hacían que ellos se colocaran en contra de su padre, pues no aceptaban lo que escuchaban de él y entraban en defensa de su madre. Un día, los dos, dolidos con él, le amenazaron con llamar a la Policía si no dejaba el apartamento por las buenas. Zeledón, sabiendo que eran capaces de hacerlo, se retiró hasta un centro comercial, donde al usar su tarjeta le confirmaron que esta había sido cancelada. Al no obtener el dinero ni para pagar una noche de hotel, no le quedó otra opción y decidió regresar a su apartamento.

A medida que en aquel supuesto hogar pasaban los días, Zeledón conservaba la esperanza de que cambiasen las cosas entre los dos, y aunque se esforzaba al máximo por lograrlo, eso no le sería posible, porque así él aparentase una calma total, estaba viviendo en su mente un mundo de contradicciones y dudas, a las cuales quiso tapar con una mano. Pero esa barrera no sería tan resistente y, de un momento a otro, habría de colapsar.

Días más tarde de aquella aparente reconciliación, Olmeda, mostrando un interés ficticio, se levantó una mañana muy cariñosa y le dijo que le amaba. En medio de esa expresión de cariño, también le propuso dejar de vivir en concubinato y contraer matrimonio. Zeledón, que tenía tiempo de no escuchar una palabra amorosa de su boca, tomó aquel halago sin interés; con un no rotundo, rechazó su oferta. Le aclaró que, mientras no tuviera confianza en ella, eso no sería conveniente. Su reproche no le causó enfado a Olmeda, quien segura de sí misma le recordó con ironía que todos somos inocentes hasta que se demuestre lo contrario. Además, le advirtió que el amor no conoce barreras, y si su amiga Eliana había logrado casarse siendo una verdadera vagabunda, ¿por qué no ella, que había sido mujer de un solo hombre?

Zeledón, con el ánimo de no entrar en polémicas que generaran una discusión, no argumentó nada más, se limitó a tomar su bolso y se marchó al colegio.

Esa tarde, al llegar al apartamento, Zeledón encontró a Olmeda en un solo llanto. Él pensó que sus lágrimas se debían al *impasse* de horas atrás. Sin embargo, la razón del lamento de su esposa había sido la llamada de su hermana, quien le advirtió que su padre estaba gravemente enfermo y su deber como hija era hacerse presente. Zeledón, conmovido al escuchar la noticia, de inmediato le recomendó a Olmeda llamar a la agencia de viajes y adelantar la fecha de partida. Llegada la mañana, ella le pidió que la acompañase a firmar ante un notario el permiso de salida de su hijo. Luego de confirmar sus pasajes, avisó en los colegios que tanto ella como Henry estarían ausentes por unas semanas; aquel vaticinio sería un desacierto, ya que sus estadías se prolongarían durante tres meses. Sin tenerlo planeado, esa emergencia familiar de Olmeda habría de coincidir con el viaje vacacional de su hija Karen al Brasil. La soledad y la duda sobre su esposa harían que Zeledón entrase en depresión, por lo cual, cuando él y mi persona nos encontrábamos en el colegio, yo improvisaba alguna charla e intentaba con mi actitud sacarlo de su aflicción. Sin embargo, siempre él lograba desviarme del tema y terminábamos hablando de su vida.

Un día antes de que Olmeda regresase del Brasil, Zeledón tomó la decisión de abandonar su ficticio hogar, pues presintió que su mujer en São Paulo no estuvo al cuidado de su padre y que, a lo mejor, la enfermedad le había servido de pretexto para pasarlo en Bahía con su joven amigo. Zeledón no estaba errado, ya que su hipótesis coincidía con la realidad: ella, al llegar a casa de sus padres, lo haría acompañada de su amante. Allá convenció a todos de que el joven era uno de los mejores amigos de su esposo; aquel argumento hizo que ellos lo hospedasen con toda confianza y le brindaran comida y albergue el tiempo que considerase conveniente.

Cumplidos los tres meses de su estadía, Olmeda retornaría de nuevo a Toronto. Al llegar al apartamento y no encontrar las cosas personales de Zeledón, entendió que les había abandonado y, aunque no tenía idea de hacia dónde se marchó, lo buscó por todas partes, le envió mensajes y le llamó a su celular. Pero él, empeñado en no saber nada de ella, cuando observaba su número en la pantalla no respondía a su llamada.

Una noche Zeledón, al contactar a sus hijos a través del celular, escuchó a su esposa que lloraba como una niña. En medio del llanto, ella le argumentaba lo mucho que le extrañaba y le suplicó que regresase. A Zeledón no lo sorprendieron sus sollozos, sabía que para eso ella era una experta. No obstante, el motivo de su ruego le confundió, ya que supuestamente, al haber pasado su "luna de miel" con un hombre joven, debía estar saturada de sexo, y entonces, no entendía su insistencia en que volviesen a estar juntos.

Transcurridos unos días, Zeledón volvió a meterse bajo sus sábanas, aunque, según él, esta vez sería más por intriga que por placer. La curiosidad por saber si le había sido infiel se le había convertido en obsesión; su deseo de que ella tuviese el valor de decírselo en la cara lo llevó a inventar toda una película. Fue así como una noche, sentado sobre la cama, Zeledón le confesó que no le tenía confianza, porque todo en ella era sospechoso. También le aclaró que él no había sido un santo y que, durante su estadía en El Paso, había tenido varias amantes, entre ellas una menor de edad, quien fue la niñera de Henry.

Su intención de aquel momento fue sacarle la verdad. Sabía que Olmeda, dolida, habría de reaccionar y terminaría respondiéndole a su traición de igual manera; mas no sería así, sino que ella, haciéndose la víctima, recurrió al llanto y a las ofensas degradantes. En secreto, lo señalaría ante sus hijos de maniático y depravado sexual.

A la mañana siguiente, al regresar Zeledón del colegio, se encontró con su maleta en la calle y las manecillas de los cerrojos cambiadas. Aunque intentó por todos los medios lograr que le abriesen, no lo consiguió; sin más opciones de albergue, recurrió a mi ayuda.

Días después, él sería llevado a la Corte y un juez les declararía legalmente separados. Aun así, Olmeda le dio una copia de la llave y le otorgó la libertad de ir a visitarles cada vez que lo desease. Desde ese instante, las cosas entre ellos cambiaron; aunque estaban separados, continuarían teniendo sexo. Olmeda, de esposa, pasó a convertirse en su amante.

En aquellos días, cuando Zeledón llegaba a visitar a sus hijos, muy pocas veces encontraba a los dos allá; oportunidad que Olmeda aprovechaba para invitarlo a esperarles al segundo piso de la vivienda. Al hacerlo, su intención era excitarlo, ya que, para esa ocasión, ella usaba una pequeña minifalda sin ropa interior debajo, con lo cual, al caminar por la escalera, le enseñaba sus partes íntimas. Zeledón, aún aferrado a su adicción por ella, no podía controlar tal tentación y ambos terminaban revolcándose en el sótano.

Así en esa tónica pasaron varios meses; durante ese tiempo, Olmeda se mantuvo en contacto con su joven amante de Bahía y planearon que, llegado diciembre, la boda se realizaría en secreto. Su deseo de mantener a Zeledón engañado y el temor de que su padre se opusiese la obligaban a tomar esa decisión.

Semanas antes de la fecha de matrimonio, su padre, quien estaba pasando por una grave enfermedad, murió. Olmeda, debido a las circunstancias, retornó de nuevo a São Paulo, en donde su joven amante la esperaba, y juntos llegarían para el sepelio. Aunque con la muerte de su padre ella quedaba libre de hacer lo que quisiese, no cambiaría de momento su plan original.

Las consecuencias de la boda

Aquella noche de diciembre, Zeledón se encontraba recordando con nostalgia a las tres personas que, hasta ese momento, eran las más importantes en su vida, aunque les daba a entender lo contrario por el dolor que sentía su alma, pues él sabía que lo más probable era que su mujer de tantos años, allá a la distancia donde se hallaba, continuara con su traición. Aun así, Zeledón guardaba la ilusión de que ella habría de regresar y al verla él de nuevo no podría contener sus ganas de besarla y hacerle el amor, ya que su cuerpo era como una adicción a la droga, y hacía tiempo que no tenía su dosis de placer y estaba en crisis. Por esa circunstancia, Zeledón sabía que, en el instante menos pensado, terminaría rogándole para que se metiese bajo sus cobijas, aunque fuesen unos minutos. Ya no le importaba que su mujer amada fuera, como decían sus amistades, una completa prostituta. Él aún no había comprobado esos rumores que circulaban en boca de sus amigos, por lo cual veía esas habladurías solo como especulaciones, pues Olmeda, para sus ausencias y viajes, siempre tenía la coartada perfecta, así a muchos le pareciese sospechosa. No obstante, cuando el tiempo es justo con quien tiene la razón, se encarga de sacar a flote la verdad. Para ese momento, el destino le tenía guardada una sorpresa a Zeledón, aunque ya Olmeda se la había dado a sus hijos con anticipación, pero ellos, por tratarse de su madre, otorgaron al callar. Con esto, los dos de cierto modo también habían traicionado a su padre.

Aquella noche, horas antes de conocer la verdad y en medio de su soledad, Zeledón se acercó hasta el ventanal de su habitación. Allá, por unos minutos, se entretuvo viendo caer los copos de nieve sobre el árbol frente a su casa. Él observaba, concentrado, cómo una rama atrapaba el producto de aquel fenómeno natural; luego de unos segundos, vio cuando esta, sobrecargada por el peso, se desgarraba del tronco y caía contra el suelo. Esto lo hizo recordar al instante la razón por la cual se había parado del sofá en donde minutos antes estuvo recostado, ya que de repente su hija Karen le había dejado un mensaje en el celular, en el que le decía: "Papá, por favor, llámame, es urgente". De inmediato a su reacción, Zeledón se dispuso a volver al sofá; no había dado el primer paso, cuando de pronto el silencio de aquella habitación fue interrumpido por el sonido del teléfono. Sorprendido, miró su reloj y, al ver que este marcaba la medianoche, se imaginó que aquella llamada no era para nada buena. Al alzar la bocina, Zeledón escuchó la voz de su hija Karen, quien embargada por su llanto le expresó:

—Papá, ¡perdóneme! Usted tenía la razón cuando colocaba en duda la reputación de mi madre. Hoy, con el dolor en el alma, tengo que reconocer que haber estado a su favor fue mi más grande error.

En medio de su odio momentáneo, Karen le explicó que, desde unos meses atrás, ella, a través de sus amistades, comenzó a escuchar los chismes de la infidelidad de su madre, y queriendo confirmar la verdad, viajó hasta Bahía. Allá descubriría que, durante el tiempo en que él estuvo radicado en El Paso, Olmeda había tenido varios amantes, y con uno de ellos se casaría el próximo viernes. Luego del anuncio, Karen agregó que hacía mucho sospechaba de este último, pues un día en que ella se quedó estudiando hasta tarde donde una amiga, al llegar a casa los encontró a ambos en el cuarto. Cuando le exigió a Olmeda una explicación de su presencia, ella le juró arrodillada y llorando que entre ellos dos no había nada. Karen, al creerla sincera, le creyó, pero todo eso era falso, ya que el año anterior, cuando supuestamente Olmeda viajó a Río de Janeiro a visitar a su padre moribundo, eso fue tan solo un pretexto para irse al encuentro de su amante. De esta versión ella se enteró estando en Toronto, a través de sus contactos en el Facebook; también por boca de quien menos ella se imaginaba conoció que su madre había viajado de São Paulo a Bahía y que allá había dejado a su hermano Henry al cuidado de su tía y una sobrina, quienes eran sabedoras de aquel romance y la apoyaban en todo.

Karen, basada en las circunstancias, llamó a Olmeda a casa de Matilde, su abuela materna, y, a través del teléfono, le dio a entender que era una vagabunda, una sinvergüenza irresponsable, mas no le comentaría nada de lo que sabía, por dos razones.

Una, porque quiso comprobarlo con sus propios ojos. La otra, para tener el gusto de restregarle esa verdad en la cara y poder despojarla de aquel manto con el que ella aparentaba ser toda una señora.

Debido a los rumores de infidelidad escuchados sobre su madre en las últimas semanas, Karen aquel año adelantó su viaje a Bahía y comenzó a hacer sus propias averiguaciones. Allá se enteraría de aquella triste realidad y de otras más muy dolorosas de aceptar, pero que lastimosamente eran una verdad que ya no podía esquivar.

Al principio, Karen se negaba a creerlas, pues pensó por momentos que todo se trataba de una exageración de comentarios encontrados. Así que habló con Marina, la mejor amiga de su madre y la única persona capaz de desengañarla. Marina, más que conocer el pasado de Olmeda, había sido encubridora de sus amantes, y aunque hasta ese momento mantenía su lealtad hacia ella, al ver la desesperación en Karen le remordió la conciencia, y el peso de la culpabilidad por su silencio le haría desahogar su alma. En aquel momento, Marina comprendió que tanto el esposo como la hija debían conocer los deslices de Olmeda. Arrepentida de su falsedad, le pidió disculpas a Karen por haber sido la cómplice de su amiga y le aseguró que aquello no era un chisme callejero, sino una dura realidad. Luego de su revelación, le dijo:

—Puedes decirle a tu madre, con nombre propio, quién fue la persona que divulgó toda la verdad.

No obstante, Olmeda jamás se enteraría de que su amiga fue quien la traicionó.

Aun con esa certeza, Karen quiso escuchar de la propia boca de su madre las confesiones de sus engaños. Sacarle tal secreto no sería tan fácil, pues Olmeda era muy astuta, por lo cual a la joven le tocaría idearse un plan.

Esa misma tarde, sin que Olmeda tuviese idea de su presencia, al conducir su auto, Karen comenzó a seguirle. Minutos después, ella observó cuando Olmeda estacionaba el coche frente a la casa de su nueva familia; allá, la recibieron con abrazos y besos, correspondiendo ella a su cariño con un obsequio para cada cual.

Al salir el futuro esposo de su madre, Karen pudo comprobar que era el mismo muchacho que, cinco años atrás, ella había encontrado en el cuarto con Olmeda; el hombre de quien Olmeda le hizo creer que era su amigo. Ya confirmado, se regresó a casa de su abuela paterna Carmelina y desde allá le comunicó a su madre en qué lugar se hallaba en Bahía. Luego se dedicó a esperarla, ya que sabía que de un momento a otro Olmeda llegaría a buscarla. Al hacerlo, Karen le inventó una mentira acerca del hombre con quien su madre tenía planeado casarse; ella, muy eufórica, le dijo que, una vez estando en El Paso, su joven amigo llegó a buscarla, pero al ver que se encontraba sola trató de violarla. La reacción de Olmeda por tal calumnia no se hizo esperar, y como un dictador protegiendo su imperio, lo defendió a capa y espada; histérica, le expresó:

—Eso es imposible, porque él es mi amante desde hace años. Lo tengo tan aferrado a mi amor, que bajo ninguna circunstancia haría una cosa así. Yo soy para él la razón de su vida y el motivo de sus alegrías. Y si ambos estamos en Bahía, se debe a que la próxima semana nos casaremos por lo civil.

En el momento que le divulgó la verdad, a Karen la sangre le hirvió dentro de las venas, y aun siendo su madre, la tomó con furia del cabello y sin escrúpulos le gritó:

—Descarada, vagabunda, cambiada por mierda eres cara. ¿Cómo pudiste engañar a mi padre por tanto tiempo?

Olmeda, como extrañada por tal reacción, le dijo:

—No queda duda de que eres digna hija de Zeledón, heredaste su violento ADN.

Karen, encolerizada, le respondió:

—Es mejor llevar los genes de mi padre y no la sangre de ramera que llevas en tus venas. No tuviste pudor ni con mi hermano Henry, ya que una noche les encontró a ti y a tu amante en la cama teniendo sexo. Aunque hacía rato él conocía esta verdad, por ser un niño se dejó manipular; le hiciste creer que, si contaba lo que vio, te perdería para siempre.

Karen, por el mal procedimiento del ayer en contra de su padre, reconoció, aunque tarde, que él siempre tuvo la razón cuando celaba a Olmeda. Sin duda, ella era una mala mujer; pensaba casarse sin decirle nada a nadie, para así continuar siendo su amante en Toronto, estando casada con otro en el Brasil. Si no hubiera sido por mi ingenio, lo hubiese logrado.

Ya estando Olmeda descubierta, no tenía sentido para ella seguir con su hermetismo, y llegada la víspera de su matrimonio, haría sus invitaciones. Cuando invitó a su madre al casamiento, ella, con mucha decepción, le dijo:

—¡Lo siento, hija, pero no asistiré a su boda! Porque no estoy de acuerdo con usted, ya que yo, como esposa, he vivido con un hombre que me dio mala vida hasta momentos antes de morirse, y aun así, estuve a su lado hasta el día de su muerte.

Otros que le darían la espalda a Olmeda serían sus hermanos; ellos, después de confirmar lo que se decía de ella, la catalogaron como una prostituta, que no se merecía ni el saludo. Las únicas familiares en asistir a la boda serían su hermana y su sobrina, además de Marina, su cómplice en São Paulo.

Al enterarse Zeledón de que Olmeda se había casado en Bahía con aquel joven que una tarde había sorprendido chateando con su esposa, comprendió que por muchos años había sido un cornudo. Hasta ese momento, no entendía la revelación de su hijo menor, quien una vez en El Paso le dijo:

—¡Papá! Yo sé qué es tener sexo.

Zeledón recordó la pregunta que, con alarma, surgió de su boca en aquel instante:

—¿Eso es lo que le están enseñando en el colegio?

—¡No! —respondió el infante—. Lo digo porque, una noche entredormido, yo les vi a usted y a mi mamá haciendo el amor.

Su señalamiento sorprendió a Zeledón, ya que tenía años que no visitaba su casa en São Paulo. Aun así, no pensó que lo observado por su hijo fuese una traición de Olmeda; su seguridad en ella hizo que confundiese la realidad con una visión prematura, en su inocencia de niño.

A medida que Zeledón analizaba aquellos hechos del pasado, conocía los bajos instintos de su ex mujer, pero lo más degradante para él fue saber que ella pretendió casarse en secreto, con la intención de traicionar a su nuevo marido y, a la vez, seguir engañando a su persona con un falso amor. Ese descubrimiento, aunque demasiado tarde, llevó a Zeledón a pensar en su dignidad, por lo cual debía limpiar su honor con sangre.

Durante varias semanas, Zeledón, debido a su dolor en el alma, no pudo dormir, pese a que tenía claro que Olmeda en ese momento era tan solo su amante temporal y que, de un instante a otro, ella habría de casarse. Pero si esto sucedía, él esperaba que fuese con alguien que conociese en Toronto; eso hubiese hecho menos evidentes sus traiciones.

A medida que pasaban los días, el estado anímico de Zeledón empeoraba. Poco a poco, la depresión y su ansiedad de venganza le llevaron a tocar fondo. Al refugiarse en su soledad y en los recuerdos de Olmeda, la vida perdió el sentido para él; su crítica situación se complicó aún más cuando, a través de Marina, conoció en detalle las diferentes traiciones de su ex mujer. Esto haría que, por dos semanas, Zeledón se alejase del colegio, bloqueara su Facebook y no respondiera a mis llamadas; su actitud me advertía que estaba en un grave problema. Preocupado por tal comportamiento, le llamé a su casa, pero al escuchar a la operadora decir que el número era equivocado, confirmé que algo fuera de lo normal le estaba sucediendo; angustiado, me dediqué a buscarle en todos los lugares que él solía visitar, mas en aquel momento no me sería posible hallarle, pues Zeledón se encontraba en otra ciudad.

Él, tratando de olvidar su recuerdo, se embarcaba de *tour* en *tour* sin una dirección fija. En uno de estos viajes, estuvo a minutos de perder la vida; ese día, de cierta manera, le acompañó la suerte, ya que en el autobús en el que iba se habría de desencadenar un fatal episodio. Aunque en las primeras horas de aquel viaje, todo transcurrió en una calma relativa, nadie dentro del inmenso automotor pensó que el pequeño personaje de ojos rasgados y de apariencia apacible, sentado en los primeros puestos del vehículo, era un psicópata en potencia que ideaba en su mente maquiavélica un plan terrorífico. El hombre, a pesar de que cada cuarto de hora dejaba su asiento para dirigirse al baño, no despertó sospechas; por su sumisa actitud, confundió a todos. A medida que él daba sus pasos dentro del vehículo, observaba uno a uno a sus ocupantes. En esa tónica continuó hasta ver llegar la noche, hora en que la mayoría de los pasajeros entraba en relax total. Aprovechando que unos se entretenían mirando el video del instante, otros leyendo un libro y los más relajados dormían, el psicópata daría inicio a su arremetida.

Diez minutos antes de su recorrido postrero, él escogió a su víctima entre los presentes. En ese momento, su opción más viable fue Zeledón, por encontrarse dormido en el último de los asientos, pero al instante en que el verdugo se acercó a su objetivo, Zeledón despertó sobresaltado. El psicópata, al ver que su futura víctima era un emigrante cuyo ánimo estaba algo contrariado, optó por una segunda alternativa: se inclinó por un joven que se hallaba a escasos metros de donde Zeledón estaba ubicado.

El hombre, después de su análisis, retrocedió a su asiento y de una gaveta del portaequipaje tomó un pequeño morral del cual extrajo un cuchillo de sierra y procedió a darle rienda suelta a su caótica imaginación. Sigiloso como un felino, llegó hasta su víctima, presionó su mano contra su boca y le deslizó fugazmente el cuchillo por la yugular. De inmediato a su escalofriante acción, el muchacho comenzó a convulsionar, mientras la sangre emanaba a borbotones; su mano, sin fuerzas, tratando de suspender la muerte, se aferraba al brazo de su asesino. Minutos después de aquel fatal ataque, la vida del joven se escapó de su cuerpo.

Aquellos que sintieron caer las chispas de sangre sobre sus cabezas y extremidades, por encontrarse en la oscuridad, pensaron que se trataba de gotas de agua emanadas del sobrecalentamiento de la calefacción del bus, pero los gritos de terror brotados de quienes leían los hicieron salir del engaño.

El conductor, al escuchar la histeria colectiva, estacionó el vehículo, activó la alarma y las luces de emergencia, con lo cual todos los presentes pudieron observar que el psicópata portaba en su boca un cuchillo ensangrentado y en su mano izquierda, un arma de fuego. Instantes después, los pasajeros, invadidos por el temor, se bajaron del ómnibus en cuestión de minutos, en cuyo interior solo quedaron el psicópata, la víctima y una joven mujer a quien, en medio de un *shock* nervioso, le fue imposible levantarse del asiento. Sus piernas, en ese momento, quedaron paralizadas, como si hubieran echado raíces en la plataforma, y aunque todos desde el exterior hacían fuerza mentalmente para que ella superase su crisis, nadie subiría a auxiliarla. En medio de esa impotencia, se vio obligada a ser la testigo ocular de los hechos.

Ya con el noventa y nueve por ciento de los pasajeros a salvo, la puerta del bus fue asegurada y se le dio aviso a la Policía.

Mientras la autoridad se hacía presente, el psicópata terminó de desprender la cabeza del cuerpo de la víctima y comenzó a extirpar de esta algunos órganos, de los cuales tomó la nariz y la oreja, y los ingirió como su cena. Luego de ese acto de canibalismo, continuó con su ceremonia macabra; le amputó la oreja derecha y la introdujo en el bolsillo de su pantalón.

Aquel proceder tan escalofriante llenó de temor a los demás pasajeros, quienes presentían que la mujer correría la misma suerte del joven.

El tumulto de la gente en la vía hizo que viajeros de otros vehículos, al enterarse de lo sucedido, quisieran intervenir para socorrer a la dama. Al momento en que ellos pensaban actuar, el psicópata corrió la ensangrentada cortina de la ventana y exhibió la cabeza decapitada como un trofeo, a la cual le apuntó con la pistola y con eso los hizo abstenerse de su intención.

Segundos más tarde, un escuadrón antiterrorista tomó por asalto el vehículo, rescató a la mujer y sometió al psicópata a su dominio. Superado ese percance y por recomendación del médico, todos los pasajeros, a excepción de Zeledón, recibirían tratamiento psicoterapéutico; y aunque él fue incluido en la lista de beneficiados, no asistiría, ya que mentalmente estaba viviendo su propio trauma. Abatido por sus recuerdos, luchaba por vencer las secuelas de su desengaño.

Luego de varios días de incertidumbre, un domingo, caminando por un centro comercial, lo encontré sentado en una de las bancas del pasillo. Su aspecto me sorprendió, pues nunca antes le había observado con el cabello desgreñado, sin afeitarse y mal vestido; prácticamente parecía un vagabundo. Aún más me alarmó ver su cara demacrada y el temblor en sus manos a causa del insomnio, y de días enteros sin ingerir alimento alguno. Aquel proceder tan degradante no se debía a que no tuviese dinero para su sustento, sino a su deseo de no seguir viviendo; estaba tan consumido por la depresión, que al verlo me costó trabajo aceptar que fuese él. Me situé a su lado, dispuesto a escucharle y ayudarle a salir de su estado emocional; sabía que, en ese instante, Zeledón necesitaba una persona en quien desahogar toda su tristeza. Él, al percatarse de mi presencia, me convirtió en el confidente de días atrás, y luego de relatarme el fatídico episodio vivido en las últimas horas, comenzó a retroceder en su mente la película de su vida.

Paso a paso, recordó los hechos que le advertían de los arbitrarios acontecimientos que estaban sucediendo, pero que él, en aquel instante, no percibió y vio normales.

Entendió por qué ese día, antes de salir de Brasilia, Olmeda se desapareció por varias horas. Aquella tarde, luego de horas de incertidumbre y de haberla buscado por toda la vecindad, la vio bajar de una moto conducida por un hombre joven. Al preguntarle dónde andaba, ella le respondió que, cuando salió a caminar, se había extraviado y, gracias al muchacho que la recogió en la vía, pudo regresar de nuevo. Zeledón, agradecido por su gentileza, hasta le obsequió al joven una parte del poco dinero que le quedaba. El hecho de que Olmeda tuviese las excusas perfectas para sus ausencias impedía que Zeledón sospechase de ella en aquellos momentos, pero resultó que aquel adolescente era el mismo con quien Olmeda se casaría.

—Qué ironía —dijo Zeledón—, yo aquella tarde preocupándome por su seguridad, mientras ella, en un cuarto de hotel en Brasilia, se revolcaba con su joven amante.

Mas no solo ella lo había traicionado, también lo hicieron aquellos a quienes él creyó sus amigos. Uno de ellos era Carlos, quien, al conocer que Olmeda le estaba engañando con el sargento Leão, pensó en alertarlo advirtiéndole que tenía algo muy delicado para contarle. Cuando él quiso revelarle la traición, ella descaradamente le calló la boca, induciéndolo a que tuviesen sexo. Carlos, seducido y sin más opción, cambiaría su versión y le ocultaría a Zeledón la verdad.

Unos por amor, otros por conveniencia, el resto de ellos sería solamente para que Olmeda se vanagloriara, petulante. Nada más para decir con orgullo que todo aquel a quien colocaba en su mira no resistiría su poder de seducción.

Hasta este momento, Zeledón no comprendía por qué, estando los dos en El Paso, Olmeda se desesperaba por estar en Boa Vista. La razón de su comportamiento eran las ganas que le tenía al sargento Leão. Era tanto su deseo de seducirlo, que a Olmeda no le importó que él estuviese en vísperas de matrimonio; segura de lograrlo, con prepotencia le decía a su amiga Marina que el sargento terminaría revolcándose con ella en la cama.

Ese remordimiento de conciencia por no haberse dado cuenta a tiempo le estaba partiendo el alma a Zeledón. Yo, condolido por su melancolía, le expresé:

—¡Ya, Zeledón! Cálmese, mire que recordar todo esto le causa más dolor. Haga de cuenta que ella se murió, que no está en este mundo.

Luego de aquella larga charla, prácticamente le obligué a que me acompañase a ver una psicóloga. Su primera consulta le sería muy beneficiosa, aunque, en el momento en que contaba su pasado, la crisis de nostalgia se agudizó en él y las lágrimas de nuevo aparecieron en sus ojos, finalizando su relato en un solo llanto.

La psicóloga, después de observar que Zeledón había desahogado todos sus recuerdos, sacó de una gaveta de su escritorio una pequeña banda elástica y se la colocó a Zeledón en la muñeca izquierda, advirtiéndole de inmediato que, cada vez que los recuerdos de su amada llegaran a su mente, jalase el elástico y lo dejase ir con fuerza hacia su brazo.

Tras su terapia, la psicóloga le recomendó pasar por el terapéutico y regresar a visitarla la próxima semana; mas esa cita no sería necesaria, porque de allá él saldría con un ánimo muy diferente de como llegó.

A medida que pasaban las horas y los recuerdos acudían a su mente, Zeledón flagelaba su muñeca una y otra vez. Aquel dolor producido se sobrepondría a sus pensamientos y, una semana más tarde, aunque con el brazo inflamado por su tortura voluntaria, Zeledón lograría sacarse a Olmeda del pensamiento. Aquel castigo produjo en su mente un mecanismo de defensa que lo indujo a despojarse de su amor por ella y a llenar de odio el vacío en su corazón. Ya supuestamente recuperado del golpe en el alma, Zeledón, con la intención de pelear la custodia de su hijo, acudiría a un abogado de oficio, pero luego de días de análisis entendió que, si él se ganaba ese derecho, quien saldría perdiendo sería el niño. La razón de tal conclusión fue que Henry estaba muy arraigado al amor de su madre. Además, ella como su tutora tendría todo el tiempo para su cuidado, por lo cual Zeledón, reconociendo tales beneficios, renunció a esa ventaja, ya que no quería verle sufrir a su lado; con su decisión, también se despojaba de aquel sentimiento enraizado en su alma.

Meses después de estar desatando de su mente el recuerdo de placer que Olmeda le había dejado, Zeledón decidió darse otra oportunidad. Compactó toda su pasión resquebrajada para descargarla en el corazón de otra mujer; fue así cómo, tres años más tarde de haber visto a Claudia por primera vez, volvería a cruzarse en su camino. Con aquel encuentro, ambos se confirmaron que el recuerdo del pasado aún se mantenía vivo entre los dos. Al no tener ya Zeledón ataduras pendientes ante el altar, esos deseos se atizaron para el día de sus cumpleaños, fecha en que el destino les brindaría tanto a Claudia como a él la oportunidad de expresar el sentir de sus almas. Luego de un corto romance, se convirtieron en amantes, y aunque su aventura duraría pocos meses, sería muy sustancial.

Al principio, ellos se veían tan enamorados, que llegué a pensar que estaban hechos el uno para el otro. Sin embargo, Claudia aún arrastraba consigo la experiencia vivida por una traición de amor; esa frustración hizo que en aquel momento ella pensase que con el cariño de Zeledón se sacaría de su mente al hombre que aún le quitaba el sueño, mas no sería así. Después de unas semanas de intentarlo, recaería nuevamente en sus recuerdos pasados, pero, a pesar del corto tiempo de convivencia entre los dos y de haber dado por terminado su idilio, Claudia sería la base fundamental para que Zeledón cerrara su anterior herida. Irónicamente, la ausencia de este nuevo amor le había abarcado todos los sentimientos, naciendo en él una pena aún más grande, con la diferencia de que a Claudia la extrañaba demasiado, y cada vez que la recordaba lo hacía dulcemente, con respeto, ternura y admiración.

La odisea de Gustavo

Al pasar los meses en Toronto, la vida me brindaría nuevas sorpresas, y el encuentro con Zeledón no sería la última de ellas. Un día, al regresar del colegio, a escasos metros de donde me hallaba, ya el destino había comenzado a fraguarme mi próximo sobresalto. Esa tarde, me sorprendió el hecho de oír sobre el piso superior los ladridos de un perro y tacones repicando, como si alguien estuviese bailando; sin duda, en aquel apartamento donde no aceptaban mascotas, un inquilino había logrado conseguir que su dueño cambiase de parecer. Intrigado por conocer a mis nuevos vecinos, por varios días intenté hacer contactos con ellos, mas no tendría la oportunidad, pues en las tardes, cuando yo regresaba de mis clases, solo escuchaba las voces de dos adolescentes y música *hip-hop* a un alto volumen. Aquel inconveniente me detuvo, ya que mi intención era charlar con los adultos, pero por pasar del colegio al trabajo ellos llegaban siempre a última hora, precisamente cuando me encontraba dormido, y si era por las mañanas, salían antes de que yo me despertase. Aun así, desde los ventanales alcanzaba a ver a los dos jovencitos al salir, mas en esos momentos no me pasó por la mente que fuesen ellos; su hablar siempre en inglés y las abultadas prendas de invierno me hacían imposible reconocerles.

Cinco días más tarde de sus arribos, yo saldría con la intención de cumplir con mi rutina escolar. En ese instante, recordé que tenía una cita en la Oficina de Emigración.

Este compromiso me hizo cancelar vía telefónica mis clases matutinas y me regresé a casa, en donde, luego de dejar el mensaje en el *voice mail*, proseguí con mi objetivo. Al llegar a la institución, hice la fila y esperé hasta obtener el acceso al salón; a medida que transcurrían los minutos, por mi cabeza comenzaron a pasar los interrogantes. De todos mis episodios vividos hasta ese instante, que fluyeron en mí como por arte de magia, recordé a Sotomayor, Larissa y la desaparición de mi compadre y su familia; guardaba la esperanza de que estos últimos hubiesen tenido una mejor suerte, aunque nunca contemplé la posibilidad de que estuviesen aquí. No obstante, estando mi compadre en Toronto, lo más lógico era encontrármelo en aquella oficina, pues a pesar de lo inmensa que es la ciudad, el local era un punto obligado a visitar, ya que todo emigrante arribado a este país siempre tiene las mismas diligencias gubernamentales por hacer, y todas estas eran llevadas a cabo en el edificio de la Gobernación.

Ese día del encuentro, llegado mi turno me acerqué a la ventanilla. En ese momento, observé a la distancia a una persona que dejaba el local. De inmediato a que vi su silueta, lo identifiqué como a mi compadre; aunque me parecía inverosímil, tal deducción me mantenía intrigado, por lo cual, recibida la copia del pago, apresuré mis pasos para darle alcance y confirmar si, debido al recuerdo de minutos atrás, la mente me había traicionado.

Ya acortado el trayecto, vi al hombre entrando a uno de los baños del lugar; allá yo, preparado para una desilusión, procedí a seguirle, llevándome la sorpresa de que no estaba equivocado.

Gustavo, al verme, quedó atónito ante mi presencia y no pudo controlar su inmensa alegría; esa emoción desbordada se le brotaba por todo el cuerpo. De mi parte sucedía algo parecido, verle con vida me dio una gran satisfacción. Motivado por aquel encuentro tan difícil de creer, él exclamó con ironía:

—¡No, no, no puede ser! ¿Mi compadre aquí?

Finalizada su sorpresa, con más sarcasmo aún agregó:

—¡Realmente este mundo no es tan inmenso como lo imaginaba!

Luego del estupor, vino un abrazo, acompañado de una charla que se nos hizo bastante agradable. Parecíamos loros mojados.

A medida que se prolongaba nuestra conversación, mi compadre me sorprendía con su relato. Así continuamos hasta el parqueadero; ya en el carro, al preguntarle la dirección y saber que él y su familia eran mis vecinos, más grande todavía sería mi asombro.

Al regresar a casa, ya sus hijos se encontraban allí. Mi ahijado Raúl, emocionado por mi presencia, gritó:

—¡Padrino, padrino!

Acto seguido, corrió hacia mí y me brindó un fuerte abrazo. Instantes después, Juliana se acercó lentamente y me dijo:

—*Hi, Poet! How are you?*

Mi respuesta de aquel instante fue:

—*I am good, thanks, and you?*

Ella me contestó:

—*Not much.*

Acto seguido, la joven hizo una segunda pregunta:

—*What are you doing in Toronto?*

—*I am living here and I am your neighbor.*

—*Really! Oh, this is nice* —respondió la adolescente.

En ese momento, recordé las frases de la psicóloga, cuando allá en The Reception House, al darnos la primera charla de bienvenida, ella nos advertía que, en algunas personas tercermundistas, la presión psicológica se haría aún más evidente que en las demás, sobre todo para aquellos jóvenes que en su niñez habían sido criados sin tantas comodidades y sometidos bajo las reglas de sus padres. Estos adolescentes sin duda serían los más vulnerables; no soportarían el nuevo cambio de vida, se dejarían influenciar por el mercado de consumo y la libertad que la nueva cultura les ofrecía.

De inmediato a que observé aquella escena, me dio la impresión de que Gustavo, en Canadá, estaba perdiendo aquel control ejercido sobre sus hijos allá en El Paso. Aun así, él intentaba seguir implantándolo, por lo cual le controlaba las salidas a Juliana, la más rebelde de los dos. Trataba, de todas las maneras posibles, de someterla a su voluntad. No le dejaba tener novio ni colocarse un *piercing*, ni mucho menos le permitía un tatuaje en el cuerpo. Su régimen, hasta ese momento, le daba a mi compadre un aparente resultado, pero tal represión comenzaba a crear en Juliana un caos interior, que yo estaba seguro de que habría de explotar en cualquier instante.

Ella, resentida por lo anticuado de aquel procedimiento, a las pocas semanas empezó a mostrar su malestar. En represalia a su proceder, a Juliana le daba pena que sus amigos de la *high school* se enterasen de que ellos eran sus padres. En especial se avergonzaba de su madrastra, a quien se le hacía más difícil aprender el nuevo idioma, pues escasamente ella sabía escribir y leer en español. Juliana aprovechaba aquella dificultad con la nueva lengua para fastidiarla, hablándole solamente en inglés.

A medida que pasaban los días, la joven se las ingeniaba para despistar a su padre. Así que, al llegar el fin de semana, Juliana pacientemente esperaba hasta que ambos estaban dormidos para escaparse por la salida de emergencia; cuando retornaba a casa, lo hacía en horas de la madrugada totalmente ebria. Su comportamiento, aunque me causó preocupación, no me llevó a delatarla; estaba seguro de que, de un instante a otro, Gustavo se daría cuenta de sus furtivos escapes.

Una semana después de haber tomado la decisión de callar lo observado, la alarma de incendios inesperadamente se activó. En ese instante, tanto mi persona como mi compadre y su núcleo familiar, sobresaltados por el ensordecedor ruido, corrimos hacia la calle. Cada cual buscaba ponerse a salvo, a excepción de Juliana, quien no apareció.

Gustavo, desesperado por la tardanza, se regresó al apartamento y, al no hallarla en su habitación, se llenó de angustia, pero al observar la ventana de emergencia sin seguro, comprendió que su hija desde hacía horas se encontraba lejos del peligro. Confirmar su ausencia, aunque le dejaba menos preocupado, no lo exoneraba de su ira interior y solo con mis consejos lograría entrar en calma. Sin más opción, Gustavo volvió a la calle; minutos después, llegaron los bomberos y controlaron la situación. Aun así, él se mantuvo escondido a la espera de verla llegar. En el momento del arribo, Gustavo, muy prudente, tomó a su hija por los hombros, y luego, con frases reflexivas, le hizo entender su error. Además, le recomendó que no debería actuar de manera tan irresponsable, porque, a la larga, a quien perjudicaría sería a ella; le recordó que, por el hecho de estar en Canadá, no tenía su futuro asegurado. Aquí también se debían hacer esfuerzos y sacrificios para salir adelante; aunque es un país con muchas oportunidades, solo lograría superarse si estudiaba con dedicación y obtenía un manejo perfecto del idioma, por lo cual el inglés era la única herramienta necesaria para ejercer una buena profesión. Si aquí no aprovechaba esta oportunidad, el destino la haría ver como una perdedora, que solo sobreviviría.

Juliana, aparentando haber entendido el mensaje, le expresó:

—*I'm really sorry, dad. I promise do not try it anymore.*

Varias semanas después del compromiso adquirido, llegó el Día de Saint Patrick. Esa tarde, Juliana fue invitada por una de sus amigas de la *high school* a celebrar juntas en su casa una noche de pijamas. Al enterarse su madrastra de que el evento sería compartido por jovencitos de ambos sexos, se negó a dejarla participar; esa negativa le hizo perder a Juliana el control y comenzó a gritarle:

—*Stupid women! You are not my mother and remember, here is Canada and you cannot infringe my rights.*

Gustavo, al escuchar sus insultos, se llenó de ira y le colocó una bofetada. La reacción de Juliana fue la menos esperada: salió corriendo, se refugió en su habitación y desde ese momento no volvió a dirigirle la palabra a ninguno de los dos.

Pasados unos días de aquella reprimenda y al no haber ocurrido un nuevo incidente que alterase la tranquilidad de su hogar, Gustavo pensó que el enfado de su hija pronto se le pasaría; mas no sería así, ya que una noche él, agobiado por un test de inglés que se le aproximaba, se mantuvo desvelado hasta el amanecer. Su insomnio y la ansiedad de fumar le hicieron dar un recorrido por la cuadra. En ese instante, escuchó cuando la ventana del sótano, que comunicaba su vivienda con el exterior, sorpresivamente se cerraba. De inmediato, él se imaginó que sin duda sería su hija, quien de nuevo habría llegado ebria, por lo cual quiso confirmar su hipótesis, llevándose una desagradable sorpresa al escuchar el jadeo de pasión que ella emanaba desde su dormitorio.

Gustavo, sin pensarlo demasiado, irrumpió en la habitación, encontrando a Juliana con su novio en plena faena de sexo, e indignado por la acción depravada de su hija, se quitó el cinturón y los emprendió a fuetazos. Esto provocó que ella llamase al 911 y que dos oficiales se encargaran de detenerlo, sindicándole de agresión y violencia familiar. Bajo esos cargos, quedaría consignado en el reclusorio a la espera de que un juez de la Corte le tramitase su libertad o diese la orden de su deportación.

Mientras el veredicto se ejecutaba, Juliana se dio cuenta de que estaba embarazada y de que la juventud de su novio no le permitía hacerse cargo de ellos, y aunque el aborto era una alternativa, no la vio como una opción viable. No quiso aumentar su tragedia con la muerte de un inocente a sus espaldas; triste y decepcionada, comprendió que con su error prácticamente quedaría sola, pues tanto su hermano como su madrastra se regresarían al lado de su padre y esposo. Esto, sin duda, haría que ella y el hijo que llevaba en sus entrañas, por ser menores de edad, pasaran a manos de entidades gubernamentales que la pondrían en espera de un hogar sustituto, hasta que ella se convirtiese en adulta, ya que, antes de ese momento, no la autorizaban a viajar sin el permiso de sus nuevos padres y menos si estaba embarazada. Las leyes le prohibían dejar el país cuando el bebé había sido engendrado en su jurisdicción; si lo hacía, debía hacerlo sola. Pero lo que más dolor le producía a Juliana era saber que, aun arrepentida de sus actos, no podía hacer nada por parar la posible deportación de su padre.

Mi contacto con Fernanda y el regreso de Olmeda

Al mismo tiempo que aquellos episodios ocurrían en las vidas de Zeledón y de mi compadre Gustavo, mis enemigos en Brasilia y mis amigos en El Paso usaban todos los medios posibles para dar conmigo.

Un día, después de varios años en mi búsqueda, Fernanda, a través del Facebook, logró comunicarse con mi persona. Aquello de no querer contactarlos antes fue por mi seguridad y la de ellos. Aun así, el hecho de haberme hallado sería más por casualidad que por mi conveniencia, pues Fernanda también me daba por muerto. Pero una tarde, tratando ella de encontrar a su media naranja, envió una invitación a mi *profile*, sin saber que ese contacto era yo. La razón de su confusión fue que la foto y la información personal aparecidas allí eran falsas. Luego de nuestro saludo y de vernos las caras de nuevo, Fernanda quedó sorprendida; entusiasmada y feliz de que estuviese con vida, me puso al día de todo lo que había sucedido durante mi ausencia. Vía Internet, me contó de los asesinatos de Ludiela, Santos y los fiscales; la desaparición de Gustavo y su núcleo familiar, la muerte de Sertino y su responsabilidad en el robo. Además de la información suplementaria, me dijo que desde hacía tiempo guardaba una encomienda para mí, un sobre dejado por el difunto. De mi parte, la puse al tanto de mi odisea y le hablé del encuentro con mi compadre Gustavo aquí en Toronto. También le comenté el calvario vivido por nuestro amigo Zeledón y, de paso, le confesé mi secreta identidad.

En prevención de un inminente peligro, la hice comprometerse a mantener el sobre en secreto y en un lugar seguro, hasta mi regreso.

En nuestra conversación, de casualidad me enteraría de que Tancredo hacía pocos días que se había postulado como gobernador del estado. Conocer esa noticia me hizo reflexionar, y aunque esta era la gran oportunidad que tanto había esperado, también comprendí que no era el momento preciso para mi venganza y decidí que partiría en busca de aquellas evidencias cuando el político estuviese en medio de su campaña.

Mientras yo iniciaba mi espera, Olmeda ya casada regresaba a Toronto. Allá ella, sin el amor de Zeledón ni la oposición de su hija, se sintió nostálgica, agravando aún más su tristeza el duro frío y la soledad del invierno. Esas circunstancias y su cinismo la llevarían a una iglesia cristiana en busca de Dios; allí conoció a Ramiro, quien con su afecto la hizo olvidar sus escrúpulos de mujer casada, para refugiarse en sus brazos y convertirlo en su amante clandestino. Ya entablada su aberrante relación, Olmeda lo presentaría ante su hijo como su mejor amigo del colegio.

Este hombre, conociendo muy poco de su pasado y sin saber que sería presa del engaño, se dejó envolver en su desempeño sexual y se enamoró de ella. Aquel comportamiento exhibido por Olmeda en la cama convertiría su pasión en un amor enfermizo. El poder realizar a su lado todas sus fantasías sexuales lo hizo ilusionar de tal manera, que se transformó en su sombra; no quería darle la oportunidad a otra persona de llegar a su vida. Ramiro, con la intención de ganarse su erotismo para siempre, comenzó a cumplirle todos sus caprichos y en ocasiones hasta le ayudaba con el dinero que supuestamente ella enviaba a sus padres al Brasil; pero este dinero iba a parar a manos del joven esposo de Olmeda. Con ese engaño, sin saberlo, Ramiro indirectamente le estaba costeando a su rival el arribo a Canadá.

Transcurridas las primeras semanas de su traición, Olmeda mantuvo sus encuentros furtivos en secreto. Sin embargo, al pasar el tiempo, los sentimientos en ambos crecieron y de vez en cuando se olvidaban de guardar las apariencias y se les escapaba una caricia en público.

Al llegarle a Zeledón estos rumores de traición, no le comentó nada a su hija Karen. Él, pensando solamente en vengarse de su ex mujer, quiso sacarle ventaja al error de su rival de turno; aprovechando que él viajaría a su país, les tomó fotos y videos, con la única intención de entregárselos personalmente al joven esposo de Olmeda en Bahía, para que así él se diese cuenta de la clase de persona con quien había contraído matrimonio. Debido a ese deseo, la noche antes de viajar, Zeledón me contó el plan que tenía en mente, y al pedirme una opinión le recomendé que, para un engaño de amor, con la venganza no se resolvía el problema. Debía dejar su traición en manos del destino, que este sabría cobrarle a ella de la mejor manera.

Aquel análisis del momento llevaría a Zeledón a cambiar de objetivo. Terminada nuestra charla, se despidió prometiéndome que seguiría mi consejo al pie de la letra y que estaría en contacto desde Colombia. Aunque yo también viajaba en la misma fecha no quise hacérselo saber, no por desconfianza, sino por su propia seguridad.

Horas más tarde de aquella conversación, llegaría la partida de nuestro viaje y ambos saldríamos el mismo día, pero en vuelos diferentes.

Para mi nuevo arribo a El Paso, tomé las mismas precauciones que cuando salí del país. Mi primera escala sería en Montevideo, y de allí atravesaría la frontera por trochas hasta territorio del Brasil, en donde disfrazado y con una falsa identidad, lograría burlar el acoso de las autoridades, llegando sin ningún impedimento a casa de Fernanda.

Mi visita allá sería sin mucho protocolo, sorpresiva y fugaz. Casi de inmediato que recogí el sobre dejado por Sotomayor a mi nombre, tomé rumbo a Brasilia. Durante el incómodo viaje, revisé su contenido, encontrando dentro de este una cuenta bajo el segundo nombre y apellido de Sotomayor; también la dirección, el nombre de la entidad bancaria en Ipiranga, la combinación y la llave. Además de esto, hallé un documento extra con su firma autenticada por un notario, en donde autorizaba a Dirceu Figuereiro como el reclamante de lo depositado en la caja de seguridad, a nombre de Eliécer Dongón. Ese conocimiento me hizo desviar mi ruta inicial y me dirigí hacia esa ciudad fronteriza; a mi arribo al banco, pensé en encontrarme con un montón de obstáculos, pero al hablar con el gerente y mostrarle el documento autenticado, solo me exigió mi carta de identificación como un requisito para obtener el acceso a la bóveda de seguridad. Terminado el proceso, tuve en mis manos la *SIM card* y el minicasete más costosos del Brasil, por los cuales el político Tancredo estaba dispuesto a pagar una fortuna.

Luego del análisis de aquella información, tomé la decisión de darles el mejor de los usos e hice contacto con el fiscal general del Brasil. Al escuchar su voz, me llevé una nueva sorpresa: no me esperaba que esa persona fuese Larissa, la misma mujer que años atrás había sido mi novia y compañera de armas, a quien amé con tanto ahínco. Al volver a oírla, me llené de sentimientos y por mi garganta se deslizó una gruesa saliva; esto hizo que mi voz se escuchase áspera y grave. Acto seguido, sin decirle mi nombre, le aseguré tener evidencias muy comprometedoras sobre un político involucrado directamente con el tráfico de cocaína. Ella, deseosa de escuchar mi versión, me dio su número telefónico privado y varias direcciones de las fiscalías móviles de máxima seguridad, para que escogiese con quién haría mi declaración. De inmediato a su propuesta, le aclaré que, si deseaba obtener las evidencias, ella debía darme una cita personal, pues la información que poseía era muy peligrosa y solo podía dejarla en sus manos.

Por unos segundos, Larissa dudó de mi palabra y pensó que se trataba de un falso delator, pero al advertirle que el caso tenía que ver con la muerte de su hermano, ocurrida unos diez años atrás, ella cambió de proceder, me dejó una cita abierta en horas de la mañana y me otorgó un código de protección de cinco dígitos, para que a mi llegada me identificase en el primer nivel de seguridad, en la Fiscalía.

Aunque confié totalmente en ella, quise ser lo más precavido posible y, en pro de una mayor seguridad, le envié una copia del video a mi ex cuñado Matheus, candidato oponente de Tancredo.

En aquel momento, pensé dirigirme hacia la fiscal y enseñarle las pruebas que diez años atrás me condenaron sin razón, en las cuales ella y su hermano habían sido parte de mis verdugos. Aun así, decidí esperar unos días más, para con ello darle tiempo a Matheus a que recibiera el correo. Ya calculando que el sobre había llegado a su sede de campaña, me dirigí a la Fiscalía. En ese instante, al verme Larissa, quedó como si estuviese viendo un fantasma; detrás del vidrio de seguridad del salón en donde fui recibido, se veía atónita, y con sorpresa exclamó:

—¡¡Dirceu Figuereiro!!

Al confirmar mi identidad, Larissa ordenó que fuese llevado a su oficina privada. Pero si ella estaba sorprendida, yo había quedado estupefacto; el hecho de volverla a ver abriría de nuevo la herida que pensé tener cicatrizada en mi corazón. Luego de aquel espontáneo saludo, nuestras almas, desde lo más profundo, emanaron un deseo aún más apasionado. Sin embargo, a ambos nos invadió el orgullo; conscientes de que no se podía mezclar el trabajo con nuestros sentimientos, buscamos una excusa irónica, y tanto ella como yo pensamos que para eso habría tiempo, por lo cual nos concentramos en la prioridad del momento, los videos y mi declaración.

Larissa, al ver las grabaciones, comprendió lo injusta que fue conmigo. Embargada por aquel proceder de años atrás, se le nublaron los ojos y, aunque quiso disimular su equivocación, sería traicionada por sus lágrimas.

En simultáneo con que los dos observamos la evidencia, el celular de Larissa comenzó a timbrar. Al responderlo, era mi ex cuñado Matheus, quien exaltado por la encomienda recibida pensó sorprenderle. Pero su emoción entraría en suspenso, cuando ella lo enteró de que yo estaba en su oficina; de inmediato a la noticia, él se encaminó al búnker de la fiscal y, quince minutos más tarde, los tres estábamos frente a frente.

Matheus, apenado por su error del pasado, se limitó a saludarme sin mucho protocolo. Él sabía que me debían una gran disculpa, a la cual no quiso agregar una dosis de cinismo, y aunque yo había sido el más perjudicado de los tres, tenía un dolor en común que en aquel momento nos unía a una misma causa.

Con mi aparición, le servía a la Fiscalía en bandeja de plata la cabeza de Tancredo, persona esta que desde meses atrás ejercía amenazas de muerte sobre Matheus; y aunque ellos bien sabían la procedencia de tal agravante, por no tener las pruebas en su contra, la fiscal y el candidato se habían mantenido a la defensiva.

Esa tarde, luego de reunirnos en una especie de mesa redonda, llegamos al acuerdo de darle el golpe a Tancredo el día de su debate televisado. La razón de aquella espera era que la fiscal quería propinarle un golpe fulminante y letal, pero para lograrlo, ella necesitaba algo de tiempo, pues debía coordinar con la DEA la caída del capo y toda su red internacional de narcotráfico, y así poder mostrarle al país la falsa imagen de político honesto que Tancredo aparentaba ante sus seguidores.

En recompensa a mi colaboración y en pro de sus desagravios, me reintegraría de manera temporal a la institución y me daría el placer de ser yo quien llevase a cabo su captura; por conveniencia, no me opuse a nada de su estrategia. Así que, terminado el acuerdo, me despedí, prometiéndoles que un día antes de la fecha estipulada yo me haría presente.

Al momento de emprender mi salida, la fiscal, pensando en mi seguridad, me asignó escoltas personales. Yo las rechacé manifestando que, a excepción de Tancredo, las únicas personas que conocían el contenido de los videos eran ellos dos, y estaba más que seguro de que, estando dichas pruebas en su poder, una fuga de información sería imposible; confiado en su honestidad, dejaba mi vida en sus manos. Sin embargo, durante el tiempo que se prolongó mi nueva espera, aguardé desde una pequeña ciudad en la frontera con Uruguay. Allá, en una notaría pública, dejaría una copia de los videos como testamento, a nombre de Zeledón Lindarte; sin su consentimiento, lo involucré en la peligrosa evidencia. Luego de unos días, le envié un *e-mail*, en donde le advertía que, en caso de llegarme a suceder una tragedia, él debía llegar a la dirección indicada en mi mensaje, reclamar un testamento dejado a su nombre y llevar esa información a un noticiero en Brasilia.

El plan de Zeledón

En simultáneo con mi llegada al Brasil, Zeledón regresaba a Bahía. Allá, desde el momento de su arribo, todos los que le conocían comenzaron a escarbar su herida en el alma; sus intenciones no eran inculcarle el odio, sino que les perdonase, por haber sido cómplices al ocultarle la verdad. Entre estos se incluían su madre Carmelina, quien acongojada de haberle mantenido engañado le comentó que ella desde hacía tiempo sabía la verdad, pero por evitarle una desgracia, no se lo dijo. Para ella era mejor tener un hijo tildado de cornudo que en una prisión, o aún peor, ¡en un cementerio!

Luego del énfasis, Carmelina le aclaró que incluso teniendo las dos una relación tan estrecha, no le fue fácil comprobar los rumores que se hablaban de su nuera, pues Olmeda siempre fue muy cínica y astuta.

Otra razón que salvó a Olmeda de ser descubierta a tiempo fue que su joven amante tenía las llaves de la casa y entraba a la hora que deseaba; con esa astucia, su nuera prevenía cualquier percance. Además de esto, antes de que su querido arribara, les suministraba a sus hijos gotas para dormirlos; así no tendría obstáculos en sus jornadas de sexo y evitaba que ellos supiesen la verdad.

Pero aun con su audacia, una noche Olmeda olvidó pasarle el seguro a la puerta, así que, al llegar Carmelina a visitarle, la tomó por sorpresa, encontrando de paso a sus nietos en un profundo sueño y al joven amante de su nuera disfrutando con ella en la ducha. Aunque el hombre al escuchar sus pasos quiso evitarse ser pillado, ella no le dio tiempo de hacerlo.

Luego de su más delicada revelación, la madre de Zeledón continuaría enumerando las cosas que en aquel momento no vio como sospechosas, por lo cual se las ocultó durante los años que él estuvo radicado en El Paso. Carmelina, en aquel lugar, también le confesó a Zeledón que una noche, al llegar a casa de su nuera, encontró en cada uno de los cuartos una cantidad de velas rosadas prendidas en cruz. Ella, sorprendida por aquel extraño ritual, con suspicacia le preguntó:

—¿El alumbrado es para despojar las malas energías?

Olmeda, haciéndose la inocente, le respondió:

—¡No, suegra!, esto es para espantar los moscos.

Aquella evasiva no la pudo engañar; Carmelina sabía a conciencia que lo que Olmeda estaba practicando era un hechizo. Lo que aún no sabía con certeza era si la brujería tenía la intención de que su nieta Karen mantuviese la boca callada o de someter a sus caprichos al más joven de sus amantes, aunque ella, como madre, no descartaba la posibilidad de que aquello fuese con el propósito de convertir a Zeledón, su hijo, en un completo idiota.

En su lista de verdades ocultas, Carmelina le divulgó que por boca de Dorelyz, la inocente mujer de Carlos, ella conoció el rumor de que Olmeda tenía más de un amante, pues una noche en que fue a recibir una remesa de dinero enviada por Zeledón desde El Paso, indirectamente ella se lo hizo saber. Aun con tal agravante, Carmelina se vería obligada a guardar el secreto, ya que días atrás se había enterado con sorpresa de que uno de esos amantes era Carlos, la persona a quien su esposa creía fiel y Zeledón consideraba como uno de sus mejores amigos.

A Carmelina no le llevaría mucho tiempo confirmar los deslices que comentaban de su nuera. Sin imaginárselo ella, una semana después de aquellos rumores, estando las dos en Boa Vista, saldría a flote otra de sus traiciones secretas.

Esa tarde, la novia del sargento Leão y Olmeda entrarían en una discusión. La joven, enfurecida, la trató de prostituta; esa ofensa ameritaba una represalia por parte de la agraviada. Sin embargo, cuando quiso hacerlo, la muchacha le advirtió que ella conocía de sus encuentros clandestinos con su novio y, si no dejaba de acosarle, se lo contaría todo a Zeledón. Olmeda en aquel instante quedó perpleja, no encontró palabras para su defensa; solo se limitó a decir que no sabía de quién diablos le estaba hablando. Aunque le juró a Carmelina que la joven la había confundido con otra persona, su silencio y la cabeza agachada no dejaban dudas de que aquella acusación era cierta.

De otro cuyos descargos de conciencia también escucharía Zeledón sería de su cuñado. Él, arrepentido de no haberle contado la verdad a tiempo, le comentó que cuando fue a Bahía en cumplimiento de su trabajo, sus compañeros le hablaron de las aventuras extramatrimoniales de su hermana, argumentándole si el esposo estaba ciego, porque, según ellos, la mujer con quien él compartía su cama era una cualquiera, que disfrazaba sus infidelidades con una imagen de señora. Estaban tan seguros de sus engaños, que le aconsejaron rezarle a su padre para que tuviese paz en su tumba, pues, a consecuencia de los deslices de Olmeda, él en su sepultura habría de estarse revolcando por tener una hija tan desvergonzada.

A medida que transcurrían las horas de su llegada, Zeledón conocería otros secretos ocultos de su ex mujer. Se enteró de que Thiago, su mejor amigo en El Paso, también había sido uno de sus amantes. Zeledón, queriendo saber si aquello era verdad, acudió a Marina, la cómplice más leal de Olmeda, quien, al confirmarle la versión, lo llevó a comprender el porqué de aquel cambio tan repentino entre ellos dos. Según Marina, su proceder se debió a que una noche Olmeda se enteró de que, allá en El Paso, Thiago, el hombre que fue su pasatiempo del momento, se había revolcado con otra hembra. Olmeda, confundida, pensó que esa mujer era Ludiela. Así que, al verla esa tarde en charla con Zeledón, ella encontró el pretexto perfecto para desquitarse del engaño de su amante de turno y a la vez aparentarles a las gentes del pueblo que en verdad amaba a su esposo. Aquella tarde del incidente, Olmeda con cuchillo en mano le armaría a Zeledón una escena de celos impresionante. Sin embargo, esto lo hizo no por celos hacia él, sino en represalia a la supuesta traición que Thiago y Ludiela le habían jugado a ella.

Zeledón, abrumado por las confesiones de sus amigos y familiares, decidió viajar desde Bahía hasta El Paso; pensó que sus amistades, por conocer muy poco de Olmeda, no habrían de recordarla. Sin embargo, a su arribo se llevaría una desagradable sorpresa, al ver cómo sus allegados incluían a su ex mujer en todas las conversaciones. Zeledón, procurando ocultar su pasado, con sarcasmo evadía a quienes le preguntaban por ella, aclarándoles que no sabía nada de su vida; con esa respuesta, supuestamente evitaba que sus bocas dijeran lo que él no deseaba escuchar.

Zeledón se mantuvo por varios días en esa tónica de silencio; creyó que, al no tocar el tema, sus conocidos no se enterarían de los hechos aberrantes de su ex mujer, pues no quería que el odio le soltase los puntos de sutura a su herida ya cicatrizada. Pero una noche en que Zeledón fue visto por sus verdaderas amistades junto a Thiago y Carlos compartiendo unos tragos como leales amigos, se llenaron de furia, y al verles en aquella charla tan amena, decidieron que su deber era desenmascarar su cinismo.

La encargada de revelarle un secreto ya divulgado sería Fernanda. Ella, indignada por la falsedad de estos dos hombres, llamó a solas a Zeledón y le expresó que lo que más odiaba en la vida era observar la hipocresía de ciertas personas.

Zeledón, haciéndose el sorprendido, le preguntó:

—¿Lo dices por mí?

—No —respondió Fernanda—, es por aquellos que dicen ser tus amigos, como Thiago y Carlos, pues los dos son unos traidores que, después de haberse gozado a tu mujer, pretenden seguir mostrándote una falsa amistad.

Zeledón, exhibiendo una sonrisa irónica, la tomó por los hombros y le dijo:

—Tranquila, amiga, que de eso y de la traición con el sargento Leão también estoy enterado, pero ellos no deben saber que yo lo sé, porque en mi venganza, tengo planeado darles una dosis de su propia medicina.

Por las frases de lealtad expresadas por Fernanda, Zeledón se sintió comprometido. Le pareció justo que sus leales amigos supiesen la verdadera historia acontecida en Toronto, aunque para ellos eso no sería novedad, pues ya conocían las infidelidades de su ex esposa en Bahía; mas a los otros rumores no les podían dar crédito hasta no oírlos de los propios labios del agraviado.

Cuando ellos escucharon su versión, quedaron sorprendidos. Admiraron el cinismo con que Olmeda había logrado engañarles, pero lo más sorprendente para quienes le conocían fue saber que ella, la mujer que aparentaba ser la gran señora, era una completa ninfómana.

Fernanda, un poco indiscreta, le preguntó:

—Zeledón, si usted con anticipación se hubiese enterado de sus engaños, ¿la habría abandonado?

El hombre respondió:

—Si me hubiese dado cuenta de su traición al principio de nuestra relación, tal vez no, porque la amaba demasiado. Si logré hacerlo al final no fue nada fácil, pues ella me tenía convertido en un adicto a su sexualidad. Aunque busqué en otras mujeres independizarme de mi adicción, no encontré una que se portase como ella en la cama. Mi pasión estuvo tan arraigada a su cuerpo, que llegué a comparar el erotismo de Olmeda con una droga y a mí mismo con un drogadicto en crisis, pero en mi caso la necesidad de las dosis no era de cocaína, sino de sexo.

Terminado su énfasis, Zeledón se despidió de Fernanda y partió hacia el hotel. Al llegar allá, se recostó sobre la cama y comenzó a darle rienda suelta a su desbocada imaginación. En su plan, trataba de encontrar la mejor de las venganzas sin recurrir a la violencia, pues ya Claudia, irónicamente, con un amor fugaz pero muy sustancioso, había remendado aquella herida en su alma. Ella con su partida le dejó una venda que lo hacía inmune al dolor en el corazón. Aun así, arrastraba consigo una deuda de honor que los amigos que le habían traicionado y su ex mujer debían pagar con un castigo ejemplar. Sus engaños como mínimo ameritaban un llamado de atención para que les sirviese de ejemplo y así sintiesen en carne propia la incertidumbre por la cual él tuvo que pasar.

Luego de un profundo análisis, Zeledón llegó a la conclusión perfecta. Debido a esta, iniciaría una indagación secreta cuyos investigados serían el joven esposo de Olmeda y las esposas de los tres hombres a quienes él creyó sus amigos.

Horas más tarde de su averiguación, Zeledón supo los nombres de cada una de ellas, llevándose la sorpresa de que todas resultaron ser conocidas de tiempo atrás.

Ya con la información, enfocó su prioridad en investigar a las personas más allegadas de sus futuras víctimas, para así conocer a través de ellas los secretos íntimos de sus amigas, a los cuales pudiese sacar provecho. Convencido de que lograría su propósito, emprendió la difícil tarea de buscarlas una a una y conseguir que ellas se convirtiesen en sus amistades.

Ese día de su decisión, yo, sin saber el rumbo que llevaba su plan, le envié un mensaje a su celular, en donde le pedí llamarme al número que le aparecía en la pantalla.

Minutos más tarde de mi petición, recibiría su llamada. Zeledón, de inmediato a su saludo, me preguntó:

—Oiga, Poeta, ¿y usted dónde se encuentra?

Mi contestación, aunque un poco sorpresiva, fue:

—¡Por ahora, en Uruguay! Pero tengo pensado viajar a Brasilia. Lo que no sé es la fecha ni la hora de mi viaje.

Luego de las preguntas y respuestas, me contó el orden en que estaba llevando a cabo su venganza. Aunque me pareció injusto con las tres mujeres, no podía juzgarle cuando yo estaba utilizando a otras personas en un proceso similar.

Zeledón, en medio de la charla, me comentó que su primer intento lo hizo en El Paso con Anuves, la amiga más cercana de Bianca, la esposa de Thiago. Por intermedio de ella conoció que Bianca, aunque estaba enamorada de su marido, sufría en silencio la partida de su anterior novio, quien había muerto en un accidente. Además de eso, se enteró de que, cuando ella no estaba de travesía con su esposo, quien era agente de viajes, se refugiaba en la finca de recreo de sus padres. Ese extraño *hobby* se debía a que, en su soledad, Bianca siempre estaba recordando de su ex novio su romanticismo, las flores, los detalles en ocasiones especiales, su gusto por la comida exótica y la buena música. Todo lo opuesto de su esposo Thiago, a quien no le gustaba nada de eso; él veía lo galante como muy cursi.

Obtenida la información, Zeledón viajó a Boa Vista, donde continuaría su pesquisa con la siguiente persona en orden de lista. Fue fácil dar con Marlyn, la confidente inseparable de Teresa, la esposa del sargento Leão; lo difícil sería lograr que Marlyn le aceptase una cita de amigos, pero cinco días después de su propuesta ella accedió, y él logró lo que deseaba al final de una semana de continuas salidas. Por boca de ella, Zeledón se enteró de que al esposo de su amiga lo habían trasladado a una zona de conflicto. Esa circunstancia hacía que el sargento la visitara dos a tres veces por mes; el resto del tiempo prácticamente ella se la pasaba sola, pero a pesar de eso, según Marlyn, Teresa era una mujer muy fiel, aunque al amor nadie lo entiende y las circunstancias pueden cambiar, pues estar lejos de la persona amada estaba convirtiendo su mundo en una vida sedentaria. Ese obstáculo la llevaba a pensar que esa no era la vida que había soñado para ella, y si este no era su sueño, entonces no entendía por qué se enamoró de un militar, cuando a ella siempre le habían gustado los hombres estables, de apariencia ejecutiva, ojos verdes, cuerpos atléticos y que tuviesen otra visión de la vida. Esto la hacía preguntarse por qué ella continuaba al lado de su marido, siendo él todo lo contrario.

Logrado su segundo objetivo, Zeledón se encaminó hacia São Paulo en busca de Camelia, sobrina de Dorelyz, la mujer de Carlos.

Por boca de Camelia, Zeledón conocería que la tía Dorelyz era una mujer algo libertina, a quien le gustaban los retos y demostrarse a sí misma que podía controlar todos sus instintos. Por eso, cuando su esposo se encontraba ejerciendo su trabajo fuera de la ciudad, ella aprovechaba y salía a divertirse con su grupo de amigos, en el cual la incluía a ella. Pero esas salidas las hacía más por aburrimiento que por otro interés, pues su mayor pasatiempo era la natación; para ella, su amor platónico era un experto nadador. Aun así, con toda esa libertad, Dorelyz no dejaba de sentirse sola, ya que Carlos no les dedicaba tiempo a sus prioridades. Cuando él regresaba de sus largos viajes, siempre llegaba a preparar el próximo; los pocos días que estaba en casa los ocupaba en llevar la contabilidad de su negocio. Por esas circunstancias, a Dorelyz le hubiese gustado tener un marido deportista y amoroso, que practicase junto a ella su deporte favorito y, de vez en cuando, estuviese pendiente de sus deseos.

Luego de haber conocido de sus víctimas las fortalezas y debilidades, Zeledón confirmó que las tres tenían una cosa en común, su soledad, pues la mayoría del tiempo sus maridos las dejaban solas y, aunque supuestamente ellas eran felices a su lado, sabían a conciencia que no eran los hombres con quienes soñaron que un día se casarían.

Terminada la investigación primordial, Zeledón se enfocó en averiguar la vida de Albeiro, el joven esposo de Olmeda, pues, según él, los dos también debían saldarle su cuenta pendiente.

En su intento por encontrar su punto más vulnerable, Zeledón supo que su rival, meses atrás allá en Bahía, estuvo comprometido en matrimonio con una joven llamada Melisa, pero que, de un momento a otro, todo se acabó, dejando a la novia embarazada y plantada frente al altar de la iglesia. Ella, decepcionada por su fracaso, se alejó de la casa de sus padres sin rumbo fijo.

Al conocer Zeledón la razón de su ausencia, pensó que podía sacarle provecho a esa circunstancia, por lo cual dedicó una semana a hallar a Melisa; mas al no tener éxito, decidió que su venganza se llevaría a cabo sin ella y viajó a la capital. Estando allá, buscó una academia de artes escénicas, en donde encontró a tres comediantes profesionales en los cuales observó las cualidades físicas anheladas por aquellas tres mujeres. Ya localizados los actores, les propuso interpretar un personaje acorde a su conveniencia. El libreto requirió que cada uno de ellos tuviera sexo con la protagonista de su guión imaginario y, sobre todo, permitir que él les tomase una foto cuando estuviesen juntos en la cama.

Por su lado, Zeledón se comprometía con ellos a proteger sus identidades y a la destrucción total de los negativos. La oferta, al principio, les pareció una cochinada; los tres pensaron en las represalias que ellas habrían de tener de sus maridos, por lo cual se negaron a interpretar tal papel. Pero al explicarles que ellos, las personas a quienes él había considerado sus mejores amigos, también lo habían traicionado con quien fue su esposa, comprendieron el motivo de su proceder. Ese argumento y el dinero les harían cambiar de opinión; sin escrúpulos, los tres terminarían aceptando el trabajo.

Luego del acuerdo, les enseñó el libreto que debían seguir en sus planes para conquistarlas. De inmediato a lo pactado, Zeledón les hizo entrega de los números telefónicos, *e-mails* y páginas en el Facebook, para que se pusiesen en contacto con cada una de ellas, especificándoles que en sus *profiles* debían colocar cualidades personales que fuesen compatibles con los gustos de las contactadas. Acto seguido, le dio a cada cual una parte del dinero, quedando el resto pendiente hasta que el trabajo se terminase. Aun así, ellos tenían la obligación de estar en contacto permanente para mantenerlo informado de la fecha, la hora y el lugar en donde él obtendría la evidencia.

Transcurridos los primeros días de aquel difícil reto, las tres futuras víctimas, vía Facebook, habían aceptado sus invitaciones. Ya con el primer escalón superado, Luisão se encaminó a El Paso, a un encuentro casual con Bianca.

Por otro lado, Yerson, el hombre de ojos verdes, cuerpo musculoso y apariencia ejecutiva, viajaba hasta Boa Vista, mientras que Neymar, el experto nadador, arribaba a São Paulo.

Los tres en simultáneo iniciarían su actuación. Luisão, interpretando el papel de un agrónomo, llegó hasta la finca de Bianca; allá, frente a la casa principal, hizo que su carro tuviera un desperfecto mecánico. En su insistencia por repararlo, consiguió llamar la atención de los peones, quienes le aseguraron conocer a una persona capaz de encontrarle la falla. Cinco minutos después, ellos arribaron con Bianca, quien desde la distancia le saludó y luego le expresó:

—¡Veo que tiene problemas con su coche!

—Sí, señora —respondió Luisão—, aunque lo malo es no poder encontrarle el desperfecto y necesito el favor de que alguien me ayude.

Segundos después de estar Bianca frente a él y concentrarse en su rostro, con sorpresa le preguntó:

—¿A usted lo he visto en algún lugar?

Luisão levantó su mirada y, al observar su cara, sorprendido exclamó:

—¡Claro que sí! Aunque nunca me imaginé que fuese a encontrarme en persona con mi contacto más hermosa del Facebook.

—¿Usted es Luisão?

—¡Sí, mi bella dama!

Luego del saludo, Bianca levantó el capó del coche y observó que el cable del condensador estaba colocado en una ranura diferente; solo sería cuestión de apretar un tornillo y la falla del vehículo quedaría solucionada.

Luisão, en agradecimiento a su colaboración, le extendió una invitación a cenar, propuesta que ella rechazó de inmediato, advirtiéndole que era una mujer casada. Además, quienes la conocían en El Paso la verían con mucha suspicacia si la descubriesen en un restaurante, compartiendo una comida con un desconocido. Luisão, apenado, se disculpó por su imprudencia y le pidió perdón, en caso de haberla ofendido con su insinuación. Aun así, él le insistió en que le acompañase, aclarándole que no sería necesario llegar hasta El Paso, podían ir a un lugar de Bahía en donde vendían una comida exótica, como para chuparse los dedos.

Su insistencia la convenció, pero Bianca le colocó de condición que cada cual llegase solo, ya que no quería que los viesen arribar juntos.

Ya en el establecimiento, les esperaba una mesa reservada con anticipación, la cual estaba adornada con un hermoso arreglo floral; una sesión de románticas melodías tocadas en piano amenizaba el momento. Luisão, muy caballeroso, le acercó la silla al sentarse, le sirvió la copa de vino y, con suaves susurros, la hizo sentir halagada.

Degustada la cena, él cortésmente la acompañó hasta el parqueadero y le sostuvo la puerta al coche, mientras ella se acomodaba. Su galanteo de escasas horas le hizo recordar a Bianca al hombre ideal de su cuento de hadas.

Al mismo tiempo que esto sucedía en Bahía, allá en un lugar de Boa Vista, Yerson entraba en la vida de Teresa. Esa tarde del encuentro planificado con anterioridad, los dos recorrían el mismo parque, uno opuesto del otro. Él, al ver a Teresa desde la distancia, se refugió detrás de una de las estatuas y calculó su salida. Así que, al momento en que ella pasaba, él le salió de frente haciendo que su encontronazo fuese inevitable. Teresa, sorprendida por el roce tan inesperado, quiso insultar al causante de tal estupidez, pero mientras el agresor le extendía la disculpa por su tosquedad, los dos se miraron a la cara por unos segundos, tiempo suficiente para que ambos, en una reacción simultánea, pronunciaran sus nombres a la vez:

—¡Yerson!

—¡Teresa!

Yerson, motivado, exclamó:

—¡Esto sí que es una extraña casualidad!, pues jamás pensé encontrarme con una amiga virtual en una situación tan embarazosa.

Teresa, un poco sonrojada, le dijo:

—No se preocupe, que todo está bien.

Después de aquel pequeño accidente, Teresa esa tarde se lo encontró de nuevo en el gimnasio y en la ciclovía. En las mañanas siguientes, se toparía con él en la circunvalar, cuando hacía sus ejercicios rutinarios.

Los constantes encuentros casuales los llevaron a compartir un café, para luego continuar con cenas románticas y salidas furtivas. Sin duda alguna, Yerson sería para Teresa el hombre que le había movido el piso.

Por otro lado. Neymar se hallaba en São Paulo tratando de conquistar a Dorelyz, la esposa de Carlos, por lo cual visitaba los lugares que ella y su sobrina solían frecuentar. En el gimnasio, logró su primer encuentro. La inesperada llegada de Neymar le llamó la atención; era la primera vez que un hombre, aparte de su marido, la atraía físicamente. Aun así, se retó a sí misma a controlar ese impulso; impulso este que un día después, allá en el polideportivo, crecería aún más, pues al ver las cualidades de aquel hombre sobre el agua de la piscina, quedó anonadada.

Dorelyz, intrigada en saber por qué en su mente estaba rondando esa atracción tan repentina, tuvo curiosidad por conocerle; admirada por sus dotes de nadador, ella sería quien tomaría la iniciativa de presentarse y, de paso, le presentaría a su sobrina.

En ese momento que los tres efectuaban el protocolo, Neymar les expresó:

—¡Wow! ¡Son más hermosas en persona que en fotos!

Dorelyz, sorprendida, preguntó:

—¿Usted a qué fotografías se refiere?

Neymar, un poco apenado por el comentario, respondió:

—Las que observé de ustedes en su página de Internet.

Luego de la aclaración, una pequeña sonrisa brotó de los labios de Dorelyz, quien le dijo:

—El mundo, a pesar de ser inmenso, es pequeño —ya que nunca se imaginó encontrar, en uno de sus contactos, las cualidades que siempre había anhelado en su marido.

Transcurridos unos días, Dorelyz se llevaría una nueva sorpresa al verle llegar a su club de amigos, invitado por Camelia.

La noche del arribo de Neymar al establecimiento, las mujeres amigas de Dorelyz quedaron con la boca abierta. Ellas, al ver al galán que acompañaba a su sobrina, envidiaban la suerte de la fea, ya que Neymar, desde su llegada hasta la hora del cierre, estuvo a su lado. Los dos disfrutaron aquel momento al máximo.

Dorelyz, al otro extremo de la pista, concentraba la mirada en ellos. El verles juntos hacía que internamente se quemase de los celos, y ese proceder interno, siendo ella una mujer casada, no era correcto. Aun así, no dejaba de decirse a sí misma que Neymar era la persona con quien había soñado toda su vida, y aunque quiso oponerse a ese sentimiento, ya estaba cautivada con su presencia, por lo cual sus encuentros con algún pretexto comenzaron hacerse frecuentes, y pasarían de casuales a prohibidos.

Unas semanas después de haberle dado inicio a su venganza, Zeledón se encontraba un poco abrumado. Su actitud no se debía a la represalia en contra de aquellas tres inocentes mujeres, sino a su decepción por no encontrar a Melisa. Pero para ello, el destino le tenía preparada una sorpresa, en el lugar que él menos lo esperaba.

Esa tarde del hallazgo, Zeledón se hallaba en el estadio, presenciando el encuentro de la final femenina entre la selección del Brasil y la de los Estados Unidos. Emocionado, en cada ataque de las brasileñas se paraba a darles ánimos a las jugadoras. Con su acción, la estatura de su cuerpo interrumpía la visión de las personas sentadas atrás de su asiento. Una de estas, molesta por su manera fanática de expresar sus emociones, le gritó en inglés varias frases ofensivas, en donde le advirtió que su actitud la tenía incomodada. Zeledón, un poco apenado por su forma de proceder, le dijo:

—*I'm sorry lady, however you have to understand me, I'm very excited.*

La mujer, sorprendida, preguntó:

—*Do you speak English?*

—*Yes, I do, can I help you?*

—*Could you please switch the place with the girl beside you?*

—*Why?*

—*Because you are interrupt my view.*

—*No problem, but let me to ask her if she want to change it.*

Zeledón, entonces, le preguntó a la joven:

—¿Está usted de acuerdo en intercambiar los asientos?

Ella le respondió:

—¡Claro! No tengo ningún problema en hacerlo.

Ya con la aceptación de la joven, Zeledón le expresó a la dama:

—*Ok lady, the trouble is solved, and sorry again.*

Al momento en que Zeledón se cambió de lugar, el encuentro futbolístico entró en un descanso de quince minutos, tiempo que la joven aprovechó para entablar una amena conversación que iniciaron hablando de fútbol y en la cual, poco a poco, irían envolviendo sus vidas personales.

Reanudado el partido, ambos se concentraron en el juego y continuaron haciéndole barra al equipo. Ya finalizado este, tomaron juntos uno de los pasillos del estadio, el cual, por encontrarse abarrotado de público, hacía que sus desplazamientos fuesen muy despaciosos; circunstancia que aprovechó Zeledón para invitarla a compartir un café y seguir con la charla. Ella, encantada, aceptó su propuesta y hasta le recomendó el mejor sitio en la ciudad.

Evacuada la larga cola, ambos alcanzaron la salida y caminaron al otro extremo de la calle en espera de un taxi. Mientras este arribaba, los dos se presentaron; Zeledón, al escuchar su nombre, lo tomó como una casualidad y pensó que no era la misma Melisa a quien buscó por tanto tiempo. No obstante, la curiosidad de ambos los llevaría a escudriñar el punto que a cada cual le interesaba.

Luego de varios minutos de recorrido y de mantener una charla enfocada en las jugadas del encuentro, llegaron al local. Allá, desde el instante en que entraron a la azotea del edificio, el exquisito aroma y el ambiente romántico del lugar les hicieron cambiar su conversación; a medida que degustaban sus capuchinos, el diálogo se volvía más personal. Inesperadamente, el tema de la amena plática del momento sería desviado por Melisa, quien, intrigada por conocer el pasado de Zeledón, preguntó:

—¿Dónde aprendió usted a hablar inglés?

Él, exhibiendo en su rostro una pequeña sonrisa sarcástica, le respondió:

—Lo poco que sé fue debido a mi estadía en Canadá.

—¿Cuál es la razón de haber emigrado tan lejos? —preguntó la joven.

—¡Bueno! Todo fue un error del destino o estaba en el lugar equivocado, pues una coincidencia con el deceso de un hombre, con cuya muerte nada tuve que ver, me llevó hasta allá. Irónicamente, haber logrado llegar vivo a aquel país me evitaba de momento dejar mi núcleo familiar en el abandono, ya que mi prioridad fue protegerles y de paso estar más unidos que nunca. Sin embargo, un año después de mi arribo, esa alegría se derrumbaría como un castillo de naipes, al enterarme de manera sorpresiva que la mujer con quien había compartido toda una vida se casaba secretamente en Bahía con un joven a quien desde hacía años ella había convertido en su amante. Su engaño hizo que, de la noche a la mañana, mi mundo se me viniese encima, haciendo que mi sueño finalizara en medio de una pesadilla en donde su traición de amor me dejaba a merced de una depresión crónica, solo y con las manos vacías.

A Melisa aquel comentario le pareció una gran casualidad, ya que le había sucedido algo similar. Así que ella, intrigada por conocer en detalle todo el episodio, extendió una nueva pregunta:

—¿Cómo se llamaba el joven?

Zeledón, sin evasivas, le respondió:

—Albeiro.

En ese instante, quien esbozó una sonrisa sarcástica fue Melisa. Su gesto irónico, acompañado de admiración, haría que su boca exclamase:

—¡Veo que el mundo simplemente es un pañuelo!

Dicha expresión confundió a Zeledón, quien con sorpresa le preguntó:

—¿A qué se debe ese sarcasmo, mujer?

Ella, aún dolida por aquella traición, con nostalgia le respondió:

—A que ese hombre de quien usted habla es el mismo que años atrás me juró un amor eterno. Pero al saber que yo llevaba en mis entrañas el fruto de aquel cariño, buscó el pretexto para negar su paternidad y correr a los brazos de la mujer que hoy es su esposa. En aquellos días, destrozada por las secuelas del engaño, me marché a otra ciudad. Pasados unos meses, la mujer con quien él había contraído matrimonio viajó al exterior, así que Albeiro, al quedarse solo, quiso buscarme para que regresara a su lado. Sin embargo, al enterarme de su intención, no quise saber nada de su falso amor.

Ambos en aquel momento quedaron asombrados; la sorpresa que les brindaba el destino les era difícil de creer, pues esa mujer de quien ella hablaba era Olmeda, la misma que a Zeledón le había jugado una traición. Luego de consumir varios capuchinos y de extender aquella charla, los dos llegaron a la conclusión de que su encuentro no había sido al azar, por lo cual debían unirse y juntos poder cobrarle a cada uno la deuda a su manera. Finalizado aquel acuerdo, darían su primer paso en pro de la venganza: Zeledón se comprometió a casarse con ella por lo civil y darle el apellido a su hijastro, y sobre todo a tramitar, ante la Embajada de Canadá, los formularios para las visas de su futura esposa y su hijo adoptivo. También estipularon que, durante su extraña relación, el compromiso de los dos sería ficticio, con la excepción de que Melisa podría cambiar esa regla cuando ella lo creyese conveniente.

Una semana después de acordada la cláusula, la boda se realizó y Zeledón cumplió con el resto del compromiso entre los dos.

Meses más tarde de aquel supuesto matrimonio, los tres actores contratados por Zeledón irían logrando su objetivo uno a uno. Siguiendo el acuerdo, ellos le comunicaron el sitio en donde se llevaría a cabo la sesión de sexo, para que él se encargase de tomarles las fotografías. Cumplidas sus tareas, Zeledón revelaría seis fotos, en las cuales a los actores les desfiguró los rostros para proteger sus identidades. Finalizado ese proceso, él frente a los tres destruyó los negativos y les canceló el resto del dinero; con esto, quedó disuelto el acuerdo y cada cual retornaría a su rutina habitual.

Zeledón, con las fotografías en la mano, se regresó a su cuarto de hotel; allá tomó seis sobres y en cada uno de ellos introdujo una pequeña nota y la foto en donde aparecía la esposa de cada amigo teniendo sexo con otro hombre. En los tres sobres dirigidos a ellos, con sarcasmo él les escribió: "La venganza es dulce. Atte. Su amigo Zeledón, quien nunca los olvidará".

El resto de los sobres con las respectivas notas serían enviados a cada una de las mujeres de sus amigos, aclarándoles en el pequeño párrafo que no debían sentirse mal por lo sucedido, pues el hecho de que sus esposos hubiesen tenido sexo con Olmeda también los convertía en traidores, por lo cual él no tendría dignidad moral para condenarles su desliz.

Con su venganza, Zeledón les daba a sus amigos una buena lección y, aunque esto desencadenaría en ellos grandes discusiones con sus esposas, no los separó; aun con sus egos de machos heridos, ellos entendieron que, para una relación de pareja, la soledad no era muy recomendable. Sin más opciones, tanto ellas como ellos terminarían perdonándose su engaño y, desde ese instante, los tres supuestos traicionados les dedicaron más tiempo a sus compañeras.

Ya habiendo culminado Zeledón el ochenta por ciento de lo planeado, se regresó a Toronto; de inmediato a su llegada, comenzó a agilizar los trámites en Emigración de su nueva esposa e hijo.

El final del político

Al mismo tiempo que Zeledón arribaba a Canadá, yo, Dirceu Figuereiro, llegaba de nuevo a Brasilia. Ese día, al hablar con Larissa, ella me comunicó que de momento todo estaba listo para asestar el golpe letal a Tancredo. Este sería dado tal como fue el acuerdo, pues ya ella contaba con el aval del Ministerio de Justicia para mi reintegro temporal a la Fiscalía, por lo cual yo debía presentarme a su oficina a la menor brevedad posible, firmar los trámites de rigor, recibir mi arma de dotación oficial y la placa en donde ella me acreditó como fiscal.

No había transcurrido una hora de su exigencia que ya me encontraba en el búnker cumpliendo con su petición; allí acordaría, con ella y sus subalternos, las instrucciones a seguir.

Diseñado el plan local, la fiscal le envió un comunicado a la Interpol, para que iniciase el desmantelamiento en otros países de los miembros de la red y sus testaferros internacionales.

Mientras eso ocurría, el SIB escoltaba a Tancredo hasta un estudio de televisión, en donde horas más tarde él se dirigiría a sus copartidarios. En ese lugar, sus asesores políticos y escoltas personales, sin tener idea de la confabulación fraguada en su contra, le efectuaban los últimos retoques a lo que sería su presentación.

Ya con la señal al aire, se inició la confrontación de los dos candidatos. Allí, cada cual, con propuestas y objeciones de ambos lados, despejaban las dudas de sus seguidores y exponían las razones suficientes para llegar a ser electos.

Al mismo tiempo que el debate entraba en furor, los noticieros internacionales transmitían la noticia del desmantelamiento de una red de narcotráfico liderada desde el Brasil por el conocido político Tancredo Moreira. Sus seguidores, al escuchar el comentario, pensaron que se trataba de una treta sucia de su rival; indignados, llamaron al jefe de su campaña y juntos protestaron frente a la sede televisiva; no estaban dispuestos a permitir la supuesta bajeza de su contrincante en contra de su líder. El director de programación, al ver a la multitud enardecida y a los fiscales con el rostro cubierto invadiendo el estudio, se llenó de incertidumbre. Esto hizo que Matheus, en pleno debate, sacara su as bajo la manga y le expresara a su oponente:

—¡Señor Tancredo, quiero que usted le explique a la opinión pública el contenido de este video!

De inmediato a la orden, el ingeniero de audio emitió las violentas imágenes. A medida que estas eran proyectadas, Tancredo quedaba estupefacto, saliendo de su trance en el momento en que yo me desprendí del pasamontañas y, con ironía, le expresé:

—Queda usted arrestado bajo el delito de narcotráfico, concierto para delinquir, y por el homicidio de Falcão y sus hombres, la muerte de mi compañero Vinicio Braga, Ludiela Cochaeira y Jorge Sotomayor.

Luego, procedí a colocarle las esposas, aclarándole que tenía derecho a un abogado y a permanecer en silencio si así lo estimaba conveniente, aunque a conciencia Tancredo sabía que para este último beneficio era demasiado tarde, ya que las evidencias habían hablado por él.

En simultáneo con su captura, las escoltas presentes, quienes formaban parte de su maquinaria asesina, también serían detenidas. Todos juntos fueron llevados a los calabozos de una guarnición militar, en donde serían mantenidos incomunicados hasta la fecha del juicio. En aquel momento de su captura, me sentí tan agradecido de la vida, que aun teniéndolo prohibido me desprendí del pasamontañas; quise que él y sus matones viesen en mi rostro la satisfacción tan inmensa de poder aplastarles como a una cucaracha. Mi error obligaría a la fiscal a brindarme una máxima protección, pues así Tancredo estuviese tras las rejas, continuaba teniendo un gran poder, por lo cual tan solo estaría seguro en el búnker de la fiscal, donde yo permanecería hasta cuando él fuese extraditado a los Estados Unidos.

Durante mi estadía al lado de la fiscal, me enteré de que ella, desde aquella cruel separación, no había estado unida sentimentalmente a ninguna otra persona. Eso, aunque podía ser a causa de su trabajo, también me dejaba dudas de que fuese por razones aún más poderosas; entre estas, la opción de que, en el fondo de su alma, ese amor tan inmenso que nos unió en el pasado todavía siguiera arraigado en ella. Mi hipótesis de que Larissa hubiese logrado sacarme de su mente, mas no de su corazón, era bastante viable, pues a mí me había sucedido lo mismo. El estar de nuevo frente a ella me hizo comprender que, a pesar de aquella brutal despedida y de los años transcurridos, arrastraba aún dentro de mi ser sentimientos reprimidos, que me invitaban a desahogar todo aquel letargo al cual los había sometido.

En silencio, estos me gritaban que no perdía nada con intentarlo; que, a lo mejor, ella todavía esperaba por mí. Sin embargo, en el instante en que pensé permanecer a su lado y tratar de recuperar su cariño, vi que la posibilidad que tenía tan cerca se me hacía muy distante, porque el hecho de que tuviésemos que vivir escoltados en todo momento por una veintena de hombres me hacía sentir un preso en mi propio mundo. Además de esto, sabía a conciencia que, en aquel instante, Larissa no estaba dispuesta a dejar su posición para correr a mis brazos. Ella veía muy lejana esa opción, por lo cual continuaría arrastrando conmigo este amor en silencio.

Así que, extraditado Tancredo, perdí el contacto con Larissa y me regresé a Canadá. Con esto, nuevamente saldría de su vida, de la misma manera como había llegado.

Aquel día de mi partida, tomé mis propias medidas de seguridad; la finalidad de mi propósito era que tanto Larissa como mis posibles perseguidores no se enterasen de en dónde me encontraba. Por tal razón, llegué hasta la Argentina, allá compré un pasaje para Québec y telefoneé a Zeledón, para que me esperase en esa ciudad; estando allá, los dos saldríamos por vía terrestre hasta Toronto. Con esto, sepultaba para siempre la historia de amor vivida al lado de Larissa y también, a la vez, despistaba a mis enemigos gratuitos de una posible arremetida.

El día en que notificaron a Tancredo de su extradición, sus abogados, tratando de que él no fuese extraditado, se acogieron a la confesión anticipada y declararon su participación en otros hechos delictivos. Con esto, ellos pensaron que él sería juzgado en el Brasil, pero sus delitos en el exterior prevalecerían sobre sus últimos asesinatos y, al final, su juicio se llevaría a cabo en una Corte de San Francisco, en donde sería condenado a quince años de prisión, sin derecho a fianza. Terminada esta, le esperaba una condena perpetua en Brasilia.

El arribo a Canadá de Melisa y su hijo

Al mismo tiempo que Olmeda recibía la notificación de la llegada de su marido, la Embajada le notificaba a Zeledón por teléfono que debía cancelar los pasajes para que el próximo domingo su nueva familia estuviese en Canadá. De inmediato a la noticia, Zeledón se emocionó, pues sabía que, con sus llegadas, su venganza se acercaba al final. Motivado por tal sublime pensamiento, se dirigió al banco y desde allí hizo la transacción; con esto sus arribos solo serían cuestión de horas, razón por la cual ese lapso de tiempo tan corto haría que Zeledón, invadido de alegría, se comunicase conmigo. Al escucharle el fallo de Emigración, le felicité por su empeño, ya que lograr conseguirles las visas a Canadá en escasos seis meses imponía un nuevo récord.

Luego de exaltarle el mérito, continuamos con una pequeña charla en donde él me invitó a recogerles en el aeropuerto, en la fecha que estipulaba el pasaje. Aunque yo no estaba de acuerdo con su proceder, no me negaría a su invitación, pues en ese instante pude analizar que, si había estado en los momentos más difíciles de su vida, también debía acompañarle en sus instantes de regocijo.

Por otro lado, Olmeda con su esposo en Toronto se vio obligada a romper el compromiso sentimental que la unía a Ramiro, por lo cual le prohibió visitar su casa, pretextando que a su hijo le molestaba su presencia y ella no quería perderle por su culpa. Con esta excusa, ella poco a poco se fue alejando de su vida; desde ese momento, sus encuentros fueron muy escasos y solo se llevaban a cabo cuando Olmeda lo deseaba, pero la ilusión de Ramiro de no perderla convirtió su sentimiento hacia ella en un amor enfermizo que le llevó a llamarla constantemente a su celular y acosarla cada vez que la hallaba a solas. Con sus actos, le advertía que su pasión desmedida lo tenía dispuesto a todo, incluso a matar; esa insistencia de Ramiro desencadenó la furia de Olmeda, quien le amenazó con acudir a la Policía si no dejaba de molestarla.

Aquel raro comportamiento de su amada llevó a Ramiro a pensar que había una razón muy poderosa, y comenzó a investigar, enterándose a los pocos días de que Olmeda se había casado en Bahía, que la razón de estar jugando con sus sentimientos era que su nuevo esposo ya se encontraba en Toronto. Esa traición convirtió su amor en un odio sin parámetros, por lo cual dejó de hablarle y empezó a acosarla en silencio. No quiso seguir implorando sus migajas de placer y se juró a sí mismo que Olmeda le pagaría su engaño con la muerte.

En simultáneo con que esto acontecía, Zeledón y mi persona recogíamos en el aeropuerto a Melisa y su hijo, a quienes él recibiría con mucho entusiasmo. Luego de nuestra presentación, les condujimos hasta su nuevo hogar. Al llegar allá, me despedí y regresé a casa, ya que presentí que la pareja querría estar a solas; me olvidé, en ese momento, que el convenio matrimonial entre ellos dos solo era de apariencia.

Haber logrado su llegada a Canadá le producía a Melisa una gran alegría, pues, según ella, aquí tendría la oportunidad de cobrarse su revancha y brindarle un mejor futuro a su hijo, pero también ese arribo le causaba algo de temor, porque no veía fácil el hecho de estar en un país extraño, adaptarse a su idioma y a las bajas temperaturas. Además de esto, debía convivir junto a Zeledón sin tener sexo, y no estaba segura de que teniéndola allí él fuese a cumplir el trato, ya que legalmente Zeledón era su esposo y, cuando lo quisiese, podía hacer valer su derecho, aunque ella aún no estaba preparada para que él entrase de lleno en su vida.

Otro de los temores de Melisa era que su hijastra se enterase de su matrimonio, pues para Karen sería muy sospechoso que su padre se hubiese casado con la ex mujer de su padrastro; por lógica, esto le haría pensar que esa unión tenía una doble intención y no querría tenerla en su contra. Pero en este punto, Zeledón la apaciguó al decirle que, a excepción de mi persona, el juez, los testigos y el personal de Emigración, nadie más sabía de su matrimonio; que ella, para Karen, simplemente sería la inquilina que con su renta le ayudaría a solventar el pago del apartamento.

El resto de aquel miedo imaginario que rondaba por la mente de Melisa fue desapareciendo a medida que pasaban los días. El comportamiento de Zeledón no le dejaban dudas de su honestidad, ya que le demostraba con sus actos que debía confiar en él. Ese deseo de ganarse el cariño de la joven llevaba a Zeledón a mezclar sus estrategias con grandes dosis de romanticismo. En ningún momento ejerció presión sobre ella; la dejó en libertad de alejarse de su vida, después de que se cobrasen su venganza. Con esto, Zeledón buscaba encontrar en Melisa un verdadero sentimiento para que, si ella decidía quedarse a su lado, lo hiciese por amor, mas no por interés. Basado en su intención, él constantemente le presentaba amigos de su misma edad; por otro lado, al regresar del trabajo siempre estaba pendiente de ella y su hijo, les sacaba a conocer la ciudad, al cine, a cenar y a pasear por centros comerciales. Trataba, en fin, de hacer su convivencia lo más agradable posible. No contento con esto, mientras Melisa iniciaba su estudio de tiempo completo, la puso a tomar lecciones de conducir y clases privadas de inglés; quería que estuviese bien preparada para que, cuando se enfrentase con Albeiro, le hiciese sentir que, con su traición, él había sido el perdedor. Melisa, impaciente, anhelaba que esa oportunidad llegase pronto. Sin embargo, Zeledón le hacía entender que aún no era el momento preciso.

El dolor y la recompensa

Transcurridos los primeros cinco meses de su convivencia, ya Zeledón se había ganado el cariño de Melisa y sobre todo el de su hijastro, quien ya le llamaba por papá. Para ese entonces, el destino le fraguaba a Olmeda un duro golpe. Ella, sin saber nada del asunto, entró en un sorteo, en donde la iglesia a la cual pertenecía le obsequiaría al elegido el setenta por ciento de la compra de una vivienda; los requisitos para acceder a ello eran estar legalmente casados en Canadá y demostrar que esa unión era sólida.

Efectuado el sorteo, Olmeda salió favorecida, por lo cual ese domingo en la iglesia se sorprendió cuando el pastor le notificó frente a todos los presentes que ella era la afortunada.

Al enterarse Ramiro de que Olmeda era la ganadora, se dejó llevar por su odio y habló con el pastor, a quien le comunicó que el matrimonio entre Olmeda y el joven de Bahía había sido tan solo por negocio, que su plan era divorciarse a la primera oportunidad; esa información hizo entrar en dudas a la congregación, quien al percibir la diferencia de edades entre los dos contempló la posibilidad de que fuese así, por lo cual la iglesia les colocó como condición, para acceder a la ayuda, que debían contraer un matrimonio cristiano. Este se llevaría a cabo en una ceremonia tradicional y frente al altar de su iglesia en Toronto; con dicha prueba, ellos querían estar seguros de que su unión no era por conveniencia, pues su deber como benefactores era que el subsidio quedase en manos de un verdadero hogar.

Estipuladas las cláusulas, Olmeda acordó que las nupcias se realizarían el Día de la Familia, fecha en que la iglesia se preparaba con una gran celebración.

Zeledón, a través de su hija Karen, se enteraría de la suerte de Olmeda y de su futuro matrimonio en Toronto; esto lo llevaría a decidir que el momento de convertir el sueño de Albeiro en una pesadilla sería en la iglesia.

Llegada la fecha de las nupcias, el recinto comenzó a saturarse de fieles. Allá, todos los involucrados en esta historia fueron ingresando al templo desde diferentes horas. Esa mañana, Henry arribaría en compañía de la pareja. Melisa, su bebé, Zeledón y Karen, evitando la presencia de Albeiro, se harían presentes más temprano que el resto de los invitados. Karen se ubicó en las bancas de la fila derecha, Zeledón y su nuevo núcleo familiar optaron por la última banca, en donde Melisa, en todo su esplendor juvenil, pensó darle la sorpresa a su ex amante; solo esperaba las amonestaciones del religioso para hacer su entrada triunfal, por lo cual, cuando el pastor pronunció las frases de rutina "Si hay alguien que tenga razones suficientes para interrumpir esta boda, que hable ahora o lo reserve para siempre", de inmediato ella, cargando a su hijo en brazos, se levantó de su asiento e intentó caminar hacia el altar a ejercer ese derecho. No había dado los primeros pasos, cuando Ramiro, portando un arma en sus manos, como un loco entró por una de las puertas auxiliares y, de las nueve balas de su pistola, descargó ocho tiros en contra de los novios, dejando un último cartucho en la recámara, con el cual, al ver las intenciones de lincharle que tenían los presentes, se dio un disparo en la cabeza. Ese hecho demencial dejó heridas de gravedad a Olmeda y causó la muerte instantánea de Albeiro y la suya propia.

Instantes después de aquel ataque, llegaron la Policía y los paramédicos, levantaron los cadáveres y remitieron a Olmeda de urgencia al quirófano.

Efectuada la intervención quirúrgica, Olmeda quedó inconsciente por varios días; cuando despertó y se enteró de que Albeiro había muerto, la embargó la tristeza y entró en un silencio prolongado. De cierto modo, se sintió culpable de su deceso.

Aquel fatídico episodio destruyó lo que en ese momento el pastor pensó convertir en celebración, y Melisa en una dulce venganza. Al final, la tragedia de Albeiro, de una u otra forma, terminó involucrándolos a todos, incluso a Zeledón y Melisa, quienes aun con su rivalidad en su contra, hicieron todas las gestiones ante la Embajada para que el cadáver fuese remitido a su país de origen.

Al mismo tiempo que Olmeda se recuperaba de sus heridas físicas, la Policía había concluido con las pruebas preliminares, por las cuales señalaron a Zeledón como sospechoso de ser el autor intelectual del crimen y comenzaron acosarle. Pero esa insinuación no le preocupaba; él sabía que el supuesto sicario imaginado por los investigadores sostuvo un romance secreto con Olmeda y que, al enterarse de su engaño, llevado por sus celos, se cobró su traición con sangre. Así, de esa manera, Zeledón se lo hizo saber tanto a las autoridades como a su hija Karen. Ella, segura de su inocencia, le comentó a su hermano la injusticia en que tenían involucrado a su padre; Henry, consciente de la verdad, le confirmó a Karen que el asesino y su madre eran más que grandes amigos, desde hacía tiempo atrás.

Aunque la joven ignoraba la relación que hubo entre ellos dos, no lo puso en duda; de sobra conocía los alcances de su madre, pero aun así, ella debía evitar que manchasen el récord criminal de Zeledón y, esa misma tarde, Karen visitaría a Olmeda en su convalecencia. Allá, sin tapujos ni reservas, le preguntó a su madre:

—¿Qué clase de relación sostuvo usted con Ramiro?

Olmeda, acosada por el peso de su culpabilidad, no tuvo coraje para negar el estrecho vínculo que hubo entre ellos dos, y con palabras entrecortadas, le expresó que él era su amante, por lo cual su crimen fue pasional y Zeledón nada tenía que ver con el hecho que se le atribuía. Con esa declaración ante las autoridades, Zeledón quedó libre de toda sospecha.

Superado el pequeño *impasse*, a Zeledón le esperaba una nueva sorpresa, pero esta vez sería opuesta a la anterior y mucho más agradable.

Esa noche Melisa, consciente de su sentimiento y convencida de que solo se entregaría por amor, llegó hasta la habitación de Zeledón. Allá ella, vistiendo una *sexy* pijama y portando en sus manos dos copas y una botella de vino, le invitó a celebrar su desvinculación del caso; su actitud tomó por sorpresa a Zeledón, quien durante la extraña convivencia no había tenido la oportunidad de observar en todo su esplendor tan escultural figura.

A medida que los brindis se fueron prolongando, sus cuerpos comenzaron a rozarse; con esto, ambos lanzaron a flote las palabras de admiración y cariño. Luego de sus halagos, llegarían las caricias y la faena de sexo, en la cual le soltaron el freno a su abstinencia y, al final, consumarían todo ese deseo reprimido en una luna de miel de varias semanas.

Unos días después de aquella entrega, Zeledón le reveló a Karen que Melisa era su esposa. Al principio, ella vio esa confesión como una falta de madurez en su padre, ya que la diferencia de edad que los separaba era bastante grande, pero luego de analizar la circunstancia, Karen comprendería que, si Melisa había decidido entregarle su juventud a cambio de un verdadero amor, no tenía por qué hacerlo sentir mal, y decidió apoyarles para que esa unión, a medida que pasase el tiempo, se fortaleciese más y más.

Transcurridos los primeros meses de relación como pareja, el destino les acogió con benevolencia. Mientras a ellos les sonreía, este, con su otra mano, se empeñaba en golpear severamente a Olmeda. En esta ocasión, los bajos instintos exhibidos por ella harían que un juez la declarase incompetente; con su veredicto, Olmeda perdió desde ese momento los beneficios otorgados por la Corte y la custodia de Henry, quien pasaría a manos del Estado, motivo por el cual Zeledón decidió apelar nuevamente la custodia de su hijo, pues en esta oportunidad él contaba con Melisa y, con ella a su lado, ya podía brindarle una mejor estabilidad emocional. Aun así, no le sería fácil y tendría que ganarse ese derecho frente al estrado; mas esto no le haría perder la esperanza y confió en la ley de la recompensa, ya que el tiempo, tarde o temprano, siempre le ha dado razón a quien la tiene.

Lograr aquel fallo a su favor hizo que Zeledón se comprometiera a cumplir con las cláusulas estipuladas por el juez y, sobre todo, a ser riguroso en referencia a las visitas de la madre; sin embargo, él no sería egoísta, sino que la dejaría visitarle cuantas veces lo desease, siempre y cuando Henry no dispusiese lo contrario. Aun así, para Olmeda eso no sería igual que compartir con él las veinticuatro horas al día; su ausencia y los duros golpes de la vida la dejarían, al final, abrumada en su soledad y bajo un tratamiento psicológico.

La deportación de Gustavo

La congregación menonita, tras enterarse de la injusticia en el arresto que involucraba a uno de sus miembros, puso a disposición todas sus influencias. Esperanzados en que lograrían darle un revés a la arbitraria ley de familia estipulada en la Constitución canadiense, contrataron un bufete de abogados para que se hiciese cargo de todo lo relacionado con la defensa de Gustavo.

Varios meses después de continuas sesiones y apelaciones en la Corte, la batalla de los abogados por lograr parar la deportación de su cliente sería inútil. El fallo final del juez les hizo entender que el caso estaba perdido; de inmediato al absurdo veredicto, una oficial de Emigración le comunicó a Gustavo que, a partir del mediodía, quedaba en libertad bajo custodia por setenta y dos horas. La razón de este beneficio era que él se pusiese a paz y salvo de todas las deudas pendientes que tuviese con el Estado; cumplido el tiempo estipulado, sería deportado a su país de origen.

Gustavo, al escuchar el ultimátum, en lo primero que pensó fue en su hija y el nieto que estaba por venir. Esto lo llenó de tristeza; sabía que, al marcharse, aunque los dos quedaban bajo la protección gubernamental, de cierta manera quedarían solos, sin su familia de sangre, pues su madrastra y hermano, a pesar de que no tendrían ningún obstáculo para permanecer allí, sin duda alguna emigrarían con él. Aquel remordimiento emanado de su conciencia lo hacía sentir culpable por momentos, pero las declaraciones de sus amigos, familiares y hasta la misma iglesia adonde acudía le decían lo contrario; según todos nosotros, él había actuado bajo su criterio, así que, con nuestras opiniones a su favor, lo exonerábamos de toda culpa.

Luego de idas, venidas y llamadas telefónicas de toda índole, Gustavo arribó a casa; allí, junto a su mujer e hijo, comenzó a analizar su aventura en Canadá. Calificó su llegada como una irónica experiencia que, a pesar de todos los sinsabores, le dejaba una buena enseñanza, pero con esto él no alcanzaba a compensar su gran pérdida. En medio de su desilusión, justificó su arresto y la manera como moralmente le maltrataron. Aun así, agradecía la acogida que, por varios años, muchas personas en este país les brindaron a él y a su familia, pues en ese momento, aunque lastimado por la dureza de las leyes canadienses, Gustavo reconocía que había aprendido varios oficios, una nueva lengua y conseguido muchos amigos. Con esas ventajas adquiridas durante su estadía en Canadá, mi compadre lograría sacarle provecho a todo, incluso a su llegada al presidio, ya que allí mejoró en un alto porcentaje su nivel de inglés y obtuvo un sorpresivo lucro económico.

Por ser la única persona del pabellón que hablaba español, él causaría un gran interés en varios de los presidiarios, quienes quisieron aprender su idioma. Entre ellos, un sindicado de estafa que en aquel momento mantenía un dificultoso romance virtual con una mexicana, por lo cual el arribo de Gustavo le caería como anillo al dedo. Días antes de partir, en gratificación a su enseñanza, este hombre secretamente le obsequiaría una buena suma de dinero.

Llegada la fecha de su deportación, mi compadre sería despedido por todos sus amigos, e incluso por su hija Juliana, quien, con lágrimas en los ojos y un avanzado embarazo, le dio su adiós.

La decisión de Larissa

En simultáneo con el fatal episodio de Olmeda y Gustavo que finalizaba en Toronto, a mí el destino, a miles de kilómetros, me fraguaba una gran sorpresa sin que yo lo sospechase. Larissa, la causante de que mi sentimiento se conservase en un letargo, comenzó a ser presa de su propio invento; su mundo, poco a poco, se le empezaba a derrumbar encima. Las constantes amenazas y los atentados de muerte en su contra por parte de los grupos ilegales a quienes perseguía la mantenían a toda hora en la zozobra y encerrada la mayoría del tiempo, en su inmensa bóveda metálica. A sus treinta y ocho años, según su pensar, había perdido toda su juventud persiguiendo y capturando a aquellos malhechores que, por sus delitos, desbocaban en ella toda su fobia, haciendo que sobre ellos cayese todo el peso de la ley. Larissa, con su alma endurecida por los eventos del pasado, a solas se cuestionaba su proceder y se preguntaba con ironía a sí misma adónde la conduciría todo ese odio.

La visión más cercana que observaban sus ojos era la posibilidad de que el verdadero amor no retornase a su vida y que, con esto, ella quedase presa en su soledad. Sin embargo, si ya había logrado eliminar las amenazas de muerte sobre Matheus y poner tras las rejas a la persona que destruyó su felicidad, no le veía sentido a continuar endureciendo su alma. Era consciente de que la captura del hombre que había matado a su hermano solamente le brindaba una gran satisfacción, porque Vinicio continuaría muerto y ya nada lo retornaría a la vida. Esa reflexión, aunque para ella podía ser un poco tarde, la llevaba a contemplar la posibilidad de una salida, pues ya era suficiente con su remordimiento de conciencia por lo indolente del ayer; y si había perdido su juventud a causa de ese rencor, no querría perder con su prepotencia la última opción de felicidad al lado del hombre a quien ella, con su injusticia en el pasado, había intentado matar en vida. Esta persona a la cual Larissa hacía referencia era yo.

Aquel pensamiento que taladraba su conciencia estaba basado en nuestra convivencia de meses atrás; luego de un análisis profundo, Larissa dedujo que yo aún guardaba mi amor por ella en un rincón de mi alma. En su reflexión, se prometió que, si aquella intuición era cierta, habría de vencer todos los obstáculos. Ella no se daría por vencida hasta lograr que en los dos renaciera de nuevo nuestro viejo idilio.

Con su investidura de fiscal general, no le sería difícil localizarme, así que emprendió mi búsqueda, logrando conocer a las pocas horas mi lugar de residencia.

Una semana después de concluida su investigación, Larissa llegaría a Toronto. Esa tarde de su arribo a la ciudad, sus colegas fiscales fácilmente dieron con la dirección de mi apartamento, pero aun así, no me encontraría, pues en aquel momento me hallaba almorzando en casa de una amiga. Con esta persona, intentaba darme una nueva oportunidad; aunque a conciencia sabía que esto sería en vano, así mi alma se hiciese la dura para no recordarla, no podía controlar todo ese sentimiento. Su imagen de la última vez se había quedado tan impregnada en mi mente, que en ocasiones, al ver una mujer a la distancia, la confundía con Larissa y salía corriendo a su encuentro. Por esa razón, cuando mi espejismo se convirtió en realidad, no le di mucha importancia, ya que, al verla de lejos, pensé que estaba alucinando de nuevo; sin embargo, en esta ocasión, la que corría hacia mí y gritaba mi nombre era ella.

Esta alucinación me hizo reaccionar y corrí a sus brazos. En ese momento, me dejé llevar por el corazón, así que cuando ella quiso disculparse de su error pasado, le callé la boca con un apasionado beso. El hecho de estar allí decía más que mil palabras, y aunque desconocía su intención, su propuesta despejó todas mis dudas; el ofrecimiento de renunciar a su cargo, si yo estaba dispuesto a compartir su vida, me confortó el alma y de inmediato le dije que sí. En ese instante, perdí la noción del tiempo y olvidé todo aquel daño que me causó, para entregarme completamente a su amor.

Un mes más tarde de nuestra reconciliación, Larissa se estableció como agregada diplomática en Toronto, y juntos comenzamos una nueva vida.

Nota del autor

El autor, por respeto a la privacidad de las personas involucradas en esta historia, cambió todos sus nombres y los lugares donde sucedieron los hechos. Cualquier parecido con la realidad es tan solo coincidencia.

Índice

Editorial LibrosEnRed

LibrosEnRed es la Editorial Digital más completa en idioma español. Desde junio de 2000 trabajamos en la edición y venta de libros digitales e impresos bajo demanda.

Nuestra misión es facilitar a todos los autores la **edición** de sus obras y ofrecer a los lectores acceso rápido y económico a libros de todo tipo.

Editamos novelas, cuentos, poesías, tesis, investigaciones, manuales, monografías y toda variedad de contenidos. Brindamos la posibilidad de **comercializar** las obras desde Internet para millones de potenciales lectores. De este modo, intentamos fortalecer la difusión de los autores que escriben en español.

Nuestro sistema de atribución de regalías permite que los autores **obtengan una ganancia 300% o 400% mayor** a la que reciben en el circuito tradicional.

Ingrese a www.librosenred.com y conozca nuestro catálogo, compuesto por cientos de títulos clásicos y de autores contemporáneos.

CPSIA information can be obtained at www.ICGtesting.com
Printed in the USA
LVOW06s0039050814

397475LV00001B/12/P